SILKE PORATH /
SÖREN PRESCHER

Wer mordet schon zwischen Alb und Donau?

MÖRDERISCHE FERIEN So ein bisschen Bandscheibe hält doch einen Jochen Schädle nicht auf: der knitzige Schwabe hat keine Lust auf Rentnerdasein. Kurz entschlossen gibt der ehemalige Kommissar Gas – und landet bei seiner Fahrt von Donaueschingen über Tuttlingen, Fridingen und Beuron, Spaichingen, Trossingen, Rottweil und Schömberg, Dotternhausen, Balingen sowie Hechingen unversehens in seiner Vergangenheit als Ermittler. Mord und Totschlag an Donau und Eyach? Gibt es – zumindest im Roman. Ganz real dagegen sind die Freizeittipps rund um die touristisch spannende Region. Ob Wellness-Bad oder Burg, Schlossbesichtigung oder Museum, die Autoren haben so manchen Geheimtipp zusammengetragen.

Silke Porath, Jahrgang 1971, lebt mit ihrem französischen Mann nach 20 Jahren in der schwäbisch-badischen Welt wieder in ihrer Heimatstadt Balingen. Sie arbeitet als freie Redakteurin und Schreibtrainerin. Sie hat drei Kinder. Die Autorin zahlreicher Romane ist Mitglied bei den 42erAutoren und überzeugte Team-Schreiberin. Mehr zu ihr und den aktuellen Projekten auch unter www.silke-porath.de.

Sören Prescher, Jahrgang 1978, wohnt mit seiner Familie in Nürnberg und ist ebenfalls Mitglieder der 42er Autoren. Neben zahlreichen Kurzgeschichten und Gedichten veröffentlichte er mehrere Romane. Zuletzt erschien sein Steampunk-Roman Der Flug der Archimedes im Fabylon Verlag. Weitere Infos: www.soeren-prescher.de.

Bisherige Veröffentlichungen im Gmeiner-Verlag
(Silke Porath):
Mops und Mama (2014)
Mops und Möhren (2013)
Klosterbräu (2012)
Nicht ohne meinen Mops (2011)
Klostergeist (2011)

SILKE PORATH /
SÖREN PRESCHER

Wer mordet schon zwischen Alb und Donau?

11 Krimis und 125 Freizeittipps

GMEINER Original

Besuchen Sie uns im Internet:
www.gmeiner-verlag.de

Im Ehnried 5, 88605 Meßkirch
Telefon 0 75 75 / 20 95 - 0
info@gmeiner-verlag.de

1. Auflage 2014

Lektorat: Claudia Senghaas, Kirchardt
Herstellung: Julia Franze
Umschlaggestaltung: U.O.R.G. Lutz Eberle, Stuttgart
unter Verwendung eines Fotos von: © Schlesier – Fotolia.com
und © Fotimmz – Fotolia.com
Druck: GGP Media GmbH, Pößneck
Printed in Germany
ISBN 978-3-8392-1581-4

*Personen und Handlung sind frei erfunden.
Ähnlichkeiten mit lebenden oder toten Personen
sind rein zufällig und nicht beabsichtigt.*

Liebe Leser,

Natürlich wissen wir, dass Balingen nicht an der Donau liegt. Schön ist es dort trotzdem – wie auch in allen anderen Orten, in denen Jochen Schädle ermittelt. Deswegen stehen sie im Buch, das dann allerdings geheißen hätte: »Wer mordet schon an der Donau, an der Eyach, auf der Baar und Richtung Schwarzwald bis hin zu den Ausläufern der schwäbischen Alb mit Blick auf den Heuberg.« Nicht nur, dass das komisch klingt – es hätte auch gar nicht auf das Cover gepasst.

Unserem Ermittler Jochen Schädle passt auch was nicht. Dass er nämlich wegen einem bisschen Bandscheibe in Rente geschickt wird. Womit wir aber kein Mitleid haben. Denn erstens ist er ja unsere Erfindung, und zweitens hat er so mehr Zeit, um sich alles Schöne in der Region anzuschauen. Vielleicht machen Sie das auch: einfach mal losfahren und schauen, was Sie so am Wegesrand finden (das mit dem schmerzenden Rücken lassen Sie aber bitte sein!). Gerne dürfen Sie uns von unterwegs eine Postkarte schicken. Oder eine E-Mail. Und wer weiß, vielleicht begegnen wir uns ja irgendwo an einem der Schauplätze?

Keine Bange, übrigens. Sie müssen nicht um Leib und Leben, Hab und Gut fürchten. Die Handlungen und Personen sind einzig und allein unserer Fantasie entsprungen. Falls Sie Ähnlichkeiten mit tatsächlichen Ereignissen oder lebenden Menschen finden, dann freuen wir uns natürlich, dass wir so gut gedichtet haben. Und außerdem ist da ja noch Kommissar Jochen. Der passt schon auf, dass die Gegend hier zwar einen Mordsspaß macht, aber dass alle ruhig urlauben und leben können.

Herzlich,

Silke Porath & Sören Prescher

*

»Rente! Wegen ein bisschen Bandscheibe!« Jochen Schädle versetzt dem Karton einen Fußtritt. Dann nestelt er seinen Autoschlüssel aus der Hosentasche. Die Jeans haben auch schon bessere Zeiten gesehen, und wie jedes Mal verfängt sich der Wohnungsschlüssel im Riss in der Tasche. Schädle zerrt daran, und es ist ihm egal, dass das Loch dadurch noch größer wird. Die Zentralverriegelung springt auf. Er schnappt sich den Karton, wirft ihn auf den Rücksitz und fährt mit unerlaubt hoher Geschwindigkeit vom Parkplatz.

»Sollen die mir doch einen Strafzettel verpassen.« Beim Einbiegen in die Rottweiler Hauptstraße kramt er seine Sonnenbrille aus dem Handschuhfach. Als er bei Hellrot über die Ampel fährt, rutscht der Karton vom Sitz. Ein Sortiment Kugelschreiber, das von der Sonne ausgebleichte Foto seiner Tochter und der verstaubte Pokal vom Kollegen-Kegeln sieht er unter dem Sitz verschwinden. Den Blumenstrauß vom Team hat er der Sekretärin geschenkt. Die Pralinen (belgische, immerhin) vorhin gleich rumgereicht. Nur den Gutschein für die Bücherei hat er mitgenommen. Vielleicht freut seine Vermieterin sich darüber.

»60, Mensch, altes Haus, genieß das Leben, kannst jetzt endlich Romane lesen.« Blöde Sprüche der Kollegen. Jochen pfeift auf Bücher. Auf die verdammte 60. Und verflucht seine Bandscheibe, die ihm den Vorruhestand eingebracht hat. Trotz Operation, trotz Reha und trotz der elend langen Stunden in der Physiotherapie.

»Heimadsogga!« Er schlägt mit der flachen Hand aufs Lenkrad. Dann dreht er das Radio auf und lässt die Scheiben runter. Mick Jagger beschallt die Neckarbrücke. Saust mit ihm durch den Kreisverkehr. »You can't always get, what you want ...«

Elf Uhr. Verdammt. Was macht man um elf Uhr, wenn man nicht arbeitet? Jochen Schädle überlegt für einen Moment, nach Hause zu fahren. Im Kühlschrank liegen zwei Flaschen Hefeweizen. Er könnte sich auf den Balkon setzen, kühlen Gerstensaft trinken und dann endlich mal das Unkraut aus den Fugen zwischen den Betonplatten kratzen. Oder einen Mittagsschlaf machen. Die Glühbirne in der Abstellkammer ist seit zwei oder drei Monaten kaputt. Und der Duschvorhang bräuchte dringend eine Runde in der Waschmaschine. Schädle setzt den rechten Blinker. Die CD knackt. »It's only Rock 'n' Roll, but I like it.«

»Ach, scheiß drauf.« Schädle nimmt bewusst den Ärger seines Hintermanns in Kauf, als er schwungvoll wieder nach links zieht. Er gibt Gas und folgt dem blauen Schild der A81.

Als er den Flughafen und das Concorde-Hotel hinter sich lässt, ist seine Wut immer noch nicht verraucht. »Soll ich jetzt da einchecken, wenn ich schon ausgecheckt werde?«, ruft er gegen die Windschutzscheibe. Rente. Das perfekte Timing, um Golf zu spielen und sich im Hotel der Brüder Aldi massieren zu lassen, denkt er grantig. Aber dafür würde seine Pension nicht reichen. Missmutig biegt Jochen in die Dürrheimer Straße ein, das Stadtzentrum von Donaueschingen fest im Blick.

Dass sie ihn wegen eines nervigen Rückenleidens einfach in Vorruhestand schickten, war eine Sache. Aber dass sie ihn ausgerechnet durch einen Haubentaucher wie Micha ersetzten, schlug dem Fass den Boden aus. Der Ex-Kollege war zwar gut, wenn es auf Recherchen ankam, aber wenn es hart auf hart kam, zögerte er einfach zu lange. Was gefährlich sein konnte.

Jochen schüttelte den Kopf. Was regte er sich deswegen überhaupt auf? Früher hatte er sich so oft darüber beschwert, keine Freizeit zu haben. Jetzt besaß er jede Menge davon.

Trotzdem war es eine Sauerei. Er gehört noch nicht zum alten Eisen. Im Kopf fühlt sich Jochen so fit wie ein Anfänger frisch von der Akademie. Was ihn sogleich daran erinnert, wie er als junger Polizeibeamter nach Donaueschingen kam, um seine erste Ermittlung zu leiten.

Als er in die Bahnhofstraße einbiegt und parallel zu den Gleisen fährt, kommt ihm sofort alles bekannt vor. Da vorn winkt ihm der Karlsgarten zu, weiter hinten schimmert der Fürstlich Fürstenbergische Park durch, der vor dem Stadion liegt. Wann war das gleich noch mal? Es müsste im Sommer 1986 gewesen sein. Die Stones hatten gerade ihr Album *Dirty Works* herausgebracht, und im Kino kämpfen *Der City Hai* und *Highlander* um die Vorherrschaft.

Heimadsogga, war er damals jung gewesen und das Leben nicht so kompliziert. Nun, zumindest die berufliche Seite. Was ihm an Erfahrung fehlte, hatte er mühelos mit Tatendrang ausgeglichen.

Sein Auto hält in der Josefstraße, direkt neben dem Hermesshop. Eigentlich will er bloß einen kurzen Blick auf den Karlsgarten werfen, aber kaum steht er hier, prasseln die Erinnerungen wie Regentropfen auf ihn ein.

*

DONAUESCHINGEN, 1986

Den Stones-Song *Time is on my side* im Ohr verließ er den Dienstwagen. Manni direkt an seiner Seite. Sein damaliger Partner und Mentor. Ein bärbeißiger 42-Jähriger mit Schnurrbart und stahlblauen Augen, der zwar knallhart sein konnte, aber immer fair war.

Jochens Herz schlug ihm bis zum Hals. Obwohl an diesem Spätaugustvormittag ein kräftiger Wind wehte, klebte ihm die Dienstuniform am Rücken.

Wenngleich er mit Manni schon etliche Tatorte besucht hatte, schien diesmal alles anders zu sein. Ständig schielte er zu seinem Partner und spürte dessen kritischen Blick auf sich brennen. Nur keinen Mist bauen, ermahnte er sich immer wieder. Schau, wohin du trittst und was du berührst. *Auf* keinen Fall den Tatort verunreinigen.

Direkt neben den Sträuchern kauerte Kurt, der Mann von der Spurensicherung, und verdeckte halb den Leichnam. Der Gerichtsmediziner Hans Zierock stand neben ihm und notierte etwas auf seinem Block. Beide Männer waren um die 50.

»Servus, Männer, was haben wir hier?«

»Hallo, Jochen, gibst du heute den Ton an? Sieht ganz nach einer kleinen Messerstecherei aus«, sagte Hans.

Er sah, wie Manni einige Meter hinter ihm die Hände in den Taschen vergrub.

Nervös wie bei seinem ersten Tatort begutachtete Jochen den Toten. Ein junger Bursche, nicht viel älter als er selbst. Allerhöchstens Ende 20. Legere Kleidung, bestehend aus Bluejeans und einem ehemals hellblauen T-Shirt. Jetzt zeigte es einen unschönen runden Blutfleck auf der rechten Bauchseite. Der Schnitt des Messers trug ebenfalls nicht zur Verschönerung bei. Am Gürtel des Toten klemmte ein schwarzer Walkman. Den Kopfhörerbügel hatte er um den Hals hängen.

»Laut Papieren heißt der Tote Andre Bergmann«, sagte Kurt und reichte ihm den Personalausweis des Opfers. »Wohnhaft in der Wartenbergstraße. Ist nicht weit von hier, liegt fast direkt hinter den Gleisen.«

»Wer hat ihn gefunden?«

»Die Frau dort hinten. Rentnerin. Ging mit ihrem Cockerspaniel Gassi. Der Hund wollte an den Büschen sein Geschäft erledigen.«

»Bei dem Anblick dürfte ihm alles vergangen sein. Habt ihr was Auffälliges entdeckt?«

»Nur das hier.« Mit seiner grünen Latexhand reichte Hans ihm ein eingetütetes Stück Papier und bekam im Gegenzug den Ausweis zurück. »Sein Walkman enthielt keine Kassette, sondern das. Ganz merkwürdige Geschichte.«

Triff mich früh um sechs im KG. Und kein Scheiß, las Jochen vor. »KG steht sicherlich für Karlsgarten. Aber müsste es im zweiten Satz nicht *keinen Scheiß* heißen?«

»Mit der Grammatik hat's nicht jeder. Ich frag mich aber eher, warum das Papier dort drin steckte. Ist das jetzt der neueste Schrei?«

Jochen schmunzelte. »Sobald ich es herausgefunden habe, lass ich es dich wissen. Vielleicht schenke ich dir ja demnächst ein Blatt zum Anhören. Ich schreib sogar *Satisfaction* drauf.«

Grinsend drehte er sich zu seinem Partner um. Bei dessen finsterem Blick erstarb allerdings jedes Lächeln. Hatte er irgendwas falsch gemacht oder übersehen? Oder war es wegen der Scherze in Gegenwart des Toten?

»Hast du dir einen Überblick verschafft?«

»Jepp.«

»Was steht als Nächstes an?«

»Zeugenbefragung natürlich.«

Manni nickte und folgte ihm zur Weggabelung. Eine Handvoll Schaulustiger wurde von den uniformierten Kollegen vom Streifendienst zurückgehalten. Als wenn es nichts Besseres zu tun gäbe.

Die schätzungsweise 70-jährige Rentnerin trug eine dünne Sommerjacke und darunter eine recht abgetragen wirkende Bluse. Sie hatte ganz eindeutig nicht damit gerechnet, mehrere Stunden hier zu verbringen. Ein Wunder, dass sich ihr Hund noch immer ruhig verhielt.

Sie stellte sich ihm als Helga Grundlach vor. Er sah, wie ihre Hand zitterte. »Jeden Tag gehe ich hier um kurz nach sieben spazieren. Mein Oskar muss morgens immer ganz früh raus.«

Ich hoffe, Sie meinen den Hund, lag es ihm auf der Zunge, aber er lauschte weiter schweigend.

»Nie ist irgendwas passiert. Und dann das. Ach, der arme Junge.«

»Kannten Sie Andre Bergmann?«

»Natürlich. Schon als kleinen Buben. Er war immer so nett. Wer kann ihm nur so was angetan haben?«

»Das versuchen wir, herauszufinden. Sind hier früh um sieben schon viele Fußgänger unterwegs?«

Sie schüttelte den Kopf. »Höchstens ein paar, die auf dem Weg zur Arbeit sind. Geschäfte haben ja noch keine offen.«

»Herrn Bergmann haben Sie hier aber vermutlich noch nie herumlaufen gesehen, oder?«

»Um diese Zeit? Ganz sicher nicht. Normalerweise arbeitet er um sieben schon. Er ist ... also, er war Elektriker. In Villingen. Meinen Sie, das hat was damit zu tun?«

»Dazu kann ich nichts sagen. Mein Partner und ich stehen gerade am Anfang unserer Ermittlungen.«

Er bedankte sich bei der Rentnerin und bat einen der Uniformierten, sie für die Aussage aufs Revier zu bringen.

»Goldige Oma«, sagte Manni leise. »Was steht als Nächstes auf der Liste?«

Jochen schaute kurz zum Tatort. Seine Kollegen waren noch immer mit der Spurensicherung beschäftigt. Es war wenig ratsam, sie jetzt mit Fragen von ihrer Arbeit abzuhalten. »Ich befürchte, jetzt folgt der Hausbesuch.«

»Meinst du, der Bursche lebte noch daheim bei Mutti?«

»Ich tippe eher auf eine Wohnung mit der Freundin.«

Womit er recht hatte. Die Adresse, die im Ausweis des Toten stand, führte sie in die Nähe der Kasernen. Manni ließ ein Regiment französischer Soldaten passieren, alle in dunkelblauen Jogginganzügen und alle bis auf den Leutnant sichtlich verschwitzt von der morgendlichen Trainingsrunde.

»Wie blaue Schafe«, murmelte Jochen und war dankbar über die kurze Verzögerung. Er mochte seinen Beruf, das meiste daran. Die Besuche bei Angehörigen gehörten definitiv nicht dazu. Für einen kurzen Moment schloss er die Augen und roch den schwachen Duft von Chanel Nummer 5. Was Blödsinn war, pure Einbildung, diese eine Nacht mit Sophie lag mehr als sechs Wochen zurück. Er lächelte – nicht nur das Pot au feu war an diesem Abend lecker gewesen.

»Ich würde jetzt mal weniger fröhlich schauen, denk an deine Exfrau«, brachte Manni ihn zurück in die Wirklichkeit. Die Soldaten waren um die Ecke verschwunden. Die beiden Beamten stiegen aus und gingen auf den Wohnblock zu. Feinste 1960er Jahre, allerdings nicht die feinste Gegend. Und offensichtlich nicht die feinste Nachbarschaft. Aus einem Fenster wummerte Marschmusik, vor dem Haus hockten zwei Opas auf einer morschen Bank, beide im Unterhemd und beide mit einer Flasche Fürstenberg in der Hand. Manni zögerte keinen Moment, drückte auf die Klingel mit *Bergmann & Vieth* und betrat durch die offene Haustür das Treppenhaus. Jochen folgte ihm wie ein Welpe.

Die Wohnung lag im zweiten Stock. Wer auch immer *Vieth* war, schien nicht da zu sein, jedenfalls war die Tür geschlossen, als die Polizisten ankamen. Manni wummerte mit der Faust dagegen.

»Mann, geht's noch?« Vieth war tatsächlich eine Frau. Eine ziemlich nackte. Bis auf einen ausgeleierten BH und einen rosa Schlüpfer mit der Aufschrift *Sonntag* trug die Blondine nichts. Dafür standen ihre halblangen Haare in alle Richtungen ab. Jochen fragte sich, ob das vom Schlafen kam oder ob das bereits der Tageslook war. Seit Fürstin Gloria wusste man das ja nicht so genau.

Manni leierte seine Vorstellungsfloskel herunter. »Und Sie sind?«

»Moni. Hat der Andre was ausgefressen?« Sie verdrehte die Augen. Die schrillgrüne Wimperntusche bröckelte.

»Ihr Freund?«

»Naja, nicht mehr lange.«

Wie recht sie damit hat, dachte Jochen. Manni bugsierte die Frau sanft, aber bestimmt in die Wohnung. Jochen folgte ihm und schloss die Tür. Der Flur war überraschend hell, in der Luft lag der unverkennbare Geruch von Hasch.

Glück für das Mädel, dachte Jochen, dass das im Moment unsere kleinste Sorge ist.

»Andre ist tot«, platzte Manni raus. Nicht grade die feine Art. Moni wurde erst blass, dann beinahe so grün wie ihre Schminke. »Er wurde erstochen«, setzte Jochen nach. Die Frau schob die Männer unsanft zur Seite, taumelte und rannte in Richtung Toilette. Sie würgte. Jochen zuckte mit den Schultern. Kotzen war besser als heulen. Er wünschte sich, seine Exfrau hätte einen so schwachen Magen gehabt, dann wäre ihm so manches Drama erspart geblieben.

Mit einem Kopfnicken bedeutete Manni, ihm zu folgen. Die erste Tür links führte ins Schlafzimmer. Die Rollläden waren halb geschlossen, das Bett zerwühlt. Snoopy-Bettwäsche. Beinahe dieselbe, die seine Tochter auch hatte, stellte Jochen fest. Überall lagen Klamotten verstreut, auf dem Fensterbrett türmten sich weiße und schwarze Schulterpolster. Wer auch immer sich die aktuelle Mode ausgedacht hatte, hier schien er ein williges Opfer gefunden zu haben.

Im Klo rauschte die Spülung. Jochen riss die Augen auf. Über dem Bett hing zwischen zwei Postern von Level 42 und Madonna ein Ölschinken im goldenen Rahmen. Weder Musik noch Bild waren Schädles Geschmack.

»Das ist doch … ist das nicht …?«, stammelte er.

»Könnte sein.« Manni umrundete das Bett. »Wenn es nicht das Original ist, ist es eine sehr gute Fälschung.«

»Das ist echt, hat Andre mir geschenkt!« Moni war unbemerkt aufgetaucht.

»Lesen Sie Zeitung?«, wollte Jochen wissen. Der hohle Blick verriet ihm die Antwort. »Das Bild könnte aus dem Einbruch in die Gemäldesammlung stammen.«

»Der olle Hirsch?« Fasziniert starrte die junge Frau auf die Jagdszene an der Wand. »Cool.« Dann sackten ihr die

Beine weg, und sie glitt wie ein Stück Papier am Türrahmen herunter.

»Scheiße!« Mit wenigen Schritten waren sie bei ihr und hievten sie zusammen auf das Bett. Manni tätschelte ihr die Wangen. »Frau Vieth? Hallo? Komm schon, Mädel.«

Ein langes Seufzen entfuhr ihrer Kehle, dann blinzelte sie zögernd. »Ich glaube, das ist alles ein bisschen viel für mich. Erst das mit meinem Freund und dann das mit dem ollen Hirsch. Glaubense echt, dass der alte Schinken geklaut ist? Andre machte zwar ein paar Andeutungen, aber ich dachte, der will sich nur wichtigtun.«

»Was für Andeutungen?«

»Na dasser einen beobachtet hat, wie der Bilder austauschen wollte und deshalb jetzt 'ne gute Geldquelle hat. Klang richtig kompliziert.«

»Das wird gleich noch viel komplizierter. Ziehen Sie sich bitte was an. Sie begleiten uns aufs Revier. Und der Hirsch kommt ebenfalls mit.«

Der klobige Betonbau der Polizeidirektion Rottweil hatte Jochen nie gefallen, aber heute war er froh, ihn wiederzusehen. Dies hier war vertrautes Terrain.

Sie brachten Moni Vieth ins Verhörzimmer, zogen sich danach aber zu ihrem Doppelschreibtisch im Großraumbüro zurück. Zwei seiner Kollegen brüllten in ihre Telefonhörer, sodass normale Gespräche kaum möglich waren.

Ein Notizzettel mit der Nachricht *Bitte Rückruf Brisgau, Kripo Essen* steckte zwischen seinen Kugelschreibern. Jochen winkte ab. Er wusste, weshalb Kollege Mick ihn sprechen wollte. Aber das war ein anderer Fall und momentan irrelevant.

Wo sollte er hier anfangen? Am besten mit dem Einbruch auf Schloss Fürstenberg. Zielstrebig schritt er auf seinen Kollegen Krömers zu und stellte ihm das Hirschgemälde direkt auf den Schreibtisch.

»Ich habe doch erst im November Geburtstag.« Der Mittvierziger grinste kurz, wurde beim Betrachten des Bildes aber schnell wieder ernst. »Das … ist … doch …« Er keuchte vor Aufregung. »Ist es das, was ich denke?«

Jochen versuchte, so gelassen wie möglich zu wirken. »Keine Ahnung, sag du es mir.«

Hektisch durchwühlte Krömers die Unterlagen auf seinem Tisch und zog ein Blatt mit Miniaturbildern hervor. »Meine Güte! Das ist *Jagdausflug am Abend* von Johann Baptist Seele. Eines der Gemälde, die neulich gestohlen wurden. Woher hast du das?«

»Ob du es glaubst oder nicht, es hing einfach an einer Schlafzimmerwand.« Er fasste die Ereignisse der letzten Stunden zusammen und brachte Krömers mehrmals zum Kopfschütteln. »Echt unglaublich. Ich suche den ganzen Landkreis danach ab, und dann hängt der Schinken in einer Wohnung, nur wenige Kilometer vom Schloss entfernt. Hast du was dagegen, wenn ich bei der Befragung deiner Zeugin dabei bin?«

»Nicht das Geringste. Aber bring mich bitte vorher auf den neusten Ermittlungstand, was den Einbruch betrifft.«

Krömers seufzte. »Da gibt's nicht viel zu erzählen. Zwei oder mehr Unbekannte haben am Donnerstag vor zwei Wochen ein Seitenfenster des Schlosses aufgehebelt und sich großzügig in der Gemäldegalerie bedient. Für Profis hinterließen sie zu viele Spuren am Fenster, aber blutige Anfänger waren das auch nicht. Da bis jetzt keines der Bilder aufgetaucht war, tappe ich noch ziemlich im Dunkeln.«

»Dann sehen wir mal zu, dass wir das ändern.«

Gemeinsam gingen sie zu Jochens Schreibtisch. Manni hatte es sich auf der anderen Tischseite bequem gemacht und schien nicht im Traum daran zu denken, ihn ins Verhörzimmer zu begleiten. »Ihr kriegt das schon gebacken. Ich mach jetzt erst mal Brotzeit.«

Jochen spürte, wie sich sein Magen verknotete. Er sollte die Befragung tatsächlich allein mit Krömers durchziehen? Eine Sekunde lang erschreckte ihn die Vorstellung, dann akzeptierte er sie. Er war bei genug Verhören dabei gewesen. Das hier stellte keinen Unterschied dar.

Er behielt recht, war aber enttäuscht, was die Ausbeute betraf. Moni hatte sich erschreckend wenig für das interessiert, was ihr Freund außerhalb der gemeinsamen Wohnung trieb. Immerhin wusste sie, dass er in der Woche des Einbruchs im Schloss die Elektrik überprüft hatte. Aber weder kannte sie genaue Zeiten noch wusste sie, ob er am fraglichen Donnerstag länger dort gewesen war.

Auch wenn ihm klar war, dass ein Besuch bei der Villinger Elektrikerfirma nicht viel bringen würde, war die Befragung des Chefs trotzdem unabdingbar. Während Manni, direkt neben ihm stehend, mit der Sekretärin flirtete, lauschte Jochen aufmerksam dem grauhaarigen Firmeninhaber.

Wie erwartet, hielten sich die relevanten Infos in Grenzen. Der Chef bestätigte, dass Andre Bergmann in den Tagen vor dem Einbruch auf Schloss Fürstenberg gearbeitet hatte, aber nachdem der Verstorbene auch am Tag nach dem Diebstahl wie gewohnt zur Arbeit erschien, hatte er sich darüber keine Gedanken gemacht. »Andre wirkte auch überhaupt nicht anders als sonst. Wenn Sie mich fragen, hat er mit dem Einbruch nichts am Hut. Das ist überhaupt nicht seine Baustelle.«

Das sagen sie alle, überlegte Jochen und verabschiedete sich. Während der Rückfahrt nach Donaueschingen schwiegen beide. Die Stones sangen den *Harlem Shuffle*, vermochten ihn aber nicht aufzubauen. Bisher hatten Manni und er nicht viel erreicht. Vielleicht war es an der Zeit, die ehemalige Fürstenresidenz genauer unter die Lupe zu nehmen.

Sie hielten außerhalb der Parkanlage und legten die letzten Meter durch den Landschaftsgarten zu Fuß zurück.

»Ganz schön beeindruckende Hütte«, bescheinigte Manni, als sie auf direktem Wege auf das Schloss zusteuerten. Jochen widersprach nicht. Der gewaltige Barockbau mit der Kuppel und dem steinernen Springbrunnen im Schlosshof war wirklich beeindruckend. Um hier zu wohnen, könnte er sich durchaus überreden lassen. Dann aber am besten, ohne die Strom- und Heizkosten begleichen zu müssen.

»Mehr Schein als Sein«, murmelte Jochen. Was so aussah, als sei schon Ludwig XIV. hier zu Besuch gewesen, war in Wirklichkeit ein ziemlich moderner Nachbau. Knappe 100 Jahre alt. Naja, irgendwo musste die Fürstenfamilie ja hin mit dem Geld aus Brauerei und Wäldern, brummte er in sich hinein. Seine Eltern hatten nicht mal einen Schrebergarten besessen. Bier zwar schon, aber nur flaschenweise im Kühlschrank. Aber andererseits, auch bei der im Ort so hoch geschätzten Fürstenfamilie war sicher nicht immer alles Zucker. Jochen grinste, als sie an der Donauquelle vorbeikamen. Seit etwas mehr als 100 Jahren bewachten steinerne Quellnymphen den Quelltopf – und es war den Damen offensichtlich völlig egal, dass sich die Gelehrten bis heute stritten, ob die Donau tatsächlich hier entsprang oder doch ein bisschen weiter weg. Schön sah jedenfalls beides aus, Schloss und Quelle. Am liebsten hätte Jochen es den japanischen Touristen gleich getan, die sich auf den Stufen ein Päuschen gönnten und die Sandalen von sich streckten.

»Und morgen sind die in Paris und nachher haben sie keine Ahnung mehr, wo sie waren«, knurrte Manni. Ein Fotoapparat klickte. Spitze – jetzt war den beiden ein Platz in einem asiatischen Familienalbum sicher. Sie ließen den Haupteingang links liegen und machten sich auf die Suche nach den Büros der Schlossverwaltung.

»Ah!« Die Frau im dunkelblauen Kostüm warf ihre Kippe in den Kies und trat sie mit den glänzenden Pumps aus. »Sind Sie die Polizei?«

Die Kommissare stellten sich vor. Ihr Gegenüber war Elvira Groß, ihres Zeichens Chefsekretärin. Und sichtlich genervt. »Dieser Diebstahl bringt uns alles durcheinander«, lamentierte sie und raufte sich theatralisch die braunen Locken. Für einen kurzen Moment lagen ihre Ohren frei, und die Ohrringe blitzten in der Sonne auf. Der Duft von Chanel Nr. 5 wehte in Jochens Nase. Vielleicht kaufte die Frau auch bei den Franzosen ein, wie Sophie? Zu Hause war noch ein Rest des sonst nicht erschwinglichen Cognac XO, den sie ihm in jenen besseren Tagen besorgt hatte. Mit französischem Armeerabatt. Jochen spürte ein leises Ziehen in einer Körpergegend, die so gar nichts mit seinem Beruf zu tun hatte. Er schluckte trocken, während Frau Groß sie bat, ihr zu folgen.

»Wir müssen die Musiktage planen, seine Durchlaucht wird langsam ungeduldig.« Jochen zuckte mit den Schultern. Genau wie Manni kannte er die Adligen nur aus dem Südkurier. Eigentlich waren sie ihm sogar sympathisch, schließlich taten sie eine ganze Menge für das Städtchen.

»Zum Glück ist den Fossilien nichts passiert«, dachte Elvira laut.

»Naja, so ein ausgestopfter Bär lässt sich auch schwer klauen«, rutschte es Manni raus. Jochen schüttelte den Kopf, musste aber grinsen. Die beiden nahmen in einem Büro Platz, das mit plüschigen Sesseln, einem wuchtigen Schreibtisch und Kronleuchtern ausgestattet war. Elvira setzte sich ihnen gegenüber auf ein verschnörkeltes Sofa.

»Es ist ein Bild aufgetaucht, das vermutlich aus dem Einbruch stammt«, nahm Jochen den Faden auf. Die Sekretärin notierte eifrig in ein ledernes Notizbuch, während er ihr die Eckdaten nannte. Dass der Mann, der die Jagdszene so großzügig verschenkt hatte, tot war, verschwieg er. Bauchgefühl.

»Wo?«, hakte die Groß nach und sah auf ihre Armbanduhr. Goldenes Armband. Datumsanzeige. Selbst eine Sekretärin schien mehr zu verdienen als er, dachte Jochen. Er selbst trug seit Jahren dasselbe Aufziehmodell. Eine Zeit lang hatte er es mit einer metallenen Quarzuhr versucht, aber als die Batterie leer war, hatte er nie Zeit gefunden, sie zu wechseln.

»Gar nicht weit von hier«, antwortete Manni. »Aus ermittlungstaktischen Gründen kann ich Ihnen leider nicht mehr sagen.« Elvira sah nicht sehr zufrieden aus, als sie sich weitere Notizen machte.

»Was kritzeln Sie da eigentlich?«, rutschte es Jochen raus.

»Ich muss seiner Durchlaucht berichten und natürlich der Versicherung. Wir sprechen hier schließlich über Kunst von Weltrang.« Die Sekretärin klang schnippisch.

»Apropos Versicherung …«

»Da müssten Sie sich an meinen Chef wenden. Dr. George ist aber diese Woche nicht im Haus.«

»Na, so ungefähr werden Sie aber den Wert wissen?« Jochen kannte die Zahlen zwar aus dem Bericht der Kollegen, wollte sie aber trotzdem nochmal hören. Und etwas trieb ihn dazu, das Gespräch noch nicht zu beenden.

»4,8. Millionen.«

»Hui.« Manni pfiff leise. Elvira bedachte ihn mit einem Seitenblick.

»Mal angenommen, ich hätte so ein Bild geklaut. Dann würde mich doch das Geld interessieren«, sinnierte Jochen.

»Oder der ideelle Wert. Sammler sind merkwürdige Menschen. Mein Opa ist mal für eine winzige Briefmarke 300 Kilometer mit dem Fahrrad gefahren. Vor dem Krieg«, fiel Manni in seine lauten Überlegungen ein. Elvira sah erneut auf die Uhr.

»Na, also entweder häng ich mir den Schinken in den Keller. Oder ich mach ihn zu Geld.«

»Das habe ich doch den Kollegen …«, sagte Elvira genervt.

»Aber uns nicht«, unterbrach Jochen sie. »Also noch mal. Was macht ein Kunstdieb?«

»Die Bilder zu Geld?« Die Sekretärin verdrehte die Augen.

»Und wie? Wo?«

»Wenn ich das wüsste, hätten wir doch das ganze Trara hier nicht. Auf den Flohmarkt werden die ja kaum gehen.«

»Die? Sie meinen also, es handelt sich um mehrere Täter?« Jochen spürte dieses Kribbeln, dieses ganz gewisse. Und das kam dieses Mal nicht aus der Region unterhalb des Bauchnabels.

»Was weiß ich. Ja, nein.« Die Groß fummelte an einer Locke. »Was ist denn nun mit dem Bild, das aufgetaucht ist? Ist das bereits relevant für die Versicherung?« Die Sekretärin straffte die Schultern.

»Was weiß ich. Ja, nein.« Was die konnte, konnte Jochen auch.

»Ich will jetzt mal ganz offen sein.« Manni schickte ihm einen gespielten genervten Blick zu und wandte sich direkt an die Sekretärin. Mit einem verständnisvollen breiten Lächeln. Aha. Das Spiel guter Bulle – böser Bulle. Jochen zuckte mit den Schultern. Okay, heute war er der böse. »Wir haben, das sage ich Ihnen im Vertrauen, eine Spur.«

Schädle fixierte die Groß, die bei dieser Mitteilung kaum sichtbar zusammenzuckte.

»Geht die Frau nix an«, knurrte Jochen. Innerlich aber grinste er.

»Jochen, doch. Frau Groß, also, es ist so, wir bringen da einige Handwerkerarbeiten mit dem Diebstahl in Verbindung.«

Elvira vergaß, sich Notizen zu machen. Dafür fingerte Jochen jetzt seinen abgegriffenen Taschenkalender der Sparkasse Rottweil aus der Hosentasche. Dank der schwarzen Plastikhülle sah das Teil einigermaßen schick aus. Während er rasch die Seiten umblätterte (und dabei feststellte, dass er erstens einen Zahnarzttermin vorgestern und zweitens den Geburtstag seiner Exfrau vergessen hatte, was beides gleichsam unangenehm war), schielte er zu Groß. Die schluckte trocken, bewahrte aber sonst Haltung.

»Es gibt einen Zeugen«, sagte Jochen in den Raum hinein.

»Ach«, kam es nun doch von der Groß. Gedehnt. Langsam.

»Waren Handwerker in der Sammlung, liebe Frau Groß?« Manni war gut in seiner Rolle als der Nette.

»Das … ja, nein. Damit bin ich nicht direkt betraut.« Die Frau war clever, dachte Jochen.

»Erkundigen Sie sich bitte?« Jochen wollte aus dem Sessel hochschnellen, aber die weichen Polster gaben zu sehr nach. Sein Ischias ächzte. »Und geben Sie uns bis«, wieder blätterte er im Taschenkalender, »morgen früh Bescheid.« Er wandte sich zum Gehen und überließ es Manni, sich anständig von der Frau zu verabschieden.

»Ich hoffe, der Auftritt hat was mit dem berüchtigten Jochen-Schädle-Bauchgefühl zu tun«, blaffte sein Partner ihn an, als sie wieder im Wagen saßen. »Ansonsten war das eben nur peinlich.«

»Abwarten.« Jochen schaute auf die Uhr. Wenn seine Theorie stimmte, würde sie was tun. Aber wann genau wäre das? In zehn Minuten oder erst zwei Stunden? Er bereute es, keinen aufmerksameren Blick in das Notizbuch der Groß geworfen zu haben. »Das könnte jetzt ein Weilchen dauern. Wenn du magst, schau doch mal auf ein Fläschchen Fürstenberg in deinem liebsten Bahnhofslokal vorbei. Vielleicht schnappst du dort ja was auf.«

»Jetzt?« Manni langte sich an den Kopf. »In die Pinte? Im Dienst?«

»Die Alternative heißt im Auto sitzen und abwarten, bis die Trulla Hummeln im Hintern bekommt. Das kann dauern. Und ich weiß, wie sehr du das Warten liebst.«

»Vielen Dank für dein Mitgefühl. Aber ein Bier brauche ich gerade so dringend wie eine weitere Kinovorstellung von *Müllers Büro.* Da mach ich lieber im Auto ein Nickerchen.«

»Ich dachte, du magst den Film.«

»Die ersten drei Male war er lustig, aber langsam lässt die Begeisterung nach.«

In ihrem Wagen machten sie es sich bequem, behielten aber die Zufahrt zum Park im Auge. Lang brauchten sie nicht zu warten. Nach nicht mal zehn Minuten dröhnte ein gelbes BMW Cabriolet die Parkstraße hinab. Jochen wusste schon, wer am Steuer besaß, bevor er den brünetten Lockenkopf auf dem Fahrersitz erkannte.

Jochen ließ den Motor an.

Die Fahrt dauerte nicht lang und führte sie über die Dürrheimer Straße in den Norden der Stadt. Vom zuvor bewunderten Adelsprunk war hier nichts mehr zu spüren. Stattdessen wurde es mit jedem Meter moderner und bürgerlicher, stellenweise auch unschöner. Sie erreichten einen Reihenhausblock mit jeder Menge bröckelndem Putz. Der Straßenbelag davor wirkte, als würden regelmäßig Lastwagen vorbeirattern.

Die Groß war hier in etwa so passend wie ein Fliegenfenster im U-Boot. Das schien sie ebenfalls einzusehen und beschleunigte ihren BMW plötzlich wieder. Jedoch nicht für lang. Bereits zwei Querstraßen später parkte sie ihr grellgelbes Ungetüm in einem Hinterhof.

»Man muss eben auf seinen guten Ruf achten«, sagte Jochen, während er ihren Wagen in eine freie Parkbucht manövrierte.

»Ich glaube, hier gibt es noch ganz andere Sachen, auf die man achten sollte.« Skeptisch blickte Manni sich um und rümpfte die Nase.

»Ach komm, ist doch lauschig hier.«

Sie warteten ab, bis die Groß im Stechschritt hinter der Straßenecke verschwunden war, und folgten dann. Jochen spürte, wie sein Magen aufgeregt grummelte. Sie befanden sich hier bestimmt auf der richtigen Spur.

Entsprechend vorsichtig bewegte sie sich auch. Jeder Passant und jeder Hauseingang wurden als Sichtschutz genutzt. Gleichzeitig war Jochen ständig darauf gefasst, im Notfall hinter einem der geparkten Autos in Deckung zu gehen. Doch Elvira Groß schien dermaßen mit sich selbst beschäftigt zu sein, dass ihr nicht mal Zeit für flüchtige Blicke über die Schulter blieb.

Als sie den vorhin bereits bewunderten Häuserblock erreichten, gab Jochen Manni ein Zeichen, langsamer zu werden. Wen immer die Sekretärin hier aufsuchte, derjenige schien hinter einem der Eingänge zu wohnen.

Vorsichtshalber versteckten sie sich hinter einem Kastenwagen am Straßenrand. Sie trennten keine 30 Meter von dem Gebäude, dennoch hatte Jochen das Gefühl, nicht nah genug zu sein. Verdammt, warum hatte er keine Kamera mitgenommen? Mit einem Weitwinkelobjektiv hätte er alles aus nächster Nähe beobachten können. Kurz überlegte er, sich gebückt im Sichtschatten der anderen geparkten Autos vorzutasten, wollte aber kein Risiko eingehen. Dafür stand zu viel auf dem Spiel.

Nachdem die Groß an einer braun lackierten Holztür geklopft hatte, schaffte sie es endlich, sich umzuschauen. Ihr Blick zeigte Besorgnis.

In diesem Moment öffnete sich die Tür, und für Jochen setzten sich sämtliche Puzzleteile zusammen. Der Mann im speckigen Unterhemd und den ausgewaschenen Jeans war Hannes Brendle. Vorbestraft wegen zig Diebstahldelikten. Wenn sich Jochen richtig erinnerte, hatte der Mann vor ein paar Jahren sogar eine Gefängnisstrafe dafür abgesessen. Dass die Groß sich hier bloß nach dem Weg erkundigte, war so wahrscheinlich wie die Chance, dass Erich Honecker und Ronald Reagan zusammen ein Bier trinken gingen.

Manni keuchte vor Verblüffung und gestikulierte wild in der Luft herum. Kaum war die Tür hinter der Groß ins

Schloss gefallen, rüttelte er seinen Partner aufgeregt an der Schulter. »Hast du ihn erkannt? Weißt du, wer das ist?«

»Ruhig, Brauner. Selbstverständlich habe ich das. Und auf einmal ist unser verzwickter Fall gar nicht mehr so verzwickt.«

»Ich wüsste gern, was die da drinnen bequatschen.«

»Die reden über unseren Besuch und meine Andeutung über die Handwerkerfirma. Ganz eindeutig. Sie wird ihn warnen, und er wird die restlichen Bilder noch tiefer in der Versenkung verschwinden lassen.«

»Dann sollten wir die Chose auffliegen lassen. Vielleicht haben sie die Gemälde bei sich!«

»Wären die tatsächlich so blöd, wären sie schon viel früher aufgeflogen.«

Manni ballte die Hände zu Fäusten. »Aber irgendwas müssen wir tun.«

»Das werden wir auch.« Jochen begann zu lächeln. »Am besten drehen wir den Spieß um. Ich habe schon eine Idee.«

Das geheime Treffen dauerte nicht mal 20 Minuten. Als die Groß zum BMW zurückkehrte, drückte Jochen Manni die Autoschlüssel in die Hand und bat ihn, ihr zu folgen. »Ich behalte derweil unseren anderen Verdächtigen im Auge. Wenn die Trulla bloß zu ihrer Arbeit zurückkehrt, kannst du mich auch gern abholen kommen. Oder du fährst zum Revier und studierst Brendles Akte.«

»Das passt mir recht gut, ich hab nachher eh noch 'nen anderen Außentermin. Aber tu nix Dummes.«

Kennst mich doch, lag es Jochen auf der Zunge. Schweigend sah er hinterher, wie die Sekretärin und sein Partner in der Seitengasse verschwanden.

Jochen schaute auf die Uhr. Kurz vor vier. Er bezweifelte, dass Brendle jetzt schon was unternehmen würde. Außer, er setzte ihn unter Zugzwang.

Lächelnd zückte er Kugelschreiber und Notizblock und begann zu schreiben: *Das heute früh traf den Falschen. Neues Treffen. Selbe Stelle, heute 17 Uhr. Bring den restlichen Kram mit. Sonst geh ich zu den Bullen.*

Er überlegte, mutwillig einige Rechtschreibfehler einzubauen, ließ es aber bleiben. Manchmal war weniger eindeutig mehr.

Jochen faltete den Zettel und schob ihn unter der braun lackierten Wohnungstür hindurch. Nach einem ebenso kurzen wie energischen Anklopfen eilte er hinter den Kastenwagen zurück und war gespannt, was passieren würde.

Nur Sekunden darauf erschien Brendle an der Tür und schaute sich verwirrt um. Das Blatt bemerkte er erst, als er sie wieder schließen wollte. Er überflog die Zeilen, verzog aber nicht mal die Miene. Mit dem gleichen Gesichtsausdruck wie vorhin verschloss er die Tür wieder.

Jochen musste nur einmal *Dirty Walk* und die Hälfte vom *Harlem Shuffle* aus dem neuen Stones-Album vor sich hin summen, bis die Tür wieder aufging. Dieses Mal zeigte sich ein Hannes Brendle in Jeans und Holzfällerhemd. Sein Schnurrbart setzte sich eine Spur zu braun vom bleichen Gesicht ab, und das Rot seiner knubbeligen Nase biss sich mit dem des Hemdes. Der Kommissar lugte um die Ecke des Wagens. Brendle steckte sich eine Kippe an, zog die Tür hinter sich zu und ruckte an den Riemen des prallen und übergroßen Wanderrucksacks. Mit so einem Oschi könnte der Mann gut und gerne eine vierwöchige Donauwanderung antreten. Platz für den halben Hausrat wäre darin. Mit der Zigarette im Mundwinkel machte er sich auf den Weg, den Kommissar wie einen Schatten hinter sich. Jochen war froh, dass er noch einige Details zu Brendle im Kopf hatte. So zum Beispiel die Tatsache, dass dieser nie einen Führerschein (wohl aber mehrere Wagen) besessen hatte. Der Verdächtige legte ein für seinen Bierbauch, im Donaueschinger Volksmund auch liebevoll *Fürstenberg-Spoiler* genannt, erstaunliches Tempo vor. Die Wanderung führte Hannes und seinen Verfolger über die Lehenstraße in die Karlstraße und von dort weiter Richtung Brigach. Immer wieder schlüpfte Jochen in Hauseingänge, blieb hinter Ecken stehen, um nicht entdeckt zu werden. In der Luft lag der malzige Geruch aus der Fürstenberg-Brauerei. Schädle verfluchte die Groß, die ihn um ein kühles Bier gebracht hatte. Er hatte Durst. Mächtigen Durst. Und das machte aus ihm ungefähr das, was Wasser aus kuscheligen Gremlins im Kino macht. Seine Laune wurde langsam aber sicher monströs.

Ihm fiel die Eselsbrücke aus der Grundschule ein, als Brendle am Flüsschen entlang Richtung Park lief. Brigach und Breg bringen die Donau zu Weg, sinnierte er. Oder die fürstliche Quelle, ihm war das egal. In allen dreien war Wasser, und er hatte Durst. Als sein Verdächtiger abrupt stehen blieb, machte Jochen einen Sprung hinter einen Busch. Hier roch es faul. Ein Blick zum Boden bestätigte ihm, dass er mitten in einem offensichtlich beliebten Hundeklo stand – zum Glück nur neben einer riesigen Tretmine. Brendle ließ den Rucksack von den Schultern gleiten und setzte sich auf eine Bank. Schaute sich nervös um. Kramte die Zigarettenschachtel aus der Hemdtasche und steckte sich eine neue Fluppe an.

Jochen im Hundeklo schluckte trocken. Langsam stank ihm die Sache, vor seinem geistigen Auge erschien ein übergroßes Pilsglas. Er hatte Lust auf Feierabend. Jochen trat auf den Weg und schlenderte wie ein Spaziergänger den Weg entlang. Bei der Bank angekommen, nickte er Brendle zu.

»Ist da noch frei?«, fragte er betont harmlos. Hannes zuckte zusammen. Jochen nahm an, dass es sich hier um den *Treffpunkt* handelte, und konnte Brendle ansehen, dass dieser a) den Platz für Mister X freihalten und b) nicht auffallen wollte. Jochen nahm dem Mann die Entscheidung ab und ließ sich neben ihn plumpsen.

»Urlaub?«, fragte er mit einem Kopfnicken Richtung Rucksack.

»Nee.«

»Ach so.« Jochens Kehle war so trocken wie die Donau an manchen Stellen im Hochsommer. Er beschloss, sämtliche Taktik über Bord zu werfen und sah Brendle direkt an. »Post bekommen?«

»Hä?« Erst jetzt schien der Angesprochene ihn wirklich wahrzunehmen. Hannes musterte seinen Banknachbarn mit zusammengekniffenen Augen. »Sind Sie einer von denen?«

»Wer sonst«, gab Jochen zur Antwort. Wer auch immer *die* waren.

»Wie soll ich das glauben?«

»Weil ich weiß, was Sie im Rucksack haben.« Jochen setzte seinen eisigsten Blick auf. Den, den er im letzten Jahr nach *Im Angesicht des Todes* nochmal vor dem Spiegel verfeinert hatte. Okay, der Blick gehörte Grace Jones, aber die galt in seinen Augen nicht wirklich als Frau. Er schien gut zu sein, denn jetzt nickte Brendle und sah sich nervös um. Keine Spaziergänger in Sicht.

»Haben Sie meine … mein also Dings dabei?« Brendle leckte sich über die Lippen.

»Das Geld?«, riet Jochen.

»Gummibärchen wohl kaum«, brummte Hannes. Jochen klopfte sich auf die Jackentasche, die von Terminkalender, zwei Päckchen Taschentüchern, Handschellen und einer halben Tüte *Nimm Zwei* ausgebeult war.

»Zeigen!«, forderte er Brendle auf und nickte Richtung Rucksack. Der Mann friemelte am Riemen, öffnete den Verschluss und zog das Band auseinander. Jochen zählte ein gutes Dutzend Rollen. Zusammengerollte Leinwände.

»Den Rucksack will ich aber wieder«, sagte Brendle, als Jochen nach der Tasche griff.

»Von der Kohle können Sie sich zehn neue kaufen«, grinste der Kommissar.

»Auch wahr!« Hannes zeigte erstaunlich weiße Zähne unter dem Schnurrbart.

»Die Chefin will noch was wissen«, fabulierte der Kommissar ins Blaue. Brendles Grinsen verschwand.

»Und was?«, fragte er genervt.

»Ob das heute Morgen sein musste.«

»Der Typ? Ja. Nein. Ist mir ins Messer gerannt.«

»Soso.« Jochen bemühte sich, nicht gleich aufzuspringen und Brendle die Handschellen umzulegen. »Na, Sie wissen ja, Frauen können kein Blut sehen.« Jochen ließ sein bestes Grace-Jones-Lachen hören. Hannes zuckte mit den Schultern.

»Die Elli soll sich nicht so haben. Soll froh sein, dass der Kerl vom Acker ist. Wollte nur Kohle. Und zur Polizei. Ich hab gleich gesagt, mit so einem Jungspund, hab ich gesagt, mit so einem arbeite ich nicht.« Brendle kam in Fahrt. Jochen nickte bestätigend.

»War halt der Einzige, der an die Alarmanlage gekommen ist. Aber das weiß die Elli eigentlich. Soll bloß nicht so groß tun, bloß weil sie jetzt bei Fürstens arbeitet.«

»Ja, sie hat sich verändert«, riet Jochen.

»Die kenn ich seit dem Sandkasten. Der ihr Vater hat meinem mal beim Rummel die Fresse poliert, klasse Typ war das.«

»Und dann so eine Tochter«, griff Jochen die Lästerei auf.

»Naja, egal. Ich will jetzt meine Kohle und dann bin ich weg. Malle oder so. Bisschen Sonne.« Brendle streckte die Hand aus und grinste so breit, dass sein Schnurrbart hüpfte. Jochen griff in seine Tasche. »Wird ja für ein paar Wochen reichen«, freute Brendle sich, ehe er die Augen aufriss. Die Handschellen klackten, als sie sich um seine Handgelenke schlossen.

»Reicht für mehr als ein paar Wochen.« Jochen zog den Mann am Arm hoch. »Aber vorher halten wir noch da vorne am Kiosk. Abschiedsbier, Brendle. Geht auf meine Kosten.«

In Donaueschingen beginnt Jochens Erinnerungsreise, und auch Sie sollten der zweitgrößten Stadt des Schwarzwald-Baar-Kreises unbedingt einen Besuch abstatten. Äußerst sehenswert ist das fürstliche Residenzschloss, das seit 2003 sogar wieder der Wohnsitz der fürstlichen Familie ist. Zum Kaffee wird man Sie vermutlich nicht einladen (falls doch, berichten Sie uns davon – wir könnten daraus vielleicht einen tollen Krimi machen), aber gebuchte Führungen im Schloss sind gern gesehen.

Bei der Gelegenheit sollten Sie sich die fürstenbergische Sammlung genauer ansehen. Diese prunkvolle Privatsammlung der Adelsfamilie reicht bis zum 18. Jahrhundert zurück und beherbergt in einem extra dafür geschaffenen Gebäude wertvolles Silbergeschirr, kostbare Waffen und Uniformen ebenso wie ausgestopfte exotische Tiere, Knochen von Mammuts und Sauriern. Außerdem unzählige Werke alter und zeitgenössischer Künstler, unter anderem vom gebürtigen Donaueschinger Anselm Kiefer. Geöffnet ist die Ausstellung von April bis November, täglich von 10:00 bis 13:00 und 14:00 bis 17:00 Uhr.

Nach so viel Kultur empfehlen wir einen Spaziergang im Schlosspark mit dem Donauzusammenfluss. Auch sehr interessant ist der kleine Solitärbau *Belvedere*, der sich beinahe unbemerkt im Allmendshofener Wäldchen versteckt.

Wenn Sie mehr über die beeindruckende Landschaft zwischen Schwarzwald und Schwäbischer Alb erfahren möchten, dürfte Sie ein Besuch im Geologischen Garten interessieren. Und falls es recht heiß ist, empfehlen wir im Anschluss ein kaltes Fürstenberg-Bier zur Abkühlung.

Für viele zählt es zu den besten Bieren der Welt. Vielleicht möchten Sie bei der Gelegenheit auch gleich eine Führung durch die Fürstlich Fürstenbergische Brauerei unternehmen, die von Montag bis Freitag jeden Nachmittag um halb drei stattfinden.

Übrigens: Falls Sie mit dem Fahrrad unterwegs sind und ein bisschen mehr Zeit haben, könnte der Donauradweg für Sie interessant sein. Immer entlang der Donau bis nach Passau, Wien und Budapest. Ein echter Klassiker unter den Radwanderwegen.

Auf eine andere Art mobil geht es bei den jährlich stattfindenden internationalen Reitturnieren zu. An vier Tagen im September trifft sich dort alles, was in Sachen Pferdesport Rang und Namen hat, und bietet Wettkämpfe in den Disziplinen Springen, Dressur, Fahren und Polo.

Weniger tierisch läuft es bei den Donaueschinger Musiktagen, dem ältesten und traditionsreichsten Festival für Neue Musik weltweit. 1921 unter fürstlicher Obhut begründet, steht es auch heute noch für alle Formen neuer Musikexperimente und Klangkunst. Oder um es mit den Worten der Veranstalter auszudrücken: »Hier in Donaueschingen wurde und wird Musikgeschichte geschrieben.« Tickets dafür gibt es bei der Tourist-Information, Karlstraße 58, 78166 Donaueschingen, Telefon: 0771 857-266, E-Mail: tourist.info@donaueschingen.de und auch direkt online.

Unser Extratipp: ein Ausflug ins benachbarte Dörfchen Pfohren. Das dortige Wasserschloss ist ein wunderschönes Fotomotiv. Und wenn Sie noch weiter in die Baar eindringen möchten – Hüfingen und Bräunlingen sind hübsche kleine Orte, die allemal einen Abstecher wert sind. Wir empfehlen gerade im Sommer eine Badepause am Riedsee, wo es auch einen feinen Campingplatz gibt. In Bräunlingen sollten sie die Guggenmühle besuchen, und in Hüfingen lockt ein Kräuterlehrpfad.

*

Schmunzelnd richtet sich Jochen im Sitz auf. Sein erster Fall als tonangebender Ermittler hatte es schon in sich gehabt. Schlecht hatte er seine Arbeit damals trotz allem nicht gemacht.

Zufrieden lenkt er seinen Wagen in Richtung Fürstenbergstraße und von dort aus weiter zum Stadtausgang.

Auf dem Weg nach Tuttlingen verspürt er leichtes Magenknurren. Das letzte Essen liegt eindeutig zu lang zurück. Ein kleines Hefeweizen ist ebenfalls längst überfällig. Aber das hebt er sich auf für später.

Über die Stuttgarter Straße gelangt er ins Stadtinnere. Wenn er es sich recht überlegt, liegt auch die letzte Bratwurst viel zu lang zurück. Und wo gibt es die? Genau, beim Minigolfplatz im Donaupark. Bei dem Gedanken daran läuft ihm das Wasser im Mund zusammen.

Sofort gibt er Gas und malt sich aus, wie er sich auf einer der Liegen an der Donau ausstreckt und während des Essens Musik hörte. Genug Rolling Stones dürfte sein iPod getankt haben.

Noch besser wäre es natürlich, sich dort mit Manni zu treffen. Aber sein alter Partner genießt bestimmt sämtliche Vorzüge des Ruhestands und brauchte keinen, der ihn an frühere Fälle erinnerte. Ihr letztes Telefonat liegt auch schon mehrere Wochen zurück.

Mit ebenso viel Vorfreude wie Hunger im Bauch parkt er den Wagen am Donauspitz-Parkplatz, bummelt am Fluss entlang, staunt wieder einmal über die immense Entenpopulation und kauft sich ein Bratwurstbrötchen. Den ersten Bissen isst er direkt vor Ort. Mhhhhm … ist die gut.

Kurz überlegt er, gleich noch ein zweites zu kaufen. Aber eins nach dem anderen. Er lässt sich auf einer der kunstvoll gestalteten Steinliegen nieder. Hundertmal hat er schon darauf gesessen. Auch jetzt fallen ihm sogleich Dutzende Male ein, wie er hier mit Manni über die Ermittlungen philosophiert hatte. Allerdings ist ihm gar nicht mehr bewusst gewesen, wie unbequem die ollen Dinger doch sind. Für seine Bandscheibe das blanke Gift.

Egal, für die Dauer einer Bratwurst wird er es schon aushalten. Genussvoll beißt er wieder ab und überlegt, welcher Fall in Tuttlingen wohl sein interessantester war. Keine Frage, das muss der mit Gabi gewesen sein. Allein der Gedanke daran meißelt ihm sofort wieder ein Lächeln ins Gesicht.

*

TUTTLINGEN, 1995

Obwohl es von der Polizeidirektion bis zur Burg bloß eine Viertelstunde Fußweg war, bestand Manni darauf, die anderthalb Kilometer mit dem Streifenwagen zu fahren.

Gut, sein Partner hatte die 60 längst überschritten und kam mit seinem inzwischen kugelrunden Bierbauch nicht so gut vorwärts, dennoch wusste Jochen nichts, was gegen einen Spaziergang sprach. Zumal es eh später Vormittag war und sich die Julisonne nur zögernd hervorwagte. Im Gegensatz zu den Kollegen von der Spurensicherung brauchten sie auch nicht viel Zubehör mit sich führen. Manchmal sehnte er sich nach seiner Zeit in Rottweil zurück. Was hatte er sich nur dabei gedacht, sich versetzen zu lassen? Aber Karriere machte man bekanntlich nur durch Eigeninitiative. Außerdem tat ihm die Luftveränderung nach dem Beziehungsdebakel mit Andrea ganz gut.

Jochen akzeptierte die Trägheit seines Kollegen und sah das Positive an der kurzen Autofahrt: So hatte er wenigstens Gelegenheit, sich den Songklassiker *Street Fighting Man* anzuhören. Ein bisschen Stones am Morgen schadete nie. Im Gegenteil.

Er hoffte bloß, dass sie der neue Fall nicht zu sehr vom aktuellen Highlight in Tuttlingen abhalten würde. Nach jahrelangen Überlegungen hatte es dieses Jahr endlich geklappt, und die Stadt hatte zum ersten Mal das Honberg-Sommer-Festival ausgerufen. Natürlich würden hier keine Stars vom Kaliber der Rolling Stones auftreten, aber was die betraf, fieberte er sowieso dem Konzert am übernächsten Wochenende in Prag entgegen.

Bis dahin allerdings könnte die Bands in Tuttlingen eine willkommene Ablenkung liefern. Laut Spielplan würden beim hiesigen Open-Air-Festival unter anderem The Walkabouts und Jazzkantine auftreten. Zwei Bands, bei denen er ebenfalls nicht die Nase rümpfte. Nur der Kriminalfall musste noch mitspielen.

Bislang wusste Jochen lediglich, dass Passanten einen männlichen Leichnam entdeckt hatten. Wieder einmal. Wie oft hatte er diese vage Meldung in den letzten Jahren erhalten? Auf jeden Fall zu oft.

Sie ließen die Stockacher Straße hinter sich, kurvten die fast schon alpinen Serpentinen nach ganz oben und umrundeten die Burgruine von der Nordseite. Die markanten Burgtürme schienen ihnen fröhlich zuzuwinken. Auf dem großen Parkplatz machte er die Dienstwagen seiner Laborkollegen aus. Die Ersten waren sie also nicht.

Das Ruinenpanorama fest im Blick, steuerten sie auf den Festplatz zu. »Wir hätten auch direkt hinfahren können«, motzte Manni. Jochen grinste. Die fünf Minuten Spaziergang würden seinem Kollegen nicht schaden. Hinter der Burgruine, auf dem sonst freien Platz, machte er jenseits des Biergartens die Umrisse des ausrangierten Zirkuszelts aus, in dem allabendlich die Konzerte stattfanden. Unweigerlich fragte er sich, wer heute Abend auf dem Programm stand.

»Da hinten sind sie.« Manni zeigte auf eine Handvoll uniformierter Polizisten, die den Bereich rechts vom Biergarten absperrten. Dahinter sah Jochen bereits die Kollegen von der Spurensicherung und der Rechtsmedizin herumwuseln. Ein Stück abseits davon parkte ein gelb-roter Krankenwagen.

»Morgen, Männer«, begrüßte Jochen sie. »Bitte sagt mir, dass hier jemand bloß ungünstig gestürzt ist.«

»Ausschließen möchte ich das nicht. Ist auf jeden Fall ein stumpfes Schädeltrauma«, sagte der Pathologe und trat einen Schritt zur Seite, damit sie sich den Toten genauer betrachten konnten.

Es war ein Mann, schätzungsweise Ende 30, mit einer breiten Platzwunde an der Stirn, aus der Blut gesickert war. Das halbe Gesicht erschien wie unter einer dunkelroten Maske. Zusammen mit den nur halb geschlossenen Augen lieferte es ein ziemlich gruseliges Bild. Jochen spürte, wie sich sein Magen zusammenzog.

»Habt ihr schon Eckdaten für uns?«, fragte Manni und begutachtete den Leichnam mit angewiderter Miene.

»Laut Ausweis heißt er Torsten Flennert. Kommt aus Tuttlingen und wohnte in der Daimlerstraße.«

Der Kollege von der Spurensicherung reichte Jochen stumm das Dokument. Der Mediziner fuhr ungerührt fort: »Anhand der Körpertemperatur würde ich sagen, dass der Tod irgendwann zwischen Mitternacht und zwei Uhr morgens eintrat.«

»Gestern war Mittwoch. Da war abends im Biergarten nicht viel los«, warf Manni ein. »Vermutlich ist er nach der Sperrstunde hier entlanggetorkelt und gestolpert. Und weil es zu dunkel war, hat ihn hinter den Sträuchern keiner gesehen. Wenn ihr mich fragt, klingt das ziemlich plausibel.« Er klopfte sich demonstrativ die Hände ab. »Fall gelöst. Zeit für ein Weizen.«

»Wir brauchen nur noch jemanden, der die Geschichte bestätigt«, sagte Jochen. Der Vorschlag mit dem Hefeweizen klang nicht schlecht, kam zwei Stunden vor dem Mittagessen aber trotzdem nicht infrage. »Am besten reden wir mal mit den Leuten vom Biergarten. Sofern dort schon jemand da ist.«

Er lugte in die Richtung, erspähte auf den ersten Blick aber lediglich einen massigen 50er im weißen Hemd. Mit etwas Glück war das der Chef.

Einer der Spurensicherer trat mit verdrossener Miene zu ihnen. »Hier sind zirka tausend verschiedene Schuhabdrücke. Selbst um und unter der Leiche wimmelt es davon. Das ist wie die Suche nach der Nadel im Heuhaufen.«

Mit seinem kahlen Schädel und den Mauerresten der Burgruine im Hintergrund wirkte er wie ein Horror-B-Movie-Star aus den 60ern. Nicht viel schöner war der Gerichtsmediziner, der sich ebenfalls zu ihnen gesellte.

»Irgendeine Vermutung, was für ein stumpfer Gegenstand es gewesen sein könnte?«, fragte Jochen.

»Vielleicht ein Stein oder ein Ast. Wir geben Bescheid, wenn wir was finden.«

»Danke. Wer hat den Toten gefunden?«

»Einer der Angestellten, als er sich ans Aufräumen machen wollte. Er hat einen Schock und wird gerade von den Sanitätern behandelt.«

»Das übernehme ich«, sagte Manni. »Die Jungs kenne ich ganz gut.«

Jochen schaute ihm einige Sekunden lang hinterher und ging weiter zum Biergarten. Er hatte Glück, und der Dicke im Hemd entpuppte sich tatsächlich als der Chef. Danach verebbte die Strähne allerdings schnell. Der Mann hatte nicht nur nichts Ungewöhnliches mitbekommen, sondern war, schlimmer noch, gestern nicht einmal da gewesen. Wenigstens willigte er sofort ein, eine Liste der

Mitarbeiter von gestern Abend zu erstellen.

Fünf Namen standen darauf. Besser als nichts.

Er fand Manni im Gespräch mit einem der uniformierten Polizisten. Wider Erwarten hielten sie keinen Small Talk, sondern sprachen über mögliche Zeugen der gestrigen Ereignisse. Der Erfolg hielt sich allerdings in Grenzen. Bisher hatte sich niemand gemeldet, der etwas gesehen oder gehört hatte. Aber nichts anderes hatte Jochen erwartet. Er setzte seine Hoffnung lieber auf die Angehörigen des Toten. In der Regel lieferten sie die besten Hinweise, um sich ein Bild über den Verstorbenen zu machen.

Manchmal scheiterte aber auch das. Dass an Torsten Flennerts Klingelschild nur ein Name stand, senkte Jochens Erwartungen rapide. Als auch nach mehrmaligem Läuten niemand öffnete, setzte weitere Ernüchterung ein.

Zum Glück wohnte der Hausmeister im Erdgeschoss und ließ sich nach dem Vorzeigen der Dienstmarken zum Öffnen der Wohnungstür überreden.

Drinnen wirkte alles wie in einer normalen Singlewohnung: einige Kleidungsstücke auf dem Boden, jede Menge Abwasch in der Spüle und eine Staubschicht auf den Möbelstücken, die ausgereicht hätte, um Radieschen auszusähen. Jochen nahm es mit einem Schulterzucken zur Kenntnis. In seiner eigenen Wohnung sah es nicht viel besser aus. Hier wie dort fehlte eindeutig die weibliche Hand. Aber welche Frau, klar bei Verstand, ließ sich schon auf einen Bullen ein, der die magische Grenze von 40 bereits überschritten hatte? Besser werden würde da nicht mehr viel.

Was auch auf die Ermittlungen zutraf. Die Krönung des bisherigen Fehlschlags lieferte der Arbeitslosenbescheid auf dem Wohnzimmerschreibtisch. Offenbar hatte Flennert seit vier Monaten keine feste Anstellung mehr. Das hieß: auch keine Arbeitskollegen, die ihnen weiterhalfen. Wenigstens hatte er nicht untätig daheim herumgesessen, sondern mehrere Bewerbungen verschickt. Unter anderem als Handelsfachpacker. Jochen löste sich eines der Fotos vom Lebenslauf ab.

»Es wird immer besser«, stöhnte Manni beim Verlassen der Wohnung. Jochen hielt ihm die Namensliste aus dem Biergarten unter die Nase. »Jetzt bleibt nur noch das übrig.«

Mit skeptischer Miene beäugte er das Blatt und seufzte schwer. »Dann lass uns mal Klinkenputzen gehen.«

Die Erste auf der Liste war eine blasse Rothaarige von vielleicht Mitte 20. Sie wirkte ebenso verschlafen wie Nummer zwei auf der Liste – ein kräftig gebauter Teenager mit pechschwarzen Haaren und Aknenarben im Gesicht.

Als Jochen ihnen das Foto des Verstorbenen zeigte, bezeugten beide, ihn gestern Abend im Biergarten gesehen zu haben. Sie erinnerten sich sogar, an welchem Tisch er gesessen hatte. Was weitere Details betraf, verwiesen sie allerdings einstimmig auf ihre Kollegin Gabriele Scherzinger, die für diesen Bereich des Biergartens zuständig war.

Sie war die Nummer Vier auf der Liste. Zuvor kam noch Gert Mertens, ein fröhlicher Hobbygärtner, der sie direkt neben seinen Rosensträuchern begrüßte. Der angenehme Blütenduft ließ Jochen einen Moment lang selig lächeln und an Andrea denken. In ihrer fast anderthalbjährigen Beziehung war nicht alles schlecht gewesen. Auch seine inzwischen im Teenageralter befindliche Tochter Lena hatte sich gut mit ihr verstanden. Was keine Selbstverständlichkeit war, das wusste er nur zu gut.

»Klar hab ich ihn gesehen«, sagte Mertens und wurde merklich blasser, als er erfuhr, dass der Gast definitiv kein weiteres Hefeweizen mehr im Biergarten trinken würde.

»Das tut mir echt leid um den Burschen. Auch wenn er sich gestern nicht unbedingt von seiner glänzendsten Seite gezeigt hat.«

»Inwiefern?« In Mannis Augen blitzte Interesse auf.

»Na ja, eigentlich war ja Gabi für seinen Tisch zuständig. Aber irgendwie rückte ihr der Kerl zu sehr auf die Pelle, und sie bat mich, unsere Bereiche zu tauschen. Leider war ich zu sehr im Stress, als dass wir das genauer bereden konnten. Nach einer Weile erledigte sich das Ganze aber von alleine. Gabi sagte mir, dass er sich entschuldigt hätte und gegangen wäre. Das war's.«

»Was meinen Sie mit *auf die Pelle gerückt*?«

Mertens sah ihn an, als hätte er ihn gefragt, wie das mit den Blumen und Bienen funktionierte. »Hätte nicht gedacht, dass ich Ihnen das erklären muss.«

Jochen sah über die Bemerkung hinweg. »Wurde er handgreiflich oder irgendwas?«

»Ein bisschen vielleicht. So direkt habe ich das nicht gesehen. Fragt Gabi, die kann euch das genau erklären.«

Genau das taten sie auch. Ihre Wohnung befand sich in der Bahnhofstraße, schräg gegenüber der Buchhandlung Greuter. Im Vorbeigehen studierte Jochen die Auslage, notierte im Geist ein Sachbuch über The Fab Four für seine Wunschliste, vergaß das aber schnell wieder, als ihm die Zeugin die Tür öffnete.

Sie als attraktive Enddreißigerin zu beschreiben, wäre die Untertreibung des Jahres. Sie war die Art von Frau, die selbst einen Priester ins Schwitzen brachte: dunkle Locken und volle Lippen, dazu grüne Augen, die funkelten, als würden sie nebenbei als Edelsteine arbeiten.

»Frau Scherzinger?« Seine Stimme hörte sich an, als würde sie am seidenen Faden hängen. Ähnlich schwach fühlten sich seine Beine an. Mühsam erzählte er vom Grund seines Besuchs und verhaspelte sich selbst dabei. Schließlich übernahm Manni das Ruder und hinderte das Boot am Kentern. Als Jochen ihr das Foto des Verstorbenen zeigte, riss sie erschrocken die Augen auf.

»Oh nein. Er ist das? Ihn habe ich doch gestern Abend noch bedient.«

»Es heißt, er wurde ein bisschen zudringlich«, sagte Manni.

»Nicht mehr als andere«, sagte sie abwinkend. »Wenn ich jemandem beim Servieren zulächle, bedeutet es, dass ich freundlich bin. Nicht, dass ich mit demjenigen ausgehen möchte. Mancher Gast verwechselt das allerdings.«

»Was tun Sie dann für gewöhnlich?«

»Ich mache ihm klar, dass er sich das abschminken kann. Wenn jemand handgreiflich wird, gibt's eins auf die Finger. Spätestens dann versteht das jeder, selbst wenn er ein Bier zu viel intus hat.«

»So wie Torsten Flennert?«

»Ja, so wie er. Nachdem er merkte, dass er bei mir nicht landen konnte, ebbte sein Interesse ziemlich schnell ab. Außerdem schien er jemand Bekanntes getroffen zu haben und verdrückte sich bald. Das muss so gegen elf gewesen sein.«

»Haben Sie gesehen, wohin er gegangen ist?« Endlich hatte Jochen seine Stimme wiedergefunden.

»In Richtung Konzertzelt, wo ein Typ mit langen Haaren wartete. Wenn ich mich recht erinnere, saß der vorher auch im Biergarten, nur zwei Tische entfernt. Aber sicher bin ich mir nicht. Ich merke mir nicht jedes Gesicht.«

»Könnte er Ihren Kollegen aufgefallen sein?«

Sie zuckte mit den Schultern. »Schon möglich.«

Sie versuchten, noch einige Details über den Gast mit den langen Haaren zu bekommen, doch mehr als dass er ungefähr im gleichen Alter wie der Tote und komplett in Schwarz gekleidet war, erfuhren sie nicht.

»Vielleicht war es der Tod, der ihn holen kam«, überlegte Manni auf dem Weg zum Auto.

Nachdem sie die fünfte Adresse auf der Liste besucht hatten, kehrten sie noch einmal zum Hobbygärtner und den zwei vorherigen Bedienungen auf der Liste zurück. Doch die Ausbeute blieb mager. Keiner von ihnen erinnerte sich an den von Frau Scherzinger beschriebenen Gast. Weitere Erkenntnisse gab es ebenfalls nicht.

Enttäuscht kehrten sie zur Polizeidirektion zurück und liefen dort ihrem Chef direkt in die Arme. »Wie steht's um den neuen Fall? Ist es überhaupt einer? Vorhin hat mich der Oberbürgermeister angerufen und gefragt, ob das Festival in Gefahr ist und vielleicht sogar ausgesetzt werden muss. Ihr wisst, wie wichtig Koloczek die Konzerte sind.«

»Was hast du ihm gesagt?«

»Ich hab ihn beruhigt und gesagt, dass bislang nicht mal feststünde, ob überhaupt ein Verbrechen stattgefunden hat. Wenn die Spurensicherung mit ihrer Arbeit fertig ist – und das dürfte sie inzwischen sein – sollte dem Festivalverkehr nichts im Wege stehen. Oder seht ihr das anders?«

»Nicht im Geringsten.« Jochen überlegte kurz, woher die plötzliche Einmischung seines Chefs kam. Hing es mit dem Anruf aus dem Rathaus zusammen oder besaß ihr Chef zufällig Konzertkarten für die nächsten Tage? Ein großer Musikliebhaber war er jedenfalls. Jochen beschloss, lieber nicht nachzuhaken.

Auf seinem Schreibtisch erwartete ihn der vorläufige

Bericht der Spurensicherung. Die Kollegen hatten ihre Tatort-Arbeit nicht nur abgeschlossen, sondern auch die Tatwaffe entdeckt: einen handtellergroßen Stein, an dem noch einige Blutspritzer kleben. Dass der Stein tief im Gebüsch gelegen hatte, schloss ein unglückliches Stolpern aus. Außer, jemand war im Dunkeln aus Versehen dagegengetreten und hatte den Kiesel weggekickt. Aber wie wahrscheinlich war das, ohne dabei die Leiche zu bemerken?

Also doch ein Tötungsdelikt? War es bloß eine Affekthandlung von jemandem im bierseligen Zustand oder steckte mehr dahinter? Wie ein Mafiamord hatte es bislang nicht gewirkt, außerdem schien auch der Tote selbst nicht das typische Cosa-Nostra-Mitglied zu sein.

Aus den Augenwinkeln heraus sah er, wie Manni den Telefonhörer beiseite hielt und die Sprechmuschel mit der Handfläche abdeckte. Er hatte nicht mal mitbekommen, dass sein Partner telefonierte.

»Ein Zeuge will gesehen haben, wie Flennert in der Nacht vor dem Biergarten wartete und dann mit einer hübschen Frau verschwand.«

Hübsche Frau? Automatisch tanzten seine Gedanken um Gabriele Scherzinger. Gleichzeitig sträubte sich sein Verstand, sie auch nur ansatzweise mit dem Mord in Verbindung zu bringen. Dafür war sie überhaupt nicht der Typ. »Was für ein Zeuge ist denn das? Und woher weiß der überhaupt, was los ist? Quetsch ihn ordentlich aus und lass ihn am besten herkommen, damit wir eine Phantomzeichnung anfertigen können.«

Manni nickte. »Das hatte ich ohnehin vor. Und wohin verdrückst du dich gerade?«

»Ich muss noch mal zum Tatort. Irgendwie passt das alles noch nicht zusammen.«

»Soll ich mitkommen?«

Jochen winkte ab und lief zum Ausgang, ohne die Antwort seines Partners abzuwarten.

Auch diesmal nahm er nicht den Fußweg, sondern trat das Gaspedal ordentlich durch. Binnen weniger Minuten befand er sich auf dem Festgelände, noch immer Gabriele Scherzingers Gesicht vor Augen. Sie war definitiv eine hübsche Frau. Sollte er sie, wenn der Fall abgeschlossen war, möglicherweise um ein Date bitten? Sofort sah er sie beide in der tollen Pizzeria gegenüber dem Stadtgarten sitzen. Eines der legendär großen Wiener Schnitzel im Engelkeller verzehren. Eine Tretbootfahrt auf der Donau machen. Oder wäre das moralisch zweifelhaft? Er entschied, sich später zu entscheiden. Fest stand momentan nur, dass er sie unbedingt wiedersehen musste. Auch wenn er sich bei ihrem ersten Treffen nicht unbedingt mit Ruhm bekleckert hatte.

Laute Gitarrenklänge trieben ihn in Richtung Festzelt. Ein hagerer Typ mit langen Haaren stimmte eine Gitarre. Neben ihm sprach eine rothaarige Frau davon, dass sie einige Zeilen eines neuen Liedes namens *The lights will stay on* singen könnte. Dies war eindeutig eine Bandprobe. Auf dem Schlagzeug las Jochen *The Walkabouts*. Offenbar ging man hier davon aus, dass dem Auftritt heute Abend nichts im Weg stand. Dem wollte er nicht widersprechen.

Neugierig lauschte er einige Minuten lang dem Soundcheck und verabschiedete sich, als die Band gerade das laute *Jack Candy* anstimmte. Das Konzert heute Abend würde gut werden, daran hatte er keinen Zweifel. Wenn es die Ermittlungen zuließen, wollte er unbedingt vor Ort sein.

Er ging weiter zum abgesperrten Tatortbereich.

Wie erwartet, machten sich die allerersten Nachtschwärmer schon am frühen Nachmittag auf den Weg zum Honberg. Die ganz Tapferen (oder Sparsamen) nahmen den Fußweg, die Faulen nutzten den Busshuttle. Aber egal, ob Wanderer oder Fußlahmer, sie alle packte beim Anblick der Absperrung die Neugier.

»Hier gibt's nichts umsonst«, schnauzte Jochen die Gaffer an und schubste einen älteren Herrn im Hawaiihemd und einen dicken Typen im verschwitzten Poloshirt zur Seite.

»Hey, Alter, uffbassa!«, sagte der Polotyp. »I schtand do scho länger!«

»Es ist mir wurscht, wie lange Sie hier stehen, Sie bewegen sich jetzt! Auf! Der! Stelle! Weg!« Wenn Jochen etwas nicht leiden konnte, dann waren es Zuschauer am Tatort. Schon gar nicht, wenn die dermaßen nach Schweiß mieften, dass jeder Iltis einen erotischen Schub bekam.

»Bisch an Bulle oder was?« Der Dicke ließ sein Doppelkinn zittern. Jochen schnaubte, hob das Absperrband an und wies die beiden jungen Kollegen, die wie Statuen mit verschränkten Armen neben dem Fundort standen, an, die Menschen zu verscheuchen. Offensichtlich froh, sich nicht länger wie englische Wachsoldaten fühlen zu müssen, kamen die Streifenbeamten ihrer Arbeit nach. Die Menge machte sich murrend von dannen. Und auch Jochen murrte. Hier gab es nichts mehr zu sehen, was er nicht schon gesehen hatte. Er riss das Plastikband ab, knüllte es zusammen und stopfte es in eine der großen Mülltonnen neben einem Fressstand. Bis es dunkel wurde, würde es noch einige Zeit dauern. Er wollte aber das Gelände bei Nacht sehen, sich in das Opfer einfühlen.

Versuchen, dessen letzten Weg nachzugehen. Nicht ganz einfach, wenn um einen herum das pralle Leben tobte. Ein, zwei Bier zur Einstimmung, beschloss er, würden nicht schaden. Jochen klemmte sich auf eine Bierbank. Außer ihm saßen nur zwei Gäste im Biergarten. Die allerdings sahen so aus, als gehörten sie zum Inventar.

»Sie schon wieder.« Jochen war schon freundlicher begrüßt worden. Trotzdem lächelte er wie ein Breitmaulfrosch, als die schöne Gabi – jetzt in Kellnerinnenkluft – an seinen Tisch trat. »So ein Zufall.«

»Wer's glaubt.« Gabi verdrehte die Augen. »Was darf's sein?«

Dich will ich, schoss es Jochen durch den Kopf. Das sagte er aber nicht, sondern bestellte brav ein Radler. Dass Gabi ihm das Bier ziemlich schwungvoll servierte und ein guter Teil des Gebräus auf den Tisch schwappte, fand er reizend. Sie hat also Temperament!

»Ich hätte da noch ein paar Fragen«, sagte er schnell, ehe sie sich wieder zum Gehen wenden konnte.

»Ich bin im Dienst.«

»Ich auch.«

»Hat das nicht Zeit?« Gabi Scherzinger sah sich nervös um. Hinter der mobilen Theke mit aufklappbarem Schutzdach stand ein Kerl, der gut und gerne figürlich als Sumoringer Karriere machen könnte. Er behielt die Frau die ganze Zeit über im Blick. Jochen verstand und nahm die laminierte Speisekarte vom Tisch.

»Was können Sie mir denn empfehlen?«, fragte er überlaut.

»Fleischkäsweckle.« *Wann hast du Feierabend? Wer ist der Kerl?* Jochens Gedanken rasten, während er fasziniert das Lichtspiel in Gabis Augen betrachtete.

»Nehm ich. Mit Senf. Und nachher gehe ich bei den Toiletten spazieren.« Letzteres sagte er sehr leise. Gabi nickte kaum merklich. Als sie zum Tresen ging, hätte Jochen sich am liebsten mit der flachen Hand an die Stirn geklatscht. Ein Treffen beim Klo! Wie peinlich war das denn?

Das Brötchen war von gummiartiger Konsistenz. Sicher vom Vortag. Und der Fleischkäse war versalzen. Jochen spülte mit einem zweiten Radler nach und beglückwünschte den fetten Kerl hinter der Theke, dass er nicht vom WKD war.

Nach und nach waren mehr Menschen auf den Berg gepilgert. Der Biergarten war gut gefüllt. Jochen nahm an, dass Gabi vor Konzertbeginn keine Pause machen konnte. Kassiert hatte ein junger Kerl mit so vielen Pickeln im Gesicht, dass Jochen Mitleid mit dem schlaksigen Typen bekam. Er beschloss, eine Runde zu drehen. Dann noch eine. Und noch eine. Bis endlich der Zutritt vom Konzertzelt geöffnet wurde.

Der Biergarten leerte sich schneller als ein Mallorcaflieger nach der Ankunft in Palma. Die zwei Radler in seinen Eingeweiden klingelten an der Blase. Jochen benutzte das in einem Bauwagen untergebrachte WC, legte 50 Pfennige in die Schale vor den Toiletten und … sah sie.

Sie lehnte an einem kräftigen Baumstamm und zog genüsslich an einer Zigarette. Die weiße Schürze hatte sie abgelegt, sodass er einen direkten Blick auf ihre bestens proportionierte Figur werfen konnte. Claudia Schiffer mit schwarzem Haar. Wow.

»Also, was gibt's noch?« Sie klang genervt. *Wenigstens zeigt sie Gefühl*, dachte Jochen.

»Sie kannten Flennert«, platzte er raus.

»Hab ich Ihnen doch schon gesagt.« Die Scherzinger schüttelte die dunklen Locken und schnippte die Kippe in den Kies.

»Sie kannten ihn sicher besser«, hakte Jochen nach und versuchte dabei, sich nicht in ihrem Blick zu verhaken. Die grünen Augen wurden einen kleinen Moment eine winzige Spur dunkler.

»Ja, na und? Meine Güte, ja, ich war mal mit ihm aus. Ist aber Jahre her. Mehr war da auch nicht.« Das wollte Jochen gerne glauben. Ihm wäre am liebsten, es hätte außer ihm noch nie einen Mann für Gabi gegeben. Er zwang sich, sie nicht auf der Stelle zu küssen. Stattdessen fragte er, um Sachlichkeit bemüht: »Und der Mann mit den langen Haaren?«

»Noch nie gesehen. Echt nicht. Und jetzt muss ich auch los.« Gabriele stieß sich vom Baumstamm ab.

»Aber ich … also … hier ist meine Karte.« Sie nahm ihm die Visitenkarte mit spitzen Fingern ab und stopfte sie, ohne einen Blick darauf zu werfen, in die Tasche ihres engen schwarzen Rocks. Dann ging sie.

Jetzt hat sie meine Nummer, tröstete Jochen sich. Und: Es wurde langsam dunkel. Er folgte Gabriele in einigem Abstand. Der Biergarten war hell erleuchtet, aber menschenleer. Alle waren im Konzert, das in der Tat frenetisch beklatscht wurde. Neid auf die Leute im Zelt machte sich bei Jochen breit. Und dann blankes Erstaunen: Neben dem dicken Chef am Ausschank stand eine Bohnenstange in Jeansweste und weißem T-Shirt. Mit langem Haar. Der Kerl reichte dem Dicken ein dünnes Päckchen, das dieser hastig in der Hosentasche verschwinden ließ. Als Gabi an den Stand trat, machte der Dürre auf der Hacke kehrt. Jochen verstand nicht, was der Chef seiner Kellnerin zublaffte. Es sah aber aus wie »Glotz nicht so, geht dich nichts an».

Jochen huschte hinter einen der mächtigen Baumstämme, bis der Langhaarige an ihm vorbeigegangen war. Dann folgte er ihm den Hauptweg hinunter vom Berg. Plötzlich ein Schatten links von ihm. Eine Sekunde lang befürchtete er einen Hinterhalt. Anscheinend besaß Bohnenstange einen Komplizen. Für was auch immer. Dann erkannte er die vertraut massige Silhouette seines Partners.

»Manni, was suchst du denn hier?«

»Dich und die Scherzinger. Bist du gerade dabei, sie zu verhaften? Der Zeuge hat sie nämlich einwandfrei identifiziert.«

Jochen schüttelte den Kopf. »Das ist doch ein alter Hut. Habe ich längst geklärt. Siehst du den Langhaarigen da vorn? Das könnte unser Mann sein. Der hat irgendein krummes Ding mit dem Wirt laufen.«

»Ich versteh bloß Bahnhof.«

»Erkläre ich dir nachher. Jetzt lass uns erst mal schauen, wohin der Späthippie verschwindet. Vielleicht führt er uns zu seinem Boss.«

»Boss?«, wiederholte Manni skeptisch. »Mann, auf die Geschichte bin ich später gespannt.«

Jochen vermutete, dass die Bohnenstange auf dem Parkplatz des Getränkemarktes in ein Auto einsteigen würde, und hielt nach Mannis Dienstwagen Ausschau. Er entdeckte ihn direkt neben der Auffahrt. Freund Langhaar hingegen blieb auf einmal wie angewurzelt stehen. Hatte er sie entdeckt?

Nein, eine piepsige Melodie wie von einem Gameboy-Spiel ertönte, und der Verdächtige zog ein Handy aus der Tasche, das fast so groß wie ein Turnschuh war.

»Ja?«, rief er so laut, dass es vermutlich sogar die Walkabouts im Festzelt hörten. Trotzdem gingen Manni und er vorsichtshalber in Deckung.

»Keine Sorge, bei der Übergabe ging alles glatt«, fuhr Bohnenstange ein bisschen gedämpfter fort. Aber noch immer war er mühelos zu verstehen. »Der Wirt spielt trotz der unschönen Sache weiterhin mit. Weshalb sollte er auch Nein sagen, so viele Schulden, wie er hat, ist er froh, dass wir seine Finanzen ein wenig aufpolieren.« Er stockte kurz und drehte sich einmal um die eigene Achse. Ein weiteres Mal befürchtete Jochen, entdeckt worden zu sein. Aber sein gerade zum Hauptverdächtigen mutierter Lieblingstelefonierer schien ganz andere Sorgen zu haben. Beschwichtigend fuchtelte er mit der freien Hand herum. »Ey, Mann, das war ein Unfall. Ich wollte ihn nicht umlegen, sondern bloß Angst einjagen. Ja, ich hab ihm eins über den Schädel gezogen, aber das war bloß als Warnung gedacht. Ahnt doch keiner, dass die Pfeife ausgerechnet in dem Moment den Kopf rumreißt. Der hat sich den Stein förmlich selbst in den Schädel gerammt. Natürlich kommt das nicht wieder vor. Ja. Das sowieso.«

Jochen fühlte sich wie ein Gewinner bei der SKL. Wie oft im Leben kam es vor, dass einem ein Geständnis auf dem Silbertablett serviert wurde? Er gab Manni ein Zeichen, sich von links an ihren Hauptverdächtigen heranzuschleichen, und trat auf den Mann zu. »Ich nehme an, in dem Telefonat ging es um Torsten Flennert.«

Bohnenstange fuhr herum. »Wie bitte? Wer sind Sie?«

»Dein Freund und Helfer.« Er zeigte die Polizeimarke, und der Langhaarige mutierte zum Sprinter.

»Halt, stehen bleiben, Polizei!«, rief Jochen überflüssigerweise. Bohnenstange beschleunigte noch mehr.

Trotzdem erreichte er nicht mal das Parkplatzende. Wie aus dem Nichts sprang Manni in bester Schimanski-Manier hinter einem der Wagen hervor und riss ihn fluchend mit sich zu Boden. »So nicht, Freundchen.«

Jochen war beeindruckend. Eine solche Aktion hatte er seinem Partner gar nicht mehr zugetraut.

Manni bestand darauf, den Langhaarigen unverzüglich aufs Revier zu schaffen. Er bot Jochen an, gleich bei ihm mitzufahren, doch das Angebot schlug er ohne nachzudenken aus. Noch war der Fall nicht abgeschlossen. »Fahr schon mal vor, aber halte mir eine Zelle frei, ich bringe bald Nachschub.«

Mit diesen Worten stapfte er hinauf zum Festivalgelände. Gedämpfte E-Gitarren und frenetischer Beifall erfüllten die Nachtluft. Ein leichter Nieselregen setzte ein und unterstrich Jochens ohnehin ungute Stimmung. Er versuchte, herauszuhören, welches Lied die Band gerade spielte, scheiterte jedoch. Das viele Johlen und Klatschen legte aber zumindest nahe, dass das Publikum begeistert war.

»Guten Abend«, begrüßte er den Wirt hinter dem Biergartentresen. »Kennen Sie mich noch?«

Aus den Augenwinkeln heraus sah er Gabriele Scherzinger zu einem der wenigen besetzten Tische gehen. Einen Herzschlag lang blickte sie in seine Richtung, und Jochen lief es heiß und kalt den Rücken hinab. *Don't play with me, 'cause you're playing with fire* von den Stones, kam es ihm sofort in den Sinn.

»Sie sind doch der Kommissar«, sagte der Wirt und holte seine Gedanken zum Gespräch zurück. »Haben Sie noch weitere Fragen an mich?«

»Sogar jede Menge. Ganz besonders interessiert mich das dünne Päckchen in ihrer Hosentasche.«

Der Wirt schnappte nach Luft. »Wie bitte? Wie kommen Sie darauf?«

»Sparen Sie sich die Show. Ich habe alles gesehen. Und nun her damit.« Er wartete die Antwort gar nicht ab, sondern griff in die prall gefüllte Hosentasche. Der Wirt versuchte, ihn aufzuhalten, hatte aber keine Chance. »Was erlauben Sie sich?«

Jochen öffnete das Päckchen. Jede Menge Hundertmarkscheine waren darin. Bestimmt kamen insgesamt 3.000 Piepen zusammen. Wenn nicht mehr. »Sagen Sie mir nicht, dass das bloß Ihr Wechselgeld ist. Hiermit sind Sie verhaftet. Wegen Geldwäsche und was weiß ich sonst noch. Ich hoffe bloß für Sie, dass Sie mit dem Mord nichts zu tun haben.«

Unter den Augen von Gabi und den anderen Angestellten führte er ihn aus dem Biergarten. Auf dem Weg zum Parkplatz begleiteten ihn die ersten Konzertbesucher. Viele von ihnen schwärmen euphorisch davon, wie toll der Auftritt der Band gewesen war. »Vielleicht ihr bisher bester überhaupt.«

Am nächsten Vormittag, ungefähr zur selben Zeit wie am Tag davor, hielt er wieder vor Gabriele Scherzingers Wohnung. Diesmal ohne Manni im Schlepptau, aber das war auch besser so.

Jochen war froh, dass der Fall so leicht und vor allem so schnell abzuschließen gewesen war. Nachdem er mit dem Wirt auf dem Revier auftauchte, wich der Bohnenstange sämtliche Farbe aus dem Gesicht. Dann nur noch kurz die Daumenschrauben angelegt, und schon bestätigte er, dass sich in dem Päckchen der nächste Lohn für die regelmäßige Geldwäsche befand. Auch bezüglich Torsten Flennert zeigte er sich äußerst gesprächig und gestand, dass dieser den Wirt und ihn bei einem heiklen Geschäftsgespräch belauscht hatte, und er ihn deswegen zur Rede stellen wollte. »Leider gerieten wir dabei ein bisschen aneinander. Aber glauben Sie mir, ich wollte ihm nichts tun. Es war bloß ein Unfall.«

Ob dem tatsächlich so war, sollte der Richter entscheiden. Jochen war nur froh, dass der Fall abgeschlossen war und nun einer anderen Angelegenheit nichts mehr im Weg stand.

Das Herz pochte ihm bis zum Hals, als er an Gabis Tür läutete. Er freute sich, dass sich sein Gefühl als richtig erwiesen hatte und die Bedienung nicht mal ansatzweise in die Sache verwickelt war.

»Hallo, Frau Scherzinger, ich wollte Ihnen bloß mitteilen, dass der Fall abgeschlossen ist, und mich für das ruppige Auftreten gestern Abend entschuldigen.«

Sie winkte ab und strahlte ihn mit ihren Funkelperlenaugen an. »Und deswegen kommen Sie extra zu mir gefahren?«

»Nicht ausschließlich. Ich wollte Sie fragen, ob Sie nicht Lust hätten, mit mir was essen zu gehen. Es gibt da diese kleine Pizzeria …«

Ihr Kopfschütteln zerstörte ganze Welten. »Sie scheinen ein netter Typ zu sein, Kommissar Schädle, aber ich verabrede mich grundsätzlich nicht mit Polizisten. Das ist wie zweimal Feuer und geht einfach nicht gut. Das verstehen Sie sicherlich.«

Nein, das verstand er nicht, aber welchen Unterschied machte das? Tausend Widerworte lagen ihm auf der Zunge.

Genauso wie tausend Begründungen, weshalb sie beide perfekt zusammenpassten. Doch er verabschiedete sich und kehrte betrübt zu seinem Wagen zurück.

In Tuttlingen glaubte Jochen, eine neue Liebe gefunden zu haben, bekam statt einer Verabredung aber bloß einen Korb. Aber wenigstens hatte er die Gelegenheit, den Honberg-Sommer zu besuchen. Das inzwischen fast schon legendäre Open Air Festival findet seit 1995 jedes Jahr im Juli auf dem Honberg statt. Von alten Helden wie Art Garfunkel, der Spider Murphy Gang oder Nina Hagen über The Walkabouts und Jeff Healey Band bis zu Christina Stürmer und Roger Cicero standen dort schon jede Menge hochkarätige Künstler auf der Bühne, und auch im nächsten Juli wird es wieder ein äußerst abwechslungsreiches Programm geben. Dank Biergarten und Kinderzelt ist zudem für alles andere gesorgt.

Übrigens, die in unserer Geschichte erwähnte Pizzeria gegenüber dem Stadtgarten gibt es tatsächlich. Ebenso die legendär großen Wiener Schnitzel im Engelkeller. Beides für den kleinen oder großen Hunger sehr zu empfehlen.

Frisch gestärkt geht es danach am besten weiter zur Donauversickerung, einem einzigartigen Naturschauspiel beim Stadtteil Möhringen. Hier gibt es eine unterirdische Flussanzapfung, in der Sie dabei zusehen können, wie die Donau an verschiedenen Flächen im Flussbett nicht versinkt, sondern in unterirdischen Hohlräumen abfließt. Glauben Sie uns, so etwas bekommen Sie nicht alle Tage zu Gesicht.

Ebenfalls eine gute Idee ist der Besuch im Deutschen Dampflok- und Modelleisenbahnmuseum im früheren Bahnbetriebswerk, in dem sie 26 historische Dampflokomotiven aus nächster Nähe bewundern können.

Und wenn Sie einmal in Möhring sind und die Sonne langsam untergeht, lassen Sie sich eine Nachtwächter-Führung nicht entgehen. Die Kosten der rund zweistündigen Führung liegen bei 8 Euro pro Erwachsenen und 5 Euro für Kinder. Enthalten sind darin ein Eintrittsglas, ein Vesperhappen, ein Schnaps – und eine humorvolle Führung durch die Möhringer Geschichte.

Zurück in Tuttlingen legen wir Ihnen den regelmäßig stattfindenden Wochenmarkt und das Gauklerfest ans Herz. Wenn Ihnen eher nach sportlicher Betätigung zumute ist, probieren Sie sich im Freizeitpark Donauwiese beim Minigolfen und Tennis oder kühlen sich im Freizeit- und Thermalbad TuWass ab.

Etwas für Ihre Bildung können Sie dagegen bei der Stadtführung *Auf den Spuren der Römer – Tuttlingen eine Weinstadt?* tun. Da der Rundgang unter Stadtführer Herbert Tiny sehr beliebt ist und auch eine leckere Weinprobe beinhaltet, ist eine Voranmeldung erforderlich.

Unser Extratipp: In der städtischen Galerie hinter dem Rathaus finden regelmäßig Gemälde- und Skulpturenausstellungen internationaler Künstler statt. Und im nur wenige Gehminuten entfernten Heimatmuseum *Fruchtkasten* kommen auch Kinder mit den spannenden Ausstellungen voll auf ihre Kosten.

Wenn Sie genauso gern Bier trinken wie Jochen, fahren Sie doch nach Wurmlingen. In der Hirschbrauerei erwartet Sie neben der Brauereigaststätte auch ein Biermuseum, wo Kinder zum Beispiel ihre eigenen Bierdeckel gestalten können.

*

Jochens Bandscheibe knirscht, als er sich von der Betonliege hochrappelt. Einen Augenblick lang kann er den ihm längst vertrauten Schmerz ignorieren – er denkt an Gabi. Ist sie glücklich verheiratet oder bereut sie, ihm damals keine Chance gegeben zu lassen? Sie beide hätten bestimmt ein echt starkes Team abgeben. Er fragt sich, wie sie mittlerweile aussieht, entscheidet sich aber, dass er das lieber nicht wissen will. Die Zeit geht mit kaum jemandem gnädig um.

Er folgt dem Donauverlauf, weicht zwei Teenagern auf Skateboards aus und kehrt zum Auto zurück. Der Schotter auf dem Donauspitz-Parkplatz versaut seine schwarzen Schuhe. Jochen zuckt mit den Schultern. Egal, er hat ja frei. Er hat jetzt immer frei. Er wuchtet sich auf den Fahrersitz, sucht eine rückenfreundliche Position und skippt beim CD-Player zum Song *Play with fire*. Das muss jetzt einfach sein.

Ohne es zu bemerken, biegt er rechts über die Donaubrücke ab. Sein Blick schweift über das Scala-Kino. Beton. Stahl. Wann war er das letzte Mal im Kino? Jetzt hätte er Zeit dafür. Aber was läuft heutzutage? Mit *Easy Rider* kann sicher keiner der neuen Hollywoodstreifen konkurrieren.

»Verdammt noch mal!« Wieder einmal ist Jochen auf die Tuttlinger Einbahnstraßen reingefallen. Wer nicht hier wohnt, der weiß zwar, dass sein Ziel nur einen Block weiter liegt – ahnt aber selten, dass er dafür fünf Kilometer mit der Kirche ums Dorf kutschieren muss, weil die Stadtplaner ganz offensichtlich auf die blauen Schilder mit weißem Pfeil ein Abonnement haben. Da er sowieso kein Ziel hat, lässt er sich von der Straßenführung leiten. Entdeckt eine freie Parkbucht, was in Tuttlingen einem Lottogewinn gleichkommt, stellt den Wagen ab und grinst: Genau gegenüber ist der *Engelkeller*. Hier hat er mit den Kollegen schon so manche geschmelzte Maultasche und literweise Linseneintopf verspeist. Gegen ein Schmalzbrot hätte er jetzt auch nichts.

»Was soll's«, sagt er zu sich selbst und steuert auf die Gaststätte zu. Hier wenigstens hat sich nichts verändert – der *Engelkeller* ist gemütlich wie eh und je, die Speisekarte lässt jedes schwäbische Herz höher schlagen, und die Weinkarte liest sich wie ein Ortsverzeichnis der süddeutschen Winzergebiete. Eine Portion Maultaschen, zwei Trollinger und zwei Hirsch-Biere später hat Jochen sich mit den Männern am Stammtisch angefreundet. Weitere zwei Pils später sind sie per Du. Und nach einer Runde Williams lässt der frischgebackene Rentner sich von seinem neuen Kumpel, dessen Namen er am nächsten Tag vergessen haben wird, ins Hotel Stadt Tuttlingen begleiten. Schon beim Einschlafen, das sanfte Rauschen der Donau im Ohr, weiß er, dass der letzte Schnaps ihn am nächsten Morgen quälen wird.

Was er auch tut. Vom Frühstück kann Jochen nichts begeistern, stattdessen stattet er C&A einen Besuch ab und versorgt sich mit einer neuen Unterhose, die er sofort anbehält – sehr zum Amüsement der Verkäuferin. So etwas hat er früher manchmal bei Einsätzen mit Manni gemacht. Damals, in der guten alten Zeit.

Wehmütig lächelnd lenkt er den Wagen auf die Neuhauser Straße und von da aus am Polizeipräsidium vorbei. Er hat weder Lust auf den neuen Tunnel beim Aesculap-Firmensitz, noch auf die Strecke über Nendingen. Zwar droht kein Hochwasser, das die Straße unpassierbar machen würde, aber er hat das Gefühl, nach *oben* zu müssen. Vorbei am Tierheim, dem Altental und dem Hühnerhof, wo sich am Wochenende hungrige und durstige Biker und Familien drängeln. Kurz überlegt er, einen Abstecher ins Freilichtmuseum in Neuhausen ob Eck zu machen. Aber auf Schulklassen und glückliche Familien, die zwischen original erhaltenen Bauernhäusern von anno Zwieback herumtoben, hat er keine Lust.

Wieder einmal ist Jochen erstaunt, wie schnell sich ein Landschaftsbild verändern kann, wenn Straßenbauer am Werk sind. Die Schnellstraße Richtung Bodensee mag zwar blank wie ein Babypopo sein, ihm ist aber die gute alte Landstraße lieber. Er lässt das Freilichtmuseum rechts liegen und klemmt sich hinter einen Traktor. Überholen könnte er selbst dann nicht, wenn er es wollte. Die Straße hat viele Kurven (ein Bikerparadies, wie er weiß), und der Wald sorgt dafür, dass er durch sommerlich flirrende Licht- und Schattenspiele fährt. Im Winter freilich ist ihm die Strecke viel, viel lieber. Erstens muss er sich bei Schnee auf der Fahrbahn nie rechtfertigen, warum er nicht überholt, und zweitens braucht er dann selten eine Sonnenbrille. Aufpassen muss Jochen trotzdem, so manches Mal beschließt ein Langläufer, seine eigene Loipe zu ziehen, und landet auf der L440.

Ohne es zu wollen, hat der Kommissar plötzlich ein Bild vor Augen. Seine Erinnerung katapultiert ihn zurück in die 1990er-Jahre. Nach Fridingen. An einen Wintertag.

*

FRIDINGEN, 1991

Jochen Schädle pustete in seine Hände und rieb die Finger gegeneinander. Half aber nichts, der schneidende Wind hatte kein Mitleid mit dem Kommissar.

»Na, Kollege, Handschuhe vergessen?« Hans Zierock stakste durch den Schnee. Natürlich mit Wollmütze auf dem Kopf und Fäustlingen an den Händen. Der knallrote Schal brachte den Teint des Gerichtsmediziners zum Leuchten. Schädle brummte unwillig. Er wusste, dass bei ihm höchstens die unbedeckten Ohren und die Nase leuchteten. In Rot. Der Anruf hatte ihn um kurz nach neun Uhr geweckt. An einem Sonntag. Seinem freien Tag. Der Glühwein vom vorabendlichen Besuch des Weihnachtsmarktes kreiste noch in seiner Blutbahn, und er war froh, ohne Kopfschmerzen aus dem Haus zu gehen. Leider eben auch ohne Handschuhe. Er schalt sich selbst einen Deppen, vergrub die Hände in den Taschen seiner Daunenjacke und folgte dem Arzt über den Parkplatz zum Skihang Antoni. Ein Loipengeher war beim ersten schwachen Funzeln der Wintersonne aufgebrochen. Weit gekommen war der Frühsportler nicht, nach knappen 300 Metern hatte ihn etwas aus der Bahn und von den Langlaufskiern geworfen. Ein Arm, der, halb unter dem frisch gefallenen Schnee verborgen, quer über der Loipe lag. Eine Streifenwagenbesatzung und der Notarzt kümmerten sich um den geschockten Mann. Er selbst würde später mit dem Zeugen reden. Erst einmal musste der wieder Farbe ins Gesicht bekommen. Er war so weiß wie der Schnee und sah ziemlich unglücklich aus. Schädle nickte den Kollegen zu und passierte die Absperrung.

»Heimadsogga!«, fluchte er und stapfte hinter Zierock her. Immerhin kam so sein Blut in Wallung, und seine Ohren fühlten sich etwas besser durchblutet an.

»Eigentlich schön hier«, freute Zierock sich.

»Hm.« Mehr brachte Schädle nicht hervor. Er beneidete Manni. Sein Partner hatte sich das Wochenende freigenommen, um seine Mutter in Esslingen zu besuchen und letzte Weihnachtseinkäufe zu erledigen. Im Klartext hieß dies vermutlich: Glühwein trinken und Bratapfel essen.

»Fährst du Ski?« Es war der nette Versuch des Mediziners, eine Unterhaltung in Gang zu bringen. Vergebens. So früh am Morgen war Jochen nicht nach Plauderei zumute. Er war froh, als sie endlich am Fundort ankamen. Das Team der Spurensicherung hatte schon allerlei Gerätschaften aufgebaut. Die Praktikantin fotografierte.

»Kann sie sich sparen«, knurrte Jochen. »Sieht man nachher außer Schnee sowieso nichts.« Er trat vor und betrachtete den Arm, der aus dem Schnee ragte. Die Finger waren blau. Auch keine Handschuhe. Er beugte sich vor. Die Nägel waren brüchig, der Handrücken blond behaart. Schwarzer Stoff umhüllte den Unterarm. Vermutlich der Ärmel eines Skipullovers. Der Rest der Leiche war unter einer Schneewehe halb verborgen. Schädle umrundete die Fundstelle. Um Fußspuren musste er sich schließlich keine Gedanken machen.

»Graben Sie den Mann mal aus«, sagte er. Und hoffte, dass unter dem Schnee ein Skianzug zum Vorschein kam. Das nämlich würde die Chance auf einen handelsüblichen Herzinfarkt erhöhen und ihm die Möglichkeit geben, die Tage vor Weihnachten etwas ruhiger angehen zu lassen. Während die Kollegen mit Handfegern den Schnee vom Leichnam bürsteten und Zierock sich schon Notizen machte, ging Jochen im Geist eine Liste durch. Versandhaus sei Dank hatte er die von seiner Tochter heiß gewünschte Barbiepuppe bereits bestellt. Lena würde sich freuen, wenn er sie und seine Ex-Freundin am zweiten Weihnachtstag besuchte. Was seinem Sohn gefallen könnte, wusste er nicht. Am besten schickte er Tobias 50 Mark, auch wenn er Gefahr lief, dass seine Exfrau das Geld für sich ausgab.

»Oha!« Der Ruf des Gerichtsmediziners brachte Jochen in die Realität zurück. Was er jetzt sah, hatte herzlich wenig mit besinnlicher Adventsstimmung zu tun: Zwar steckten die Füße des Toten, der mit dem Gesicht voran im Schnee lag, in geschnürten Stiefeln – der Hintern aber ragte nackt in die Höhe. Die Jeans hingen auf Höhe der Knie. Eine Jacke war nicht zu sehen. Zierock machte sich an die Arbeit, vermaß, ließ die Praktikantin Fotos machen, betastete den Toten. Unterdessen kam Jochens Hirn in Fahrt. Während er versuchte, seine Position so zu verändern, dass er wenigstens einen Teil des Gesichts erkennen konnte, ratterten Stichworte wie *Sexualmord*, *homosexuell* und *sturzbesoffen* durch sein Hirn. Wenn er wirklich, wirklich Glück hatte, war der Tote ein Trinker, der aus irgendeinem Grund den falschen Weg eingeschlagen hatte.

»Du kannst ihn umdrehen.« Zierock stemmte die Hände ins Kreuz, als er sich wieder aufrichtete. Jochen grinste. Bandscheibe – Altherrenkrankheit! Die Kollegen griffen dem Toten unter Schultern und Knie. Es sah grotesk aus, als sie den steifen Leichnam herum wuchteten.

»Oha!« Der Tote war jung. Verdammt jung.

»Puh.« Auch Zierock war erschüttert. Vor ihnen lag ein Teenager. Jochen wandte sich um und stapfte 20 Meter weiter. Stapfte zurück.

»Und?«, bellte er Zierock an.

»Schwer. Ob das Leichenstarre oder Tiefkühlung ist, kann ich nicht sagen. Ich nehme aber an, dass der Tod vor etwa zehn bis zwölf Stunden eingetreten ist.«

Wär ich auch drauf gekommen, dachte Schädle. Irgendwann zwischen dem letzten Loipengeher am Samstag und dem ersten Unglücksvogel, der den Toten heute früh gefunden hatte. Wie sonst?

»Alkohol?«

»Für eine Blutprobe müssen wir ihn erst auftauen.«

»Dauert wie lange?«

»Ich ruf an. Oder schick ein Fax ins Büro. Mein Sonntag ist sowieso im Eimer.« Zierock reichte Jochen die Geldbörse des Toten, welche er aus der heruntergelassenen Hose gezogen hatte, und packte seine Gerätschaften zusammen. Jochen hatte keine Lust, bei der Leiche nach weiteren Papieren zu suchen. Er wies die Kollegen an, den Fundort weiträumig nach Gegenständen abzusuchen. Die Loipe würde heute gesperrt bleiben.

Bei der Skihütte hatten sich mittlerweile an die 20 Sportler zu den Kollegen gesellt. Alle schnatterten aufgeregt durcheinander. Die einen, weil sie von der Polizei um das sonntägliche Skivergnügen gebracht wurden, die anderen spekulierten. Jochen nickte den Leuten zu, bat den jungen Eiberle, sich den Zeugen vorzunehmen (was dieser mit stolzgeschwellter Brust sogleich in Angriff nahm), und ging dann grußlos zu seinem Wagen. Er stieg ein, drehte den Zündschlüssel und wartete auf das Knacken der Kassette. Erst als die ersten Takte von *Honky Tonk Women* aus dem Lautsprecher wummerten, öffnete er den Geldbeutel. Ein schwarzes Modell aus Kunstleder. Ziemlich abgegriffen. Im Münzfach zählte er drei Mark und 42 Pfennige.

Plus eine rechteckige rote Plastikmarke, die wie der Jeton einer Spielbank aussah. Golden abgehoben stand *Saturday Night Fever – free entry* darauf. Schädle kannte den Laden aus den Berichten der Kollegen. Die Disco in der Fridinger Unterstadt war mehr alter Keller denn Clubraum. Und so blöd gelegen, dass die Feierwütigen Wochenende für Wochenende die Anwohner um den Schlaf brachten.

Im Scheinfach steckte ein Zehnmarkschein. Eine Quittung von Edeka über zwei Dosen Jim Beam Whiskey Cola, eine Schachtel Marlboro und ein Päckchen Wrigley's. Und der Personalausweis des Toten. Er klappte das kleine Heftchen auf und starrte minutenlang auf das Foto. Ein blondes Kind mit erstem Bartflaum. Ihn schauderte. Dann startete er den Wagen und fuhr zu der Adresse, an der Dennis Weigel, geboren am 4. 7. 1974 in Tuttlingen, Augenfarbe blau, Größe 1,78 m, besondere Kennzeichen keine, gemeldet war.

Von der Wohnung der Eltern aus hatte Jochen den Notfallseelsorger aus Tuttlingen angefordert. Als der Diakon endlich kam, war Schädle mehr als froh, aus dem Trauerhaus flüchten zu können. Die Mutter des Jungen war in Schockstarre verfallen und sah selbst aus wie eine Leiche. Der Vater hatte erst getobt, was dem Bücherregal im Wohnzimmer schlecht bekommen war. Dann war er weinend und wimmernd auf dem Sofa zusammengebrochen.

Es war ja nicht so, dass Jochen das nicht alles nachvollziehen konnte. Sein eigener Sohn war dieses Jahr 14 geworden. Zwar pflegten sie nicht viel Kontakt miteinander, trotzdem wollte er sich nicht einmal vorstellen, wie es wäre, wenn Tobias etwas zustieß. Sofort verspürte er das dringende Bedürfnis, ihn anzurufen. Einfach kurz erkundigen, wie es ihm ging und was er so trieb. Aber der Gedanke daran, zuerst seine Mutter am Apparat zu haben, ließ ihn die Idee schnell wieder vergessen. Der letzte Unterhaltsstreit mit Marion lag noch nicht allzu lang zurück.

Mit einem Kloß im Hals kehrte er zum Auto zurück. Ganz klar, bei dem Fall konzentrierte er sich am besten ausschließlich auf die Arbeit. Aber das war ihm ja noch nie schwergefallen. Wie ging er jetzt am besten vor? Viel hatte er nicht aus den Eltern herausbekommen. Dennis hatte am Vorabend wie immer samstags gegen 19 Uhr das Haus verlassen. Wohin? Ins *Night Fever*. Mit wem? Seinen Kumpels. Namen? Nein. Doch. Christian. Wie weiter? Keine Ahnung. Und dieses Mädchen aus Sigmaringen. Roter Golf. Mehr nicht.

Seine einzige, vermutlich nicht mal lauwarme Spur war der Nachtclub. Jochen sah auf die Uhr. Machte es Sinn, dort am frühen Sonntagnachmittag aufzutauchen? Aber wohin sollte er sonst fahren?

Er folgte der Tuttlinger Straße in der Fridinger Unterstadt. Unterwegs überlegt er, wie Dennis Weigel zum Skihang Antoni gelangt war und was er dort in der Nacht überhaupt zu suchen hatte. Normalerweise unternahm man solche Aktionen bloß, wenn man einen über den Durst getrunken hatte. An die harten Sachen dürfte der Junge mit seinen 17 Lenzen noch gar nicht rankommen. Andererseits, hatten die Kollegen nicht mal erwähnt, dass man es im *Night Fever* mit der Volljährigkeit nicht so genau nahm? Na ja, die Blutuntersuchung des Jungen würde hoffentlich Aufschluss bringen.

Türsteher gab es vor dem Club keine, und auch sonst hielt sich der Andrang in Grenzen. Hinter der Theke polierte ein stiernackiger Barkeeper Biergläser. Seine Oberarme erinnerten Jochen ein wenig an seine eigenen Oberschenkel. Vollkommen im Widerspruch dazu standen auf dem Tresen ein Tablett mit Lebkuchen und eine Glasschüssel mit Keksen. Vermutlich dachte der Barkeeper nicht mal im Traum daran, so was anzurühren.

Auf dem Podest des DJ-Pults sah er eine Frau mittleren Alters mit dem Schrubber hantieren. Die beiden Schallplattenspieler interessierten sie genauso wenig wie die restliche Elektronik. Entsprechend vorsichtig ging sie vor. Die Freude über ihre Arbeit stand ihr deutlich ins Gesicht geschrieben.

Die Luft roch so wie Jochens Wäschekorb. Fenster entdeckte er auf den ersten Blick gar keine. Dafür jede Menge grelle Poster mit unerkennbaren Krakeleien darauf. So modern, wie alles wirkte, wurde hier bestimmt kein schnörkelloser Rock gespielt, sondern dieses Techno-Gedöns, das gerade so angesagt war. Als wenn das irgendeinen Bestand hätte.

»Kann ich Ihnen helfen?«, fragte plötzlich jemand neben ihm. Ein bulliger Zuhältertyp mit Vokuhila-Haarschnitt (vorne kurz, hinten lang) und Bauchansatz. Fehlten nur noch Goldkette und Trainingsanzug. »Eigentlich haben wir noch gar nicht offen.«

Jochen zückte seine Polizeimarke und genoss den überraschten, wenn nicht gar erschrockenen Gesichtsausdruck seines Gegenübers. »Ich will mich nur mal umschauen.«

»O-okay. Gibt es ein Problem?«

»Kommt darauf an.« Er ließ seinen Blick bewusst langsam durch den Raum schweifen. Als er einige Meter in Richtung der Ecknischen ging, folgte ihm der Typ sofort. Auf dem Boden lagen dünne Glasscherben, alte Knicklichter und Kaugummipapier. »Mit wem habe ich hier überhaupt das Vergnügen?«

»Stretter. Hugo Stretter. Ich bin der Besitzer vom *Saturday Night Fever.*« Er sagte das so, als wäre es etwas, worauf man stolz sein könnte. Jochen schluckte seinen bissigen Kommentar herunter. »War dieser Junge gestern Abend hier?«

Er reichte ihm ein Foto von Dennis Weigel, das ihm dessen Eltern vorhin gegeben hatten. Der Mann studierte es aufmerksam. Oder tat zumindest so. Die Antwort fiel aus wie erwartet: »Nicht, dass ich wüsste. Aber wir behalten hier sicherlich nicht jeden Gast im Auge. So was schreckt die Kundschaft ab.«

»Haben Sie eine Ahnung, wie der Junge an einen dieser roten Plastikchips für freien Eintritt gelangt sein könnte?«

Der Vokuhila-Träger zuckte mit den Schultern. »So was verlosen wir. Jeder 100. Barbesucher bekommt das.«

»Auch wenn er keine 18 ist?«

»Klar, warum nicht? Gibt schließlich auch Cola hier. Was hat denn der Bub ausgefressen?«

»Exakt das versuche ich herauszufinden. Er ist heute Morgen tot aufgefunden worden. Vielleicht war Ihr Club der letzte Ort, den er vorher besucht hatte.«

Jochen konnte zusehen, wie Stretter das Blut aus dem Gesicht wich. Für eine Sekunde wirkte er gar nicht mehr selbstsicher. Doch zu schnell fand er zur alten Stärke zurück. »Das ist natürlich eine schlimme Sache. Wenn meine Angestellten oder ich Ihnen irgendwie helfen können …« Er stieß einen lautstarken Pfiff aus. Wie brave Hunde kamen der Barkeeper und drei weitere Leute sofort angetrottet. Selbst die Putzfrau legte den Schrubber beiseite.

Jochen ließ das Foto herumgehen und beobachtete die Mienen der Angestellten. Jeder von ihnen tat so, als würde er das Bild genau betrachten. Trotzdem sagte keiner, dass er ihn wiedererkannte. Es wäre auch zu schön gewesen.

Beim Verlassen des Clubs wehte ein so starker Wind, dass Jochen kaum die Tür öffnen konnte. Also legte er sich umso mehr ins Zeug und stolperte fast, als der Luftwiderstand plötzlich nachließ.

Aber auch ohne Wind war die Temperatur draußen eisig. Mit den Händen tief in die Taschen gestopft stapfte er die Straße hinauf. Nach nur wenigen Metern schnalzte ihm jemand zu. Ein an die Mauer gelehnter Typ im verlotterten Look, der in der Gasse hinter dem Club stand. Meinte er ihn? Neugierig ging er auf ihn zu.

»Ey, Kumpel, brauchste was?«

Du meinst, ein frisches Deo, so wie du?, lag es Jochen auf der Zunge. Der Typ roch ranzig wie wochenalter Käse. »Was haste denn?«

»Hab gesehen, dass du aus'm Club kommst. Aber glaub mir, mein Zeug ist viel besser.«

Jochen grinste innerlich. »Dann zeig mal her.«

Der Dealer fuhr tief in seine Hosentasche und förderte eine Handvoll Plastiktütchen hervor, die jeweils eine grünliche Pille enthielten. Vermutlich handelte es sich dabei nicht um Aspirin.

»Knallen die auch gut?«

»Dass du denkst, du fliegst um die Sonne. Astreines Ecstasy, frisch aus der Tschechei importiert.«

»Was willste dafür haben?«

Der Dealer musterte ihn kurz von oben bis unten. »Dir

mach ich 'nen Freundschaftspreis. Nen Zehner pro Päckchen. Oder fünf für 40, wenn du gleich mehr willst.«

»Hmmh das will gut überlegt sein. Weißt du was, ich glaube, ich nehme alles. Und dich auch gleich mit.« Pünktlich mit den letzten Worten schwenkte er die Handschnellen vor der Nase des Dealers herum.

»Scheiße«, fluchte der und zuckte kurz so, als wollte er einen Fluchtversuch unternehmen. Doch Jochen versperrte ihm den Weg, bevor er den Impuls in die Tat umsetzen konnte. Die Handschellen klickten, dann ging es weiter zum Revier.

Der beim Verkaufsgespräch sehr gesprächige Mike Haffner war in ein merkwürdiges Summen verfallen. Mit viel Fantasie erkannte Jochen darin die Melodie von U96s *Das Boot* – Remix. Besser machte das die Situation nicht. Es genügte völlig, dass er im Radio ständig mit dieser Art von Musik drangsaliert wurde.

Aber auch davon abgesehen besaß der Dealer jede Menge Nervenpotenzial. Um seinen guten Willen zu beweisen, hatte er dem Durchgefrorenen nach dem Eintreffen auf dem Revier Kaffee und Lebkuchen spendiert. Schließlich war ja Weihnachten. Aber wie dankte der Typ es ihm? Hüllte sich in Schweigen oder summte dämliche Techno-Lieder.

Vielleicht hätten sie ihm stattdessen besser eine gescheite Kopfnuss verpassen sollen. Aber solche Methoden waren leider nicht erlaubt.

Jochen fragte sich, ob er den Technogesang mit einer lautstarken Version von *Sympathy for the devil* übertönen sollte. Dann beschloss er, den Dealer den Kollegen zu überlassen. Die kannten diesen Mike schließlich, hatten ihn nach eigenen Angaben seit Monaten im Visier. Der Junge stammte aus einer so genannten gut situierten Tuttlinger Familie, stand kurz vor dem Abitur und schien sein Peugeot-Cabrio und seine teuren Klamotten mit dem Handel von Ecstasy zu finanzieren. Offensichtlich hatte die chemische Droge aber sein eigenes Gehirn angegriffen, der irre Blick und die mehr als mangelhafte Körperpflege wiesen den Knaben als einen seiner besten Kunden aus.

Im Flur atmete Jochen tief durch. Es würde eine Weile dauern, den ranzigen Schweißgeruch aus der Nase zu vertreiben.

»Bestell dem Knaben ein Taxi ins Rottenmünster«, wies Jochen den Fridinger Kollegen an. Der grinste. Klar, die psychiatrische Klinik in Rottweil wäre der beste Platz, um den durchgeknallten Vogel auf den Boden der vorweihnachtlichen Tatsachen zurückzuholen. Die sichergestellten Pillen – 42 Stück insgesamt, davon 28 grüne und der Rest in Rosa und Hellblau – waren auf dem Weg ins Labor in Tuttlingen. Vor morgen früh würde kein Ergebnis zu erwarten sein. Jochen wusste auch so, was im chemischen Bericht stehen würde. Panscherei. Fragte sich nur, womit das Zeug gestreckt war, und ob sich in der Blutbahn von Dennis Weigel dieselbe Mischung fand. Er nickte den Kollegen zum Abschied zu, kratzte das Eis von der Scheibe seines Wagens und fuhr nach Hause. Wenn er Glück hatte, würde in der ARD statt adventlicher Volksmusik ein Tatort laufen, über den er sich lustig machen konnte. Wäre die Polizeiarbeit wirklich so einfach wie im Fernsehen, er hätte viel mehr Freizeit!

Natürlich hatten die Programmplaner nur an Weihnachten gedacht. Nach einer halben Stunde vor der Glotze war Jochen nach einem kleinen Umweg über das Bad sofort ins

Bett gegangen. Als er um sieben Uhr aufwachte, zum ersten Mal seit Wochen wirklich ausgeruht, war es draußen noch stockfinster. Eine heiße Dusche und zwei Tassen Kaffee später wählte er die Nummer der Geschlossenen im Rottenmünster. Wie erwartet, hatte Mike die halbe Nacht mit Singen zugebracht, ehe der Diensthabende ihn mittels Chemie ausgeknockt hatte. Vor übermorgen, teilte ihm die Schwester mit, würde der Junge nicht ansprechbar sein. Valium war eine erstaunliche Erfindung.

So gut der Tag angefangen hatte – ein Blick in seinen Kleiderschrank holte den Kommissar auf den Boden der buchstäblich nackten Tatsachen zurück. Außer Sommerklamotten war nichts Sauberes zu finden. Jochen dachte nach. Das letzte Mal war seine Waschmaschine vor beinahe drei Wochen gelaufen.

»Scheiße.« Er sammelte Hosen, Pullover und Unterwäsche vom Boden ein, stopfte so viel als möglich in die Trommel und startete das Gerät. Ohne Weichspüler, der war leer. Dann suchte er sich aus dem Stoffberg auf dem Boden eine Cordhose (nur ein kleiner Kaffeefleck am Knie), einen groben Strickpullover (die Riechprobe ergab: tragbar) und dicke Socken. Mangels frischer Unterhose schlüpfte er in eine Badehose, als Unterhemd musste ein T-Shirt herhalten. Als er seine kleine Wohnung verließ, startete die Waschmaschine gerade den ersten Schleudergang.

»So früh?« Manni staunte, als sein Kollege um kurz vor acht das gemeinsame Büro betrat. Wie immer war es für ihn wie eine Zeitreise: uralte Schreibtische, vergilbte Wände. Der Antrag auf Neubau lag seit einem guten Jahr im Stuttgarter Ministerium, und die Kollegen flachsten, wer wohl vor der Rente noch den Umzug in den geplanten Neubau erleben würde.

»Du hast Post.« Manni reichte ihm ein Fax. Zierocks Bericht aus der Pathologie. Mit dem zweimal unterstrichenen Vermerk: »Vorläufig!« Abgesehen von den medizinischen Fachbegriffen, die für Jochen böhmische Dörfer waren und blieben, lautete die Essenz: chemische Substanzen in der Blutbahn. Und zwar in einer nicht unerheblichen Menge.

»Der war total zugedröhnt«, brachte Manni es auf den Punkt.

»Hat ihn aber nicht umgebracht«, folgerte Jochen. Tödlich war die Kälte. Und: keine Spuren sexueller Gewalt. Wahrscheinlich hatte der Junge sich im Drogenrausch wie im Hochsommer gefühlt und deswegen die Hose halb heruntergerissen.

»Wenigstens hatte er Spaß«, murmelte Jochen kaum hörbar. Er wischte das Bild seines eigenen Sohnes aus seinem Gedächtnis. Im selben Moment piepste das Faxgerät.

»Zierock ist auch Frühaufsteher«, kommentierte Manni und reichte Jochen den kurzen Bericht über die Analyse von Mikes Wunderpillen. Gesund sahen die chemischen Formeln nicht aus – aber es waren definitiv andere, als die in dem ersten Bericht.

»Von unserem Meistersänger hatte der Tote seinen Stoff wohl nicht«, folgerte Jochen.

»Wäre auch zu einfach gewesen.« Manni schob eine Tupperdose mit Vanillekipferl in Jochens Richtung.

Beide mampften schweigend und krümelnd. Plötzlich sprang Jochen auf.

»Waff?« Manni spie eine Ladung Krümel auf den Schreibtisch.

»Bauffgefühl«, antwortete Jochen mit vollem Mund. »Lof gehfts!« Er schnappte sich noch ein Plätzchen, schlüpfte in seine Daunenjacke und saß wenig später neben einem erstaunten Manni im Wagen.

»Wie war's eigentlich bei deiner Mutter?«, fragte er auf dem Weg in die Unterstadt. Er musste sich zügeln, nicht zu kräftig aufs Gaspedal zu treten. Eine Schlitterpartie auf der eisbedeckten Straße war wenig erstrebenswert.

»So spaßig wie Masern und Röteln gleichzeitig. Aber backen kann sie immer noch wie 'ne Eins. Die Kipferl im Büro stammen von ihr.«

»Dachte ich mir schon. Deine hätten deutlich verkohlter geschmeckt.«

»Von mir hättest du gar keine bekommen. Ebenso jemand anderes. Ich hätte mich an so was nämlich gar nicht erst versucht. Ist besser für das Allgemeinwohl. Verrätst du mir nun endlich, wohin wir fahren.«

»Lust, mal wieder ordentlich abzuzappeln?«

Obwohl es noch recht früh am Montagmorgen war, hatte der Club bereits geöffnet. Die Luft im Inneren roch allerdings noch schlechter als beim gestrigen Besuch. Wurde hier denn niemals richtig gelüftet?

»Wir haben geschlossen«, rief ihnen eine Männerstimme zu. Der Tonfall war höchst unamüsiert. Jochen erkannte sie, brauchte aber einen Moment, um den Clubchef in einer der Ecknischen auszumachen. Er stand mit dem Rücken zu ihm und unterhielt sich mit dem Barkeeper.

»So zeitig schon hier? Sie müssen Ihr *Night Fever* aber wirklich lieben.«

Stretter und der Barkeeper kamen auf sie zu. »Schon hier?« Er lachte auf und rieb sich das müde Gesicht. »Ich war noch nicht mal im Bett. Am Wochenende ist hier immer die Hölle los.«

Jochen schaute sich um. Der Boden war übersät mit

Flyern, Strohhalmen und sonstigen Plastikabfällen. Auf jeder infrage kommenden Ablagemöglichkeit standen Gläser und Flaschen. Von der Putzfrau fehlte jede Spur. »Ja, das sehe ich.«

»Was kann ich heute für Sie tun, Herr Kommissar?«

Sein Blick schwenkte weiter zur Theke und fand dort sofort, wonach er suchte. Die Frage des Clubchefs ignorierend, ging er zur Bar und schnupperte an der inzwischen halb leeren Keksschale. Unweigerlich schmunzelte er. »Die riechen aber nicht so, als kämen sie aus Muttis Backstube.«

»Nicht? Wonach denn dann?« Stretters Stimme klang auf harmlos getrimmt, aber sein Gesicht war weiß wie Partyschnee. »Die hat neulich ein Gast mitgebracht. Ich weiß gar nicht genau, was das ist.«

»Schon klar. Steht aus reiner Nächstenliebe hier. Dann haben Sie aber bestimmt kein Problem damit, wenn wir die konfiszieren. Und Sie würden wir ebenfalls gern mit aufs Revier nehmen, um ein paar Fakten über den noblen Spender zu bekommen.«

Der bleiche Mann schnappte nach Luft. »Unmöglich. Ich bin hundemüde und hab hier noch jede Menge zu tun.«

Manni trat vor ihn. »Alternativ können wir den Club auch für die nächsten Wochen komplett dichtmachen. Kommt bestimmt gut. Über die Feiertage schaut sich den Antrag eh kein Richter genauer an.«

»Aber. Das. Können. Sie. Nicht. Machen.«

»Es liegt ganz bei Ihnen.«

Etwas Unverständliches brummend folgte er ihnen nach draußen.

Sie unternahmen einen Abstecher zum Labor und überreichten die konfiszierten Kekse. Vorsichtshalber wies

Jochen die Kollegen noch einmal ausdrücklich darauf hin, dass es sich um kein Weihnachtsgebäck, sondern um Beweismaterial handelte.

Zurück im Büro verfrachtete er den Verdächtigen in den Verhörraum, verzichtete diesmal aber auf Lebkuchen und Kaffee. Solche freundlichen Gesten schienen heutzutage eh aus der Mode gekommen zu sein.

Weil er wusste, wie müde und genervt der Clubbesitzer war, ließ er ihn absichtlich noch eine halbe Stunde lang schmoren und telefonierte mit dem Labor. Die Kollegen hatten ihre Tests an den Keksen zwar noch nicht abgeschlossen, konnten aber bereits einwandfrei bestätigen, dass mindestens eine der Backzutaten gegen das aktuelle Betäubungsmittelgesetz verstieß. Man tippte auf Haschisch, schloss aber auch weitere verbotene Substanzen nicht aus. »Auf jeden Fall ein Volltreffer«, fasste der Kollege zusammen.

Das genügte Jochen. Genüsslich lächelnd betraten sie das Verhörzimmer und zogen einmal mehr das bewährte Guter-Bulle-Böser-Bulle-Spiel durch. Diesmal war Manni der Fiesling und zählte Stretter mit sichtlicher Freude auf, was für Strafen ihm alles drohen konnten, wenn er nicht mit ihnen kooperierte. Wegen Drogenbesitz hatten sie ihn ohnehin schon am Wickel, und sehr schnell konnten daraus noch Drogenhandel und fahrlässige Tötung werden. Weit auszuholen musste er dabei nicht einmal. Die Kombination aus Haschischkeksen und Ecstasypillen war eine äußerst fatale Mischung, die nicht zum ersten Mal zu Lebensgefahr und Tod geführt hatte.

Jochen redete dem zur Salzsäule erstarrten Clubbesitzer gut zu und versprach, sich für ihn einzusetzen. Selbstverständlich nur, wenn er ihnen im Gegenzug ebenfalls half. Im Klartext hieß dies, ihnen sämtliche Fakten über die Herkunft der Haschkekse und all der anderen Drogen zu verraten, die im *Saturday Night Fever* kursierten. »Sie als Eigentümer des Clubs tragen in der Hinsicht sowieso eine besondere Verantwortung«, schloss er sein Plädoyer.

Stretter schlucke hart. Seine Mundwinkel zuckten und seine Stirn war schweißnass. Alles Anzeichen dafür, dass er gleich einknicken würde. Sein Puls sprengte momentan bestimmt jede Skala.

»Also gut«, sagte er schließlich und verschränkte die Hände wie beim Gebet. »Ich kooperiere.« Dann begann er zu berichten.

Was Stretter zunächst nur Jochen, Manni und dem Protokoll erzählte, füllte Tage später die Seiten von Schwarzwälder Bote, Südkurier und Schwäbischer Zeitung. Selbst in der BILD waren zwei Berichte über das Geschehen zu finden. Kein Wunder, für die Journalisten war es ein gefundenes Fressen, mit dem sie zuerst die Zeit zwischen Weihnachtsgans und Neujahrsbrezel und dann, mit Beginn der Hauptverhandlung, auch das Sommerloch füllen konnten. Der Clubchef selbst sonnte sich in seinem Ruhm, so lange er konnte. Bei den Verhandlungen erschien er stets in feinstem Zwirn und mit Krawatte. Seit Jahren allerdings steckte sein aufgeschwemmter Körper in Jogginghose und T-Shirt – im Knast braucht es eben keine Button-down-Hemden. An den ehemaligen König des Nachtlebens erinnerten nur noch verblasste Fotos an der Zellenwand. Und ein Zeitungsbericht hinter Glas. Stretter konnte den Text mittlerweile auswendig. Und auch wenn er auf dem Foto, aufgenommen vor dem Landgericht Rottweil, ein bisschen unglücklich getroffen war, jeden Mittwoch und Samstag reinigte er den Bilderrahmen wie eine Ikone.

Aus für das Night Fever:
Stretter zu 15 Jahren verurteilt

Rottweil / Fridingen (sp). Es war das Höchstmaß, für das Tanja Bäuerle, vorsitzende Richterin am Landgericht Rottweil, sich nach 13 Verhandlungstagen entschied: Stretter wandert für 15 Jahre ins Gefängnis. Damit folgte das Gericht dem Antrag der Staatsanwaltschaft. Angesichts der Schwere der Vorwürfe scheint eine vorzeitige Entlassung ausgeschlossen.

Der nach eigenen Worten »König des Nachtlebens« schwieg während der Urteilsverkündung und verzichtete auf abschließende Worte. Ganz anders stellte Stretter sich während der anderen Verhandlungstage dar (wir berichteten mehrfach). Er gab sich einmal als Unschuldsengel, ein anderes Mal als väterliche Figur, die den Gästen in seinem Club »nur ein bisschen Spaß« gönnen wollte.

Die Eltern des auf tragische Weise ums Leben gekommenen Dennis W. traten im Prozess als Nebenkläger auf. Sichtlich mitgenommen reagierten sie auf die Plädoyers, zeigten sich aber nach der Urteilsverkündung erleichtert. Hans W., Vater des Opfers, sagte gegenüber unserer Zeitung: »Jetzt ist Fridingen wieder drogenfrei. Wir sind doch nicht auf der Reeperbahn!«

In der Tat mutete vieles an wie eine Gaunerposse aus dem Nachtleben einer Millionenmetropole. Stretter, gebürtiger Mühlheimer, verließ die Hauptschule ohne Abschluss und schlug sich danach mit Gelegenheitsjobs in Düsseldorf und Stuttgart durch. Über seine Zeit in Kiel ist wenig bekannt, dort allerdings muss er Kontakte zum Drogenmilieu geknüpft haben. Vor vier Jahren mietete Stretter den Gewölbekeller in der Unterstadt. Das Haus ist im Besitz einer Erbengemeinschaft, die drei Wohnungen vermietet.

Das *Night Fever* wurde schnell zum Treff für die Jugendlichen aus der Region. Was hinter den Kulissen des Kellerclubs geschah, blieb lange vor den Augen der Eltern verborgen. Stretter nutzte das Lokal offensichtlich als Drogenumschlagplatz. Immer wieder zog er minderjährige Besucher ins Vertrauen – glaubten diese. Die Wahrheit sah aber ganz anders aus als die angebliche Geschichte von der kranken Erbtante aus Amsterdam. Der nämlich sollten die Teenager Geld für eine Behandlung bringen. Stretter sei schließlich unabkömmlich im Club. Und die Bahnfahrt nach Holland allemal billiger als die Überweisungsgebühren.

Rund zwei Dutzend Jugendliche aus Fridingen und Umgebung reisten im Auftrag des Clubbesitzers in die Niederlande. Die Tante hat nie einer getroffen, nur einen *Neffen*, der den Kindern stets ein in buntes Geschenkpapier verschnürtes Päckchen mitgab. Angeblich enthielt dieses Schokolade oder Kekse der Tante für den Fridinger Großneffen.

Der verstorbene Dennis W. hat, so die Ermittlungen der Kripo um Kommissar Jochen Schädle, mindestens drei solcher Kurierfahrten unternommen. Seine Eltern waren nicht eingeweiht, sie glaubten, der Sohn fahre über das Wochenende zu einer Brieffreundin nach München. Vermutlich öffnete der Junge bei seiner letzten Fahrt das Päckchen der Tante. Vielleicht hatte er Hunger? Jedenfalls fand er keine Kekse, sondern bunte Pillen.

Stretter räumte in der Hauptverhandlung ein, den aufgebrachten und verwirrten Jugendlichen daraufhin mit Drogen ruhiggestellt zu haben. Der Angeklagte berichtete ohne sichtliche Emotionen vom Abend des Todes des 17-jährigen Fridingers. Demnach suchte Dennis das Gespräch mit dem Discobetreiber. Der schenkte seinem Gast nach eigenem Bekunden einige der unter dem Namen Ecstasy bekannten Pillen. Fatal: Der Junge naschte von Keksen, die auf der Bar standen. Diese waren aber kein harmloses Weihnachtsgebäck, sondern mit Haschisch versetzte Plätzchen. Gerichtsmediziner Zierock, als Sachverständiger im Prozess, erklärte den sichtlich geschockten Eltern den Zusammenhang zwischen stark aufputschenden und andererseits beruhigenden Drogen. Eine fatale Mischung, die zum Herzstillstand bei Dennis W. führte.

*

Kopfschüttelnd vertreibt Jochen die letzten Erinnerungen an den bizarren Winterfall und schaltet einen Gang höher. Er lässt die Naturbühne Steintäle hinter sich und steuert auf das malerische Hinterland zu. Grün, soweit das Auge blickt. Ideal zum Entspannen. Für Rentner.

Sofort tritt Jochen das Gaspedal weiter durch. *I'm a Roadrunner, Baby.* Zwischen den Bäumen blitzt immer wieder die spiegelnde Wasserfläche der Donau auf. Im Rückspiegel sieht Jochen eine Kohorte Motorradfahrer heranrasen. Er zieht den Wagen nach rechts und lässt die Biker passieren. Nicht ohne ein Körnchen Neid – die Jungs haben sicher keine Probleme mit den Bandscheiben. Für ihn wäre das nichts mehr, seufzt er innerlich. Eher schon könnte er mit den Kajakfahrern mithalten, die in ihren knallorange Bötchen flussabwärts treiben.

»Nie wieder!«, ruft Jochen und dreht das Radio lauter. Ein einziges Mal hatte er die Schnapsidee, mit seinem Sohn eine Kajaktour zu unternehmen. Tobias, damals 14 Jahre alt, war begeistert. Jochen nicht. Schon bei der Trockenübung mit dem Verleiher der Kajaks wusste er, dass er im falschen Element war. Zwei Mal kentern und einem Beinahe-Unfall an einem der zahlreichen Wehre später war er patschnass und mies gelaunt. Tobias hatte mächtig Spaß und feuerte seinen Vater vom hinteren Sitzplatz aus an. Bis ja, bis Jochen bei absolutem Niedrigwasser mitten in der Donau auf einem Betonklotz zum Stehen kam. Es ging weder vorwärts noch rückwärts. Das Boot saß auf. Sehr zum Amüsement einer Schar Mädchen, die kichernd an Vater und Sohn vorbeifuhren. Den restlichen Tag verbrachten sie schweigend, und Jochen konnte in Tobias' Blick lesen, dass er sich selten so blamiert gefühlt hatte.

Ein Schild verrät ihm, dass es nur noch wenige Kilometer bis Beuron sind. Was also liegt näher, als einen kleinen Abstecher zur Klosterstadt zu unternehmen? Groß ist der Ort zwar nicht, aber sehenswert mit seiner jahrhundertealten Erzabtei zweifelsohne. Für alle Wallfahrer gibt es den riesigen Busparkplatz und das Shoppen im Klosterladen. Die Insider hingegen schwärmen von der exzellenten Bibliothek, die leider nicht jedem frei zugänglich ist. Randvoll mit uralten christlichen Schriften.

Nach dem alten Soldatenfriedhof liegt Beuron mit seinem gigantischen Kloster und dem Blumengarten fast direkt vor ihm.

Jochen fällt ein, dass der gewaltige Gebäudekomplex vor ein paar Jahren von Grund auf saniert wurde. Als Manni und er allerdings 1980 dahin kamen, war davon noch nichts zu sehen.

Nein, damals hatte noch alles an *Im Namen der Rose* erinnert, auch wenn Film und Buch erst deutlich später erschienen.

Blutjung war Jochen damals gewesen. Gerade mal 27 und die Polizeischule erst ein paar Monate hinter sich. Mit seiner Karriere war es von da an steil bergauf gegangen. Ganz im Gegenteil zu seinem Privatleben.

Eigentlich will Jochen gar nicht an all das zurückdenken. Doch je näher er der Abtei kommt, desto stärker kämpfen sich die Erinnerungen ihren Weg. Es gibt kein Entrinnen …

*

BEURON, 1980

Ich hab's versaut, dachte Jochen. Nicht nur ein bisschen, sondern komplett. Die ganze Sache ist von vorn bis hinten meine Schuld. Sein Herz fühlte sich an, als hätte ihm jemand einen Pfeil durchgestoßen. Allerdings nicht den von Amor, ganz im Gegenteil.

Seit gestern lief das Scheidungsverfahren von Marion offiziell. Ein Fakt, der lange überfällig war und an dem es nichts mehr zu rütteln gab. Die Trennung ein Jahr zuvor war für ihn nicht besonders hart, weil er eh kaum daheim gewesen war und sich obendrein viel zu jung für die Ehe fühlte. Keine Frage, die ersten Jahre waren gut gewesen. Dennoch war es ein Fehler, Marion mit 18 zu heiraten. Als sie vor knapp drei Jahren schwanger wurde, war es der Anfang vom Ende. Liebe allein reichte nicht, um das Leben zu meistern. Was sollte er als frischer Absolvent der Polizei-Hochschule in Villingen mit einem Baby anfangen? Er hatte sich bei Tobias' Geburt zu jung für die Vaterrolle gefühlt, und daran hatte sich auch gut anderthalb Jahre später nichts geändert.

Er bereute es auch nicht, aus der gemeinsamen Wohnung ausgezogen zu sein. Er fand nicht mal, dass er Marion und den Kleinen im Stich gelassen hatte. Mit seinen 27 Jahren wäre er sowieso ein lausiger Vater gewesen. So, wie er auch ein lausiger Ehemann gewesen war. Ein Wunder, dass Marion es überhaupt so lang mit ihm ausgehalten hatte.

Trotzdem fühlte er sich mies bei dem Gedanken, wie dermaßen schief sein Leben verlaufen war. Ein blanker Scherbenhaufen. Konnte es noch schlimmer gehen?

»Wir sind da«, sagte sein Partner Manfred Strauss neben

ihm. Freunde nannten den Mittdreißiger gern *Manni*, aber zu dem erlauchten Kreis zählte Jochen definitiv nicht. Vielleicht würde er das auch nie.

Es barg durchaus eine gewisse Ironie, dass sie unterwegs zum Kloster Beuron waren. Vielleicht sollte er dort bleiben und so dem ganzen Ärger mit den Weibern entfliehen. An und für sich keine schlechte Idee.

Das Wetter an diesem Spätherbsttag war ebenfalls auf seiner Seite: regnerisch grau, passend zu seiner Stimmung. Das Kloster hob sich hellgelb gestrichen gegen die dicht bewaldeten Felsen ab. Postkartenidylle mit Zwiebelturm.

Schweigend verließ er den Wagen und folgte seinem Partner über den alten Klosterhof. Er kam sich vor wie Pater Brown aus den alten Heinz-Rühmann-Filmen. Zweifellos lag ihr Ziel an der Abteikirche, bei der gestern Abend ein Journalist tot aufgefunden worden war. Eigentlich überhaupt nicht ihr Zuständigkeitsgebiet, aber weil bei den Kollegen zu viele im Krankenstand waren, hatten sie um Amtshilfe gebeten. Warum auch nicht? Als hätten sie im 40 Kilometer entfernten Rottweil nicht genug zu tun.

Zu sehen gab es an dem Tatort hier vermutlich nicht mehr viel, aber Manfred machte sich trotzdem gern ein Bild von allem. »Das vorläufige Obduktionsergebnis lautet Genickbruch«, murmelte er. »Allerdings gab es auch eine unschöne Platzwunde an der rechten Kopfseite.«

Jochen wusste nicht, ob er etwas darauf erwidern sollte. Gelesen hatte er den Bericht ja ebenfalls. Ihm kam das Stones-Lied *As tears goes by* in den Sinn, in dem es so hervorragend um Einsamkeit ging. Es spiegelte seine Situation sehr gut wider. Ebenso wie diese Klostermauern.

Andacht, wohin er schaute. War dies momentan der perfekte Ort für ihn oder der falscheste überhaupt?

»Hier haben ihn die Mönche gefunden«, sagte Manfred und zeigte auf eine Stelle neben dem überdachten Durchgang. Einen Großteil der gezeichneten weißen Umrisse hatte der Novemberregen bereits weggespült, aber noch immer war gut zu erkennen, dass der Tote mit verdrehten Beinen gefunden wurde. Als wäre er auf der Flucht erschlagen worden.

Sie vernahmen Schritte und sahen, wie ein Mann in dunkler Mönchskleidung über den Klostergarten auf sie zugelaufen kam. »Guten Tag, ich bin Bruder Johannes. Darf ich Ihnen behilflich sein?«

Sie zogen ihre Dienstmarken und stellten sich vor. Das Gesicht des Mönchs wurde sorgenvoller. »Wirklich eine schlimme Sache. Dabei erschien der Mann immer so nett.«

»Sie kannten ihn?«, fragte Jochen.

»Kennen wäre zu viel gesagt. Ich weiß, dass er Sebastian Hartmann hieß, aus Nordrhein-Westfalen stammte und als Journalist für irgendein Geschichtsmagazin arbeitete. Deshalb hatte er auch die Genehmigung, ausgiebig in der Bibliothek zu recherchieren. Normalerweise kommt man dort nämlich nicht so einfach rein.«

»Was gibt es denn dort so streng Geheimes?«, fragte Manfred.

Ein dünnes Lächeln huschte über die Lippen des Mönchs. »Nichts Geheimes, nur recht Wertvolles. Aber auch das bloß in wissenschaftlicher Hinsicht. In unseren Mauern beherbergen wir über 400.000 Werke zu allen möglichen Themen. Angefangen von Philosophie bis zu Kirchenmusik. Die Schwerpunkte liegen bei Liturgiewissenschaften, Theologie, Kunstgeschichte und der hohenzollerischen Geschichte.

Manches davon sind handschriftliche Aufzeichnungen von Glaubensbrüdern, mehrere Jahrhunderte alt.«

Jochen stieß einen erstaunten Pfiff aus. »Diese Bibliothek würden wir gern einmal sehen. Insbesondere den Arbeitsplatz des Verstorbenen.« Hatte Sebastian Hartmann möglicherweise etwas herausgefunden, das er nicht hätte herausfinden dürfen? Man hörte ja immer wieder Gerüchte über Geheimorganisationen, die verhindern wollten, dass bestimmte Dinge ans Tageslicht kamen. Je länger Jochen darüber nachdachte, desto mehr kribbelte es in seinem Bauch.

Schon beim Betreten der Bibliothek stieg ihm der Geruch von altem Papier und alter Tinte in die Nase. Was folgte, waren unzählige Regale und noch mehr Bücher. Mehrfach überlegte Jochen, sich einfach wahllos eines davon herauszuziehen, hatte aber jedes Mal sofort Bruder Johannes' Worte im Kopf, wie alt und wertvoll viele der alten Schinken waren. Davon abgesehen waren sie bestimmt in Latein oder irgendeiner anderen Altertumssprache verfasst, sodass er ohnehin kein Wort davon verstanden hätte.

Der Mönch führte sie in einen Lesesaal mit insgesamt acht Studierplätzen. Zwei davon waren von Glaubensbrüdern besetzt. Im Vorbeigehen warf Jochen einen Blick auf das Buch, in dem der Erste davon blätterte. *Fatum*, stand in kantigen Großbuchstaben drauf geschrieben. Autor war ein Mann namens Athremeus. Klingt wie ein griechischer Philosoph oder eine widerliche Krankheit, überlegte Jochen und ging weiter. Der andere Mönch schmökerte in einem handschriftlichen Buch mit mehreren farbigen Kirchenbildern. Ebenfalls nicht seine Kragenweite.

»Meist saß er hier«, sagte Bruder Johannes und wies auf den letzten Tisch in der Reihe. »Welche Bücher er genau studiert hat, kann Ihnen Bruder Christian mitteilen.« Er nickte in Richtung eines grauhaarigen Mannes in den Vierzigern mit asketischem Gesicht, der Karteikarten in einen Holzschuber einsortierte. Kaum war er damit fertig, kam er zu ihnen und ließ sich von Johannes im Flüsterton auf den neusten Stand bringen. Mehrmals nickte er.

»Herr Hartmann war fast die komplette Woche über hier. Jeden Tag um kurz nach neun stand er vor der Tür und ging in der Regel erst nach Einbruch der Dämmerung. Hauptsächlich hat er über die Geschichte der Abtei recherchiert und war deshalb in erster Linie an Büchern darüber interessiert. Insbesondere Ritter Konrad von Weitingen und der Kulturkampf Ende des 19. Jahrhunderts schienen ihn zu faszinieren. Mehrmals hat er mich sogar gefragt, ob er Bücher mit runter zu seiner Pension nehmen darf. Er redete richtig mit Engelszungen auf mich ein. Aber das war natürlich trotzdem unmöglich. Keines der Werke darf die Abtei verlassen. Auch die Ausleihe unterliegt strikten Regeln. *Ich* bringe die Bücher in den Lesesaal, und *mir* werden sie wieder übergeben. Ich bin hier für alles verantwortlich.«

»So wie Sie das betonen, gab es offenbar einen Zwischenfall«, warf Manfred ein.

»Einen? Zweimal habe ich den Reporter dabei ertappt, wie er auf eigene Faust im Archiv herumschlich. Dabei ist der Zutritt Unbefugten dort strengstens verboten. Erklärt hat er es damit, dass er nur schnell etwas nachschlagen und mich nicht damit belästigen wollte.«

Kopfschüttelnd listete er ihnen all die Werke auf, die der Verstorbene sich ausgeliehen hatte. Jochen notierte sie auf seinem Notizblock, glaubte aber nicht, dass ihnen die Titel in irgendeiner Weise weiterhalfen. Vorsichtshalber blätterten Manfred und er in den alten Chroniken, fanden aber beide nichts, was ihre Aufmerksamkeit erregte.

»Vielleicht finden wir ja in seiner Unterkunft irgendeinen Hinweis, der uns weiterhilft«, sagte Manfred. »Hat er zufällig erwähnt, wo er übernachtete?«

Abermals zeigte Bruder Johannes ein dünnes Lächeln. »So viele Möglichkeiten gibt es in Beuron nicht. Ich glaube, er schlief in der Pension in der Donaustraße.«

Jochen dankte den Mönchen für ihre Hilfe und folgte seinem Partner zum Auto.

»Ich war nie eine Leuchte in Geschichte«, gestand Jochen seinem Partner, als sie vor dem Gasthof *Steinhaus* parkten. Überhaupt war er in so vielem keine Leuchte, sein Leben als Ehemann war doch eher wie ein Teelicht. Das sagte er aber nicht.

»Fand ich auch immer doof«, nickte Manfred. »Dauernd den Zweiten Weltkrieg durchkauen, grauenhaft.«

Die beiden stiegen aus und betraten die Gaststube.

»Wir haben zu!«, rief eine Stimme aus dem hinteren Teil.

»Für uns nicht!« Manfred ging voraus. »Kripo.«

»Oh.« Die etwa 50-Jährige legte den Besteckkorb zur Seite. »Wegen dem Toten?« Beim letzten Wort bekreuzigte sie sich.

»Genau. Herr Hartmann hat hier übernachtet?«

Die Frau nickte. »Zimmer sieben. Wollen Sie das anschauen? Ich hab aber das Bett nicht gemacht, ich trau mich da nicht rein.« Wieder machte sie das Kreuzzeichen.

»Das ist sogar gut so«, meinte Jochen und legte ihr beruhigend eine Hand auf die pralle Schulter. Für den Bruchteil einer Sekunde tauchte Marions Gesicht vor seinem inneren Auge auf.

»Das Zimmer ist noch für die ganze Woche reserviert und schon bezahlt, aber dann muss ich es weiter vermieten.« Die Wirtin, die sich mittlerweile als Else Thalhäuser vorgestellt hatte, führte die Beamten in den ersten Stock und öffnete die Tür.

»Wir machen das schon alleine.« Manfred hielt die Frau zurück. Die brummte etwas Unverständliches, ging dann aber wieder nach unten.

»Dann wollen wir mal!« Jochen folgte seinem Partner in das Zimmer. Und wollte sofort nicht mehr: Auf dem tatsächlich nicht gemachten Doppelbett lagen mehr Papiere als im Rottweiler Archiv. Naja fast der halbe Teppichboden war übersät mit Blättern und Büchern, manche davon aufgeschlagen. Der kleine Schreibtisch in der Ecke bog sich unter Leitzordnern. Einzig das rechte Bett war einigermaßen frei, hier musste Hartmann geschlafen haben.

»Bitte nicht!«, rutschte es Jochen raus. »Ich will das nicht alles lesen!«

»Müssen wir aber wohl.« Auch Manfred schien die Laune mit einem Schlag vergangen zu sein. Er öffnete den Kleiderschrank. Ordnung sah definitiv anders aus. Hosen und Pullover waren wild hineingestopft worden, ein Trenchcoat hing schief auf dem Bügel. Nur das kleine Bad war ordentlich – aber was konnte man mit Rasierapparat, Zahnbürste, Kamm und Duschgel schon für ein Chaos anrichten?

»Du läufst jetzt zum Schlecker, an dem wir vorhin vorbeigekommen sind. Zwei Zahnbürsten, bitte keine zu scharfe Zahnpasta. Schauma Shampoo Apfelduft und einen Kamm. Können wir uns teilen.« Manfred schob Jochen aus dem Zimmer. »Das schaffen wir niemals an einem Tag. Die Else wird ja wohl noch Zimmer frei haben.« Jochen grinste. Gar keine schlechte Idee von seinem Partner, auch wenn der nicht wissen konnte, warum er sich über eine kleine

Auszeit freute. Seit der Brief des gegnerischen Anwalts in seinem Postkasten gelegen hatte, fühlte er sich in seiner Bude seltsam unwohl. Vielleicht würde er hier in Beuron mal wieder eine Nacht durchschlafen können?

Während er im Drogeriemarkt alles Nötige besorgte (und auch etwas unnötige Schokolade), hatte Manfred die beiden schon im Gasthaus einquartiert. Als Jochen von seinem Einkauf zurückkam, saß der Kollege im Gastraum.

»Nur noch ein Doppelzimmer frei«, erfuhr Jochen.

»Ich schnarche nicht«, erklärte er seinem Partner.

»Ich schon.« Manfred lachte. Dann wurde er wieder ernst – und blieb es auch die zwei folgenden Stunden über, während derer sie sich einen ersten Überblick über das Papierchaos im Zimmer des Toten zu schaffen versuchten. Das meiste waren Kopien alter Bücher. Weder Jochen noch Manfred beherrschten Latein. Und Sütterlin schon gar nicht. Sie versuchten, mithilfe verschiedener Stapel zumindest die Seiten zu ordnen. Nach anderthalb Stunden wurde Jochen klar: »Keine Chance!« Auch die Leitzordner waren wenig ergiebig. Sie alle enthielten komplette Kopien alter Bücher. Manche mit, andere ohne Illustrationen. Jochen bekam Durst. So eine staubtrockene Arbeit wäre nichts für ihn, sagte er sich und goss sich im Bad den Zahnputzbecher mit Leitungswasser voll. Da der Tote nicht im Zimmer gestorben war, konnte er kaum Spuren verwischen. Er kickte die Tür mit dem Fuß zu und benutzte das Klo. Was musste, das musste eben.

Aus dem Zimmer hörte er Manfred husten. Dann fiel sein Blick auf den weißen Frotteebademantel, der am Türhaken hing. In der linken Tasche steckte ein kleines Büchlein, wie man sie in jeder Papeterie kaufen kann: schwarzer Einband, rote Bindung. Er betätigte die Spülung, wusch sich die Hände und ließ dabei die kleine Kladde keinen Moment aus den Augen – ganz so, als könnte das Buch davonlaufen. Er trocknete rasch seine Hände ab und zog das Buch aus der Tasche des Bademantels.

Als er eben die erste Seite aufschlagen wollte, klopfte es an die Tür. Jochen schrie vor Schreck auf. Beinahe wäre das Buch heruntergefallen. »Müssen Sie mich so erschrecken?« Er riss die Tür auf.

Manfred lachte. »Kleine Pause? Schnitzel mit Spätzle? Ich lade dich ein.« Der Ältere wusste offenbar um die derzeit etwas klamme finanzielle Situation des Kollegen. Auch wenn Jochen das mit der Scheidung nicht mal erwähnt hatte.

»Danke. Da sag ich nicht Nein. Aber erst sollten wir das anschauen.« Jochen hielt die Kladde wie eine Trophäe in die Höhe. »Lauter handschriftliche Aufzeichnungen.« Er setzte sich auf das freie Bett, Manfred neben ihn. Die linierten Seiten waren eng mit blauem Kugelschreiber beschrieben.

»Mannomann, der Kerl hatte eine Sauklaue!« Jochen kniff die Augen zusammen, konnte aber nichts entziffern.

»Das ist Steno.« Manfred lachte. »Das muss uns eine Sekretärin übersetzen.«

»Das ist aber keine Kurzschrift …« Jochens Herz begann zu pochen, als er im hinteren Viertel des Buches eine Zeichnung entdeckte. Beide Kommissare beugten sich über das Heft. Manfred pfiff durch die Zähne.

»Das ist ein Grundriss. Moment mal … das ist doch … aber klar! Das ist das Kloster!«

Jochen spürte, wie sein Herz mit jeder Sekunde schneller schlug. Am liebsten wäre er unverzüglich zur Abtei gefahren und hätte sich angeschaut, was sich in den eingezeichneten Räumen befand. Insbesondere der Raum mit dem schwarzen X auf der Karte interessierte ihn sehr. Doch der Nachmittag ging langsam in den Abend über, und wichtiger war es, erst mal herauszufinden, was der Stenografie-Text bedeutete.

»Lass uns zum nächsten Postamt fahren und den Kollegen die letzten Notizbuch-Seiten zufaxen«, schlug Manfred vor. »Ein Telegramm fällt bei der Kurzschrift ja aus.«

Jochen schüttelte den Kopf. »Das ist ziemlich umständlich. Lassen Sie uns vorher lieber was anderes ausprobieren. Wenn das nicht klappt, können wir immer noch zur Bundespost fahren.«

»Jetzt bin ich aber neugierig.«

Jochen hoffte inständig, dass sich seine Idee nicht als Reinfall entpuppte. Es war ein ziemlich dünner Strohhalm, an den er sich da klammerte, aber es war zumindest eine Chance, die ihnen etwas Zeit sparen könnte.

Oder sie zum Gespött der Leute machte.

Deshalb verzichtete er auch bewusst darauf, seinen Partner einzuweihen, bis sie den Schlecker-Markt fast erreicht hatten. Das gelbe Licht der Straßenlaterne davor strahlte tapfer gegen die immer weiter vordringende Dämmerung an.

»Hast du vorhin die Zahnpasta vergessen oder warum gehst du nochmals hierher?« Manfred betrachtete ihn mit zweifelnder Miene.

Jochen konnte es ihm nicht verübeln. »Nicht ganz. Schauen Sie mal da rüber. Dort ist das Adressschild einer Dachdeckerfirma. Ihr Büro liegt direkt dahinter. Vielleicht ist es zu weit hergeholt, aber mit etwas Glück arbeitet dort eine Sekretärin, die uns bei unserem Übersetzungsproblem weiterhilft. Im Inneren des Hauses brennt auf jeden Fall noch Licht.«

Sein Partner riss die Augen auf. »Bist du verrückt? Wer weiß, was für einen Scheiß der Schmierfink notiert hat. Das ist doch nichts für die Öffentlichkeit.«

»Der Mann von der Bundespost ist ebenfalls Zivilist. Aber vielleicht steht in dem Notizbuch was wirklich Wichtiges. Wollen Sie tatsächlich abwarten, bis in Rottweil jemand die Zeit findet, sich das Fax anzuschauen?«

Das Argument verfehlte seine Wirkung nicht. Sie betraten die Dachdeckerfirma und trafen gleich im Vorzimmer auf das Musterbeispiel einer Sekretärin alter Schule: Mitte 50, graues Kostüm, hochtoupierte Haare und eine dunkle Hornbrille, die jeden Grundschüler das Fürchten lehrte.

Mit verblüffend einfühlsamer Stimme stellte Manfred sich vor. Die Sekretärin nickte hochnäsig, verstand ihr Anliegen aber sofort. Sie richtete noch einmal ihre Brille und blätterte Sebastian Hartmanns Aufzeichnungen durch. »Offenbar hat hier jemand Recherchen über die Geschichte des Klosters angestellt …«, begann sie und verpasste Jochens Erwartungen einen Rückschlag. Das kennen wir schon, lag es ihm auf der Zunge. Waren es vielleicht tatsächlich bloß Recherche-Notizen? Hatte der Journalist seine Aufzeichnungen möglicherweise gar nicht verschlüsseln wollen, sondern rein aus Bequemlichkeit in der Kurzschrift verfasst?

»Es ist immer wieder von Friedrich von Zollern die Rede, der einen Großteil seiner Güter an Ritter Konrad von Weitingen verpfänden musste. Darunter auch ein bestimmtes Kreuz, das anscheinend recht wertvoll war.«

»Was für ein Kreuz?« Jochen schaute auf.

»Warten Sie, auf dieser Seite wird es deutlicher beschrieben: ein mit Edelsteinen besetztes Goldkreuz. Der Fürstbischof hatte anfangs versucht, es dem Ritter vorzuenthalten, aber letztendlich gelangte es genauso wie alles andere in seinen Besitz.«

»Und sein Besitz war die Abtei. Befindet es sich noch immer dort?« Aufgeregt leckte sich Jochen die Lippen. Vielleicht hatten sie doch eine heiße Spur entdeckt.

»Genau das scheint die Frage zu sein. Wer immer diese Notizen verfasste, hat verschiedene Unterlagen über unser Kloster geprüft. Aber ob er letztendlich was darüber herausfand, lese ich hier nicht einwandfrei heraus. Geht es um den Toten, der gestern Abend vor der Kirche gefunden wurde? Man erzählt sich, er war Journalist.«

»Über laufende Ermittlungen können und dürfen wir nicht sprechen«, sagte Manfred. »Aber Sie haben uns auf jeden Fall sehr geholfen.«

Als sie das Büro verließen, herrschte draußen bereits finsterste Nacht. Dabei war es gerade mal kurz vor sechs. Ende November waren die Tage erschreckend kurz.

»Ich glaube, unser Schnitzel haben wir uns redlich verdient«, sagte Manfred auf dem Rückweg zur Pension. »Langsam fügt sich alles zusammen.«

»Meinen Sie, der Reporter hat nach diesem Goldkreuz gesucht?«

»Es deutet zumindest alles darauf hin. Außerdem wäre es ein prima Mordmotiv. Das olle Ding ist bestimmt ein Vermögen wert.«

»Heimadsogga.« Einen Atemzug lang malte Jochen sich aus, wie es wäre, einen solchen Schatz zu besitzen. Sämtliche Geldsorgen wären passé. Keine Angst mehr, dass ihn Marion bei der Scheidung finanziell ruinierte. Was für eine Vorstellung.

Das Schnitzel mit Spätzle in der Pension war vorzüglich, ebenso das Hefeweizen, das ihnen die Wirtin dazu servierte. Nebenbei sprachen sie über den Fall. »Das mit der Dachdeckerfirma war echt eine klasse Idee. Hat uns eine Menge Zeit gespart. Auch sonst scheinst du ein ziemlich helles Bürschchen zu sein.«

»Sie sind aber auch nicht unbedingt auf den Kopf gefallen.«

Lachend stießen sie an. »Hör bitte mit dem blöden Sie auf. Als Partner sollten wir uns duzen. Ich bin der Manni.«

Stolz ergriff Jochen seine Hand. Es geschehen noch Zeichen und Wunder, dachte er, hütete sich aber davor, es laut auszusprechen.

Zwei Stunden später war von seiner Freude nicht mehr viel geblieben. Hundemüde wälzte sich Jochen in seinem Bett umher. Liebend gern hätte er geschlafen. Sein Körper schrie danach. Doch neben ihm schnarchte Manni wie ein Stier und erstickte jeden Gedanken daran im Keim. Selbst ein Terrorkommando beim Stürmen der Wohnung würde leiser vorgehen.

Als sie nach einem ausgiebigen Frühstück zur Abtei aufbrachen, fühlte sich Jochen noch immer wie ein ausgeklopfter Teppich. Auch der pechschwarze Bohnenkaffee hatte nicht geholfen. Kaum zu glauben, dass er gestern Nachmittag noch gehofft hatte, in der Pension mal wieder durchschlafen zu können. Was war er doch für ein Narr gewesen.

Aber wenigstens hatte er in der Nacht genug Zeit zum Nachdenken und um noch einmal Hartmanns Unterlagen zu durchforsten. Und siehe da: Nach kurzem Suchen fand er tatsächlich eine handschriftliche Zeichnung von einem mit Juwelen überzogenen Kreuz.

Mit den Unterlagen in der Tasche trottete er gähnend seinem Partner hinterher. Ihr Ziel war Bruder Johannes, der am Springbrunnen mit Kehren beschäftigt war. Glücklicherweise übernahm Manni das Reden. Selbst dafür fühlte Jochen sich noch immer zu fertig.

Das goldene Kreuz ließ er erst einmal außen vor, sondern zeigte dem Mönch den Grundriss aus Sebastian Hartmanns Notizbuch.

Bruder Johannes legte den Besen beiseite und hob überrascht die Brauen. »Das ist ja unsere Abtei. Wo haben Sie das her?«

Manni überging die Frage und zeigte auf die markierte Stelle auf der Karte. »Haben Sie eine Ahnung, was das für ein Raum ist?«

»Das ist das Archiv hinter der Bibliothek.«

»Was für Dinge werden darin gelagert?«

Der Mönch legte die Stirn in Falten. »Darin liegt all das, was nicht für die Öffentlichkeit bestimmt ist. Besonders wertvolle Schriften und Reliquien.«

»Sozusagen die Schätze des Klosters«, fasste Manni zusammen.

»Befindet sich darunter auch ein gewisses Goldkreuz, das mit Juwelen bestückt ist?«, fragte Jochen und präsentierte die Zeichnung aus Hartmanns Unterlagen.

Bruder Johannes nickte zögernd. »Über die einzelnen Stücke bin ich nicht so ganz im Bilde. Das Archiv ist Bruder Christians Reich. Er besitzt als Einziger einen Schlüssel dafür.«

Das Büro des Mönchs befand sich im selben Gebäudeflügel wie der Lesesaal, lediglich einige Meter den Flur hinauf. Sie fanden ihn über eine ellenlange Liste mit winziger

Schrift gebeugt. »Die Herren von der Polizei. Das ist ja eine Überraschung. Womit kann ich Ihnen heute dienen?«

Obwohl seine Stimme besonnen klang, fand Jochen, dass der Mönch nervös wirkte. Einen Beweis für sein Bauchgefühl fand er zwar nicht, dafür weckte es seine noch müden Polizeiinstinkte. »Bei unseren Ermittlungen stießen wir mehrmals auf ein mit Edelsteinen überzogenes Goldkreuz, das noch aus der Zeit Friedrich von Zollerns stammen und jetzt im Besitz der Abtei sein soll. Sagt Ihnen das was?« Er zeigte ihm die Kreuzskizze und erntete denselben überraschten Gesichtsausdruck wie vorhin bei Johannes. Aber da war noch mehr: Flackerte nicht auch Angst in Christians Augen?

»Das könnte sich durchaus in unserem Archiv befinden. Sicher bin ich mir jedoch nicht. Dafür sind es einfach zu viele Reliquien.«

»An einen solch wertvollen Schatz müssten Sie sich doch erinnern!«

Inzwischen spiegelten nicht nur seine Augen, sondern sein gesamter Körper die steigende Nervosität wieder. Unbewusst wischte er sich die offenbar klamm gewordenen Hände am Oberschenkel ab.

»Was halten Sie davon, wenn wir nachschauen gehen? Gemeinsam.«

»Aber das geht nicht. Der Zugang zu unserem Archiv ist der Öffentlichkeit verboten.«

»Wir sind nicht die Öffentlichkeit, sondern die Staatsgewalt. Wenn Sie sich sträuben, kommen wir mit einem Durchsuchungsbefehl und einem ganzen Bataillon wieder, das dann alles anfasst und genau inspiziert.«

Allein die Andeutung machte beide Mönche merklich blasser. »Unter diesen Umständen sollten wir vielleicht doch über unsere üblichen Gepflogenheiten hinwegsehen.«

»Besser wäre das.«

Bruder Christian öffnete die Schreibtischschublade und griff nach einem massiven Schlüsselbund. Bestimmt hingen 20 Schlüssel daran. Noch interessanter fand Jochen allerdings das längliche Lederetui, das, halb verdeckt von einer Broschüre, daneben lag. Ohne groß nachzudenken, griff er danach und öffnete den Reißverschluss.

Im Etuiinneren erschien über ein Dutzend filigraner Werkzeuge inklusive mehrerer dünner Zangen und Haken. Ein Dietrichset, und gewiss keines für Anfänger – wie Jochen sofort erkannte. Auf der Polizeischule hatte er derlei Dinge öfters zu Gesicht bekommen. Triumphierend schwenkte er das Etui durch die Luft. »Wie gelangt denn so was in Ihren Besitz?« Er wandte sich Manni zu. »Schau mal, Kollege, sieht das nicht wie die Werkzeugkiste eines Einbrechers aus?«

»Eindeutig. Der Aufgabenbereich eines Mönchs scheint sich mittlerweile sehr verändert zu haben.«

»Es ist nicht so, wie Sie denken. Diese Geräte nehmen wir, wenn sich irgendwo was verhakt hat. Unsere Abtei ist ziemlich alt. Da ist nicht mehr alles in Schuss.«

»Ich glaube, was Sie erzählen, ist eher ein Schuss in den Ofen«, widersprach Manni. »Ein solches Zubehör bekommen Sie nicht so einfach im Baumarkt. Wenn wir es von unserem Labor untersuchen lassen, finden wir mit Sicherheit auch nicht bloß Ihre Fingerabdrücke darauf, sondern ebenso die von Herrn Hartmann. Habe ich nicht recht?«

Bruder Christian wich unmerklich zurück. »Ich weiß nicht, worauf Sie hinauswollen. Vielleicht ist es doch besser, wenn Sie jetzt gehen und mit Ihrem Durchsuchungsbeschluss zurückkommen.«

»Das ist nicht mehr nötig. Wenn wir jetzt gehen, nehmen wir Sie mit. Das wäre dann aber keine Spazierfahrt. Besser wäre es, Sie schenken uns gleich hier und jetzt reinen Wein ein. Überführt sind Sie sowieso. Ich glaube auch nicht, dass Sie Herrn Hartmann absichtlich getötet haben.«

Dem Mönch entglitten sämtliche Gesichtszüge. Auch Bruder Johannes wirkte wie vor den Kopf gestoßen. Christian seufzte schwer.

»Der Mann war ein Verbrecher. Von wegen Recherche für ein Magazin! Alles Tarnung, um in die Nähe unseres Archivs zu kommen. Zweimal habe ich ihn auf dem Weg dorthin ertappt. Beim dritten Mal war er klüger und probierte es am Abend. Er dachte, ich würde nicht merken, wie er sich in der Bibliothek versteckte. Aber ich war direkt hinter ihm, als er das Archivschloss mit seinen Dietrichen aufbrechen wollte. Als ich ihn zur Rede stellte, ging er auf mich los. Ich schwöre bei Gott, dass ich ihm nichts tun wollte. Aber als er sich auf mich stürzte, wich ich aus, und er prallte mit dem Kopf direkt gegen den Türrahmen. Danach sank er zusammen. Ich dachte, er wäre bloß ohnmächtig. Dann merkte ich, dass er nicht mehr atmete. Da geriet ich ihn Panik und schleifte seinen Körper raus zur Kirche. Am liebsten hätte ich ihn bis runter in den Ort gebracht, aber dafür fehlte mir die Kraft. Wichtig war mir, ihn möglichst weit vom Archiv wegzubringen. Bitte glauben Sie mir, es war ein Unfall. Ich hätte Ihnen den Ganoven gern übergeben, damit er seine gerechte Strafe erhält. In ein Gotteshaus einzubrechen. Haben die Leute heutzutage vor nichts mehr Respekt?«

»Wir leben in schlimmen Zeiten«, stimmte Manni zu

und legte ihm Handschellen an. »Trotzdem müssen wir Sie mitnehmen. Das mit dem Unfall werden die Kollegen von der Gerichtsmedizin prüfen. Schwieriger wird es allerdings mit Ihrer Vertuschung. Sie hätten uns besser gleich angerufen.«

Mit diesen Worten führte er ihn ab. Jochen warf dem nach wie vor entgeisterten Bruder Johannes einen letzten Blick zu und folgte Manni zum Dienstwagen zurück.

Nicht nur im Winter ist die Landschaft zwischen Fridingen und Beuron äußerst empfehlenswert. Die Chance, dass Sie im Skigebiet ebenfalls mit einem Kriminalfall betraut werden, ist gering. Viel höher ist die Wahrscheinlichkeit, dass Sie dort ein hervorragendes Fleckchen zum Entspannen finden.

Sie könnten sich zum Beispiel zum Naturdenkmal Kolbinger Höhle auf der Südwestalb begeben. Die einzige Schauhöhle weit und breit ist rund 90 Meter lang und verbirgt jeder Menge Tropfsteine vor der Außenwelt. Nur wenige Meter entfernt befindet sich zudem der Aussichtspunkt an der Felsenhütte, von dem aus Sie einen Blick weit ins Donautal werfen können.

Für das leibliche Wohl ist ebenfalls gesorgt: Neben dem Höhleneingang lädt die Felsenhütte zur gemütlichen Rast mit Höhlenwürsten und Getränken aus der Region ein. Wer seine eigenen Steaks dabei hat, darf gern die überdachte Feuerstelle zum Grillen nutzen.

Frisch gestärkt könnten Sie weiterfahren und sich in der Klosterstadt Meßkirch auf Zeitreise begeben. Einige findige Köpfe verfolgen dort nämlich den ehrgeizigen Plan, ein gesamtes frühmittelalterliches Kloster nachzubauen. Selbstverständlich nicht mit Bagger und sonstigem schweren Gerät (denn das könnte ja jeder), sondern streng nach historischem Plan und mit den gleichen technischen Möglichkeiten, die den ursprünglichen Erbauern im 9. Jahrhundert zur Verfügung standen. Oder sie bleiben noch ein bisschen und wandern von Fridingen zum Kloster Beuron. Genügend ausgeschilderte Strecken gibt es dank der Albvereinsortsgruppe Kolbingen allemal. Im Kloster angekommen, sollten Sie sich keinesfalls das Bibelmuseum der Erzabtei entgehen lassen. Jahrhunderte alte Ausgaben des berühmtesten Buches der Welt erwarten Sie dort genauso wie eine beeindruckende Sammlung altertümlicher Münzen.

Südlich von Beuron befindet sich das Freilichtmuseum Neuhausen ob Eck, in dem Sie ländliche Geschichte hautnah erleben. In über zwei Dutzend wiederaufgebauten Häusern erhalten Sie ein ebenso anschauliches wie realistisches Bild davon, wie früher die Felder bestellt wurden, die Bauern mit ihren Tieren lebten, die Pferde vom Schmied beschlagen ließen, die Dorfkirche besuchten und ihre Kinder ins Schulhaus schickten. Einen Lehrer mit Rohrstock haben wir dort zwar nicht entdeckt, dafür aber jede Menge Gänse, Schweine, Esel und Ziegen, die auch vor kleinen Besuchern nicht zurückschrecken.

Noch kultureller geht es während der Sommermonate (Ausnahme: Schulferien) in der Fridinger Naturbühne Steintäle zu. In dem Felsental oberhalb des Stadtzentrums finden regelmäßig Freilicht-Aufführungen der Fridinger Theatergruppe statt. Auch hier lohnt sich durchaus der Besuch.

Sie können der Donau auch ganz nah kommen – mit einer Kajakfahrt. Die Boote können Sie unkompliziert via Internet buchen. Am Startplatz bekommen Sie eine ausführliche Einweisung, und dann heißt es: ab auf die Donau!

Unser Extratipp: das Künstlerhaus *Scharf Eck*. Die Erben des Malers Hans Bucher haben aus dem ehemaligen Bürgerhaus ein Museum gemacht, das mit zahlreichen Ausstellungen und Veranstaltungen nach Fridingen lockt.

Und noch ein Tipp: die Piratenherberge in Thiergarten exisitert nicht nur im Roman. Auch Sie können wie Jochen hier *an Bord* gehen und wie ein echter Seemann schlafen.

*

Jochen gähnt und startet den Wagen. Mick Jagger stieg bei der Hälfte von *Parachute Woman* wieder in den Song ein. Weit kommt Schädle nicht: Fünf Reisebusse mit Pilgern wollen zeitgleich mit ihm den Parkplatz verlassen. Er dreht das Radio lauter und die Scheibe runter. Im Rückspiegel wirft er einen letzten Blick auf die Klosteranlage. Wieder gähnt er, dann folgt er wie ferngesteuert dem Bus vor ihm.

»Mist!« Erst nach drei Kilometern bemerkt Jochen, dass er falsch abgebogen ist. Er reibt sich die Augen. Die Straße führt an der Donau entlang Richtung Thiergarten. Also genau in die entgegengesetzte Richtung von seiner Wohnung.

»Ach egal«, sagt er zu sich selbst und lässt sich von dem vor ihm fahrenden Bus quasi mitziehen bis Thiergarten. Wie er auf dem Parkplatz des Gasthauses landet, kann er später nicht mehr sagen. Jochen will nur noch eins: Fleisch, Bier und ein Bett. Das alte Gebäude zieht in magisch an. Er schleppt sich die Eingangstreppe hinauf, gähnt noch einmal, streckt seinen Rücken und meint, die Bandscheibe knirschen zu hören.

»Ahoi, Seemann!« Ein Pirat reißt die Tür auf. »Wir sahen dich anlegen!«

»Was?« Jochen schüttelt den Kopf. Er hat noch keinen Tropfen intus – und sieht Seemänner?

»Sei willkommen, Fremder, in meiner Herberge! Mein Name ist Jack Rattle. Komm an Bord!«

»Moment mal, ich wollte nur …« Der als Pirat verkleidete Mann hört Jochen nicht zu. Seufzend folgt ihm der frisch gebackene Rentner ins Innere des Hauses.

»Huch!«, entfährt es ihm, als eine Horde Kinder laut johlend an ihnen vorbeistürmt.

»Dritte Klasse«, erklärt der Pirat augenzwinkernd. »Wir machen gerade eine Schatzsuche.«

»Äh?«

Der Pirat lacht. »Wir sind eine Jugendherberge. Genauer gesagt: Piratenherberge Jack Rattle.«

»Ah«, sagt Jochen. Meint aber eher: »Was in Poseidons Namen geht hier ab?«

»Komm mit in die Kombüse, Fremder. Dort kannst du dich ins Logbuch eintragen, und nach dem Mahl werde ich dir deine Kajüte zeigen. Und keine Bange – wir haben auch Einzelkojen.« Der Pirat lacht. Jochen zuckt mit den Schultern. Dann eben heute Seemannsgarn. Zu Hause wartet sowieso niemand auf ihn.

Wenig später sitzt er zwischen Luisa und Marie auf einer Holzbank. Der Piratenschmaus besteht aus Würstchen mit Pommes. Bier gibt es keines, aber da Jochen mit Abstand der Älteste im Saal ist, darf er – wie die Lehrer auch – Cola trinken. Unter den neidvollen Blicken der Kinder, die sich mit Apfelschorle begnügen müssen.

»Bist du ein Pirat?« Lisa sieht ihn mit großen Augen an. Ihr Mund ist ketchuprot.

»Quatsch, der ist ein Opa«, sagt Marie.

»Bin ich nicht«, will Jochen erwidern. Kommt aber nicht dazu, weil plötzlich die Schiffsglocke ertönt. Die Kinder springen auf und sausen nach draußen.

»Nachtwanderung. Auf der Insel liegt ein Schatz verborgen«, erklärt der Pirat im Vorbeigehen. »Wollen Sie uns begleiten?«

Jochen verneint. Dann macht er sich auf die Suche nach seiner *Kajüte*. Und ist froh, dass er nicht in den Mannschaftsräumen übernachten muss. Ihm steht eine Kapitänskajüte zur Verfügung, mit eigener *Pütz*. Allerdings verzichtet er auf einen ausgiebigen Aufenthalt im Bad, sondern lässt sich sofort in das untere Stockbett plumpsen. Er schafft es gerade noch, die Schuhe abzustreifen, dann dämmert er auch schon weg.

Zwölf Stunden später weckt ihn Kindergeschrei von draußen. »Zum Glück«, sagt er und sieht die Schulklasse im Wald verschwinden. Sein Rücken ist genauso erholt wie er selbst. Nach einer Katzenwäsche macht er sich auf die Suche nach Jack Rattle.

»Der Käpt'n ist nicht an Bord«, erfährt Jochen vom Smutje. »Aber Kaffee kriegen Sie.«

Es ist erst kurz nach neun, als Jochen die Piratenherberge verlässt. Nach so viel Kinderprogramm braucht er was für Männer. Die Stones. Jochen gibt Gas und zögert einen Moment. Soll er Richtung Bodensee fahren? Dann blinkt er links und folgt der Donau, passiert noch einmal Beuron und landet nach einer kurzen Irrfahrt durch die Tuttlinger Einbahnstraßen auf der B311.

»Schiff ahoi!«, lacht er und grinst, als er in Weilheim vom stationären Blitzer abgelichtet wird. Er hat seit Jahren kein Ticket mehr bekommen – und außerdem wird der Strafzettel mit dem Foto eine nette Erinnerung an seinen Ausflug. In Spaichingen stauen sich die Autos vor dem Kreisverkehr. Auf *stopp and go* hat Jochen keine Lust. Er winkt nach links, als er im Schritttempo am Spaichinger Polizeirevier vorbeikommt. Dann setzt er den linken Blinker und ist, kaum dass er es selbst bemerkt, schon auf dem Serpentinenweg Richtung Hausen ob Verena unterwegs. Von hier oben hat er einen fantastischen Blick über die Primstadt. Allerdings drängen sich ganz andere Bilder in seinen Kopf. Die noch gar nicht so alt sind. Ihm kommt es vor, als hätten Manni und er erst gestern hier ermittelt …

SPAICHINGEN, 2008

»Ist das Kunst oder kann das weg?« Manni grinste aus dem Fahrerfenster.

»Das ist mein Auto«, knurrte Jochen. Auch wenn der Golf in der Rolling Stones Sonderedition einige Jahre auf dem Buckel hatte und sich langsam, aber sicher in Richtung Rostlaube entwickelte – es war ein gutes Auto. Jochen hatte ihn erst vor zwei Wochen durch die Waschanlage geschickt, um eine blitzsaubere Fläche für den im Internet bestellten Aufkleber zu haben. *Yes, we can!* Der Schlachtruf des ersten schwarzen Präsidenten der USA sprach ihm aus der Seele. Obama war das, was die Kids heute als *cool* bezeichneten.

»Das daneben mein ich!« Schädles Kollege zeigte auf einen überdimensional großen und verrosteten Stahlknoten.

»Das ist Kunst, du Banause!« Jochen grinste und stieg in den Dienstwagen. Die beiden hatten sich per Handy an der Zufahrt zum Hofgut Hohenkarpfen verabredet. Als der Notruf bei der Wache in Spaichingen einging, war Schädle gerade bei seiner chinesischen Heilpraktikerin in Durchhausen. Nadeln und Schröpfgläser gegen Bandscheibe. Leider auch irgendwelche Kräuter, die wie zu groß geratene Räucherstäbchen aussahen und ihm leichte Übelkeit verursachten. Umso dankbarer war er, dass er die Behandlung zehn Minuten vor Ende abbrechen musste.

»Und? Alles fit?« Manni gab Gas.

»Noch.« Jochen wurde in den Sitz gedrückt.

»Du riechst wie eine wandelnde Mottenkugel.« Sein Kollege öffnete die Scheibe noch ein Stück.

»Eau de Chinese. Soll gesund sein.« Jochen grinste. Die Wiesen flogen an ihm vorbei. Als das Duo den Hohenkarpfen, einen Hügel auf der Hochebene, umrundete und das Fachwerkhaus des Restaurants in Sicht war, hatte Manni ihn im Stenostil auf den bisherigen Stand gebracht. Weibliche Leiche hinter dem Gebäude der Kunststiftung. Entdeckt von einem Gassigeher. Erst zwei Stunden nach Auffinden gemeldet – mangels Handyempfang. Da das Restaurant noch geschlossen war und das angegliederte Hotel wegen Renovierung ebenfalls, hatte der Mann erst nach Hausen ob Verena zurücklaufen müssen, ehe er an ein Telefon kam.

Der Platz zwischen Kunststiftung und Hotel war mit Streifenwagen, Sanka und dem Fahrzeug des örtlichen Bestatters gut gefüllt. Die Kommissare parkten rückwärts vor dem Eingang der Ausstellung. Dann gingen sie zu den Kollegen. Die Gerichtsmedizinerin, eine entspannte Dreißigerin mit tiefschwarzen Haaren, die Hans Zierock vor einigen Jahren ersetzt hatte, stand hinter dem Absperrband, halb verschwunden in einem Busch.

»Moin!«, begrüßte sie die Kriminalbeamten und richtete sich stöhnend auf.

»Rücken?« Jochen konnte mitfühlen.

»Ja, es ist ein Kreuz mit dem Kreuz.« Die Pathologin lächelte kurz. »Die Dame hier hat allerdings einen schönen Rücken.« Jochen schob ein paar Äste zur Seite. Auf dem Boden, mit dem Gesicht nach unten, lag eine Frau. Blond. Im roten Seidenkleid. Rückenfrei. Der rechte Fuß steckte in einem knalligen Lackschuh, der linke war nackt und grotesk verdreht. Jochen scannte das Bild mit den Augen ab und versuchte, sich jedes Detail einzuprägen. Zwar würde er die Fotos der Kollegen später auf dem

Bildschirm haben, aber er verließ sich immer noch lieber auf seine eigenen Augen. Und die sahen, dass die Tote die rechte Faust geballt hatte. Schnell streifte er sich Gummihandschuhe über und zog an dem Gegenstand, der zwischen den leichenstarren Fingern hervorlugte.

»Ein Schnuller?« Manni machte große Augen.

»Sie können die Frau umdrehen«, wies Jochen die Kollegen an. Als der Leichnam auf dem Rücken lag, hielten alle die Luft an. Die Frau war schön. Mehr als schön. Sie schien wie aus weißem Marmor gemeißelt, ebenmäßige Gesichtszüge, der rot geschminkte Mund stand leicht offen. Sie wirkte, als schliefe sie. Einzig die blauen Striemen um ihren Hals verrieten, dass sie vor ihrem letzten Atemzug eine mehr als unangenehme Begegnung gehabt haben musste. Der linke Träger des Abendkleids war gerissen.

»Dachte ich schon«, gab die Gerichtsmedizinerin bekannt. »Tod durch Ersticken.«

»Erwürgt?« Manni beugte sich weiter über die Frau, wobei er ein paar Äste abbrach. Blätter rieselten auf das rote Kleid. »Scheiße.«

»Macht nichts, ich denke nicht, dass der Fundort der Tatort ist«, beruhigte ihn Jochen. Auf dem Kiesweg, der kurz vor dem Busch endete, waren Schleif- und Reifenspuren zu sehen. Und wie zur Bestätigung rief ein blutjunger Kollege zehn Meter weiter auf der Wiese in diesem Moment: »Hier!«, und hielt einen Lackschuh mit verboten hohem Absatz in die Höhe. Dazu eine mit schwarzen Pailletten verzierte Handtasche. »Weiter unten steht ein recht neuer Benz. Gehörte vermutlich dem Opfer. Sind auf jeden Fall andere Reifenabdrücke als diese hier.«

Jochen wandte sich von der schönsten Leiche seiner bisherigen Laufbahn ab. Während er zum Kollegen ging, dachte er, dass der Tod nicht immer eine hässliche Fratze hatte. Schön war er natürlich trotzdem nicht.

In der Handtasche befand sich ein Lippenstift in goldener Hülle. Jochen wusste dank seiner zweiten Exfrau, dass Schminke von Chanel ziemlich teuer war. Er schätzte das Lippenrot auf gut und gerne 40 Euro. Außer einem geöffneten Päckchen Taschentüchern, einer Dose TicTac und einem Schlüsselbund mit Mercedes-Emblem fand er noch einen kleinen Geldbeutel. Visakarte. Mastercard. Kundenkarte für die Parfümerie in der Tuttlinger Königstraße. Und einen Personalausweis.

Lisa Roth, geboren am 14. Dezember 1978, Dreifaltigkeitsbergstraße, Spaichingen

»Gestern war hier tote Hose. Kunstsammlung geschlossen, Restaurant Ruhetag«, teilte Manni ihm mit, als sie zurück zum Wagen gingen. »Ein Familienfest war auch nicht.«

»Zum Spazierengehen bretzelt man sich aber nicht so auf«, dachte Jochen laut nach. Und dann, an Manni gewandt: »Wir fahren nach Spaichingen. Vielleicht finden wir unter der angegebenen Adresse einen Hinweis. Unsere junge Pathologin wird uns heute Nachmittag Näheres zum Todeszeitpunkt sagen können. Bislang schätzt sie irgendwann zwischen 22 und zwei Uhr gestern Nacht.«

Jochen kannte die Dreifaltigkeitsbergstraße in Spaichingen, die in der Verlängerung direkt zum Claretinerkloster auf dem Dreifaltigkeitsberg führte. Allerbeste Lage, ab halber Hanghöhe sehr teure Wohnungen und viele Villen. Selbst ehemalige Ministerpräsidenten wohnten dort mit ihren Familien.

Dass Lisa Roth dort gemeldet war, ließ tief blicken. War sie möglicherweise mit irgendeinem reichen Herrn verheiratet oder verwandt? Er dachte einen Moment angestrengt nach, kam aber auf keine Berühmtheit, die mit Nachnamen Roth hieß. Abgesehen von Claudia Roth, aber die wohnte bekanntlich in Berlin.

Lisa Roths Haus allerdings war dem eines Menschen mit VIP-Status würdig. Ein gigantisches Gebäude im Landhaus-Stil mit bläulichem Anstrich und mehr Fenstern, als Jochen in allen bisherigen Wohnungen zusammenaddiert gehabt hatte. Bestimmt gab es einen Pool. Ein Tenniscourt hätte auf dem Grundstück ebenfalls bequem Platz. Der Ausblick auf den Ort dürfte von der Anhöhe aus auch nicht der schlechteste sein.

»Um hier zu wohnen, müsste man mich nicht unbedingt prügeln.« Sichtlich beeindruckt kratzte sich Manni an seinem fast kahlen Hinterkopf. »Freunde von mir wohnen unten im Hinteren Grund. Das sind zwar nur wenige Kilometer Luftlinie, aber überhaupt nicht mit dem hier zu vergleichen.«

»Es ist der blanke Neid, der aus dir spricht. Wenn du nächstes Jahr in Ruhestand gehst, kannst du dir auch so was zulegen.«

»Ich weiß zwar nicht, was du für Nebeneinkünfte hast, aber bei mir reicht es gerade mal für ein anständiges Mittagessen im Landgasthaus oben auf dem Berg. Aber ich werde viel reisen, das kann ich dir sagen.«

Sie klingelten an einer Hofeinfahrt mit gusseisernem Tor und hörten ein Kameraauge in ihre Richtung surren. Brav zeigten sie ihre Polizeimarken vor und warteten ab, bis das schwere Tor zur Seite gerollt war.

An der Tür erwartete sie kein Butler, aber ein Mann, der im schwarzen Frack bestimmt ebenfalls keine schlechte Figur gemacht hätte. Stattdessen trug der Mittvierziger ein roséfarbenes Poloshirt und eine schwarze Stoffhose. Sicherlich nicht von der Stange gekauft. »Guten Tag, ich bin Rainer Roth, was kann ich für Sie tun?«

»Sind Sie der Ehemann von Lisa Roth?«, fragte Jochen und lugte kurz an ihm vorbei ins Hausinnere. Im sonnendurchfluteten Wohnzimmer erkannte er einen gekachelten Kamin und einen schweren Glastisch.

»In der Tat. Was ist mit meiner Frau? Geht es ihr gut?«

Manni senkte Kopf und Stimme. »Wir bedauern, Ihnen mitteilen zu müssen, dass Ihre Frau gestern Nacht verstorben ist. Ein Fußgänger bemerkte ihre Leiche heute Morgen beim Gassigehen.«

»Sie ist tot?« Entgeistert riss er die Augen auf. Die Vene an seinem Hals begann zu pulsieren. »Wie kann das sein? Gestern Abend waren wir noch aus. Auf einer Wohltätigkeitsveranstaltung in Tuttlingen. Oh, mein Gott.«

Er taumelte rückwärts und stützte sich kraftlos an der Hauswand ab. Ein bisschen zu theatralisch für Jochens Geschmack. Auch die Bestürzung kaufte er ihm nicht so ganz ab. Der Ehemann wirkte einfach nicht wie jemand, dem der Verlust wirklich naheging. Andererseits reagierte jeder Mensch anders auf eine solche Nachricht.

Sie geleiteten ihn zu den weißen Ledersofas im Wohnzimmer. Manni holte ihm ein Glas Wasser aus der Küche. »Sie meinten, Sie und Ihre Frau wären gestern Abend in Tuttlingen gewesen. Sind Sie von dort aus nicht gemeinsam aufgebrochen?«

»Nein, sie sagte, sie hätte noch was zu erledigen und ist mit ihrem eigenen Auto losgefahren. Eine A-Klasse.«

»Und Sie haben sich nicht gewundert, dass sie so lang wegblieb?«

»Doch. Natürlich. Aber es ist nicht so selten, dass sie

länger aus ist. Ich habe meist bis spät in die Nacht zu tun. Da trifft sie sich mit Freundinnen und geht mit ihnen etwas trinken.«

»Was arbeiten Sie denn?«

»Ich bin Strafverteidiger. In der Tuttlinger Kanzlei Roth & Partner. Als Geschäftsführer habe ich praktisch nie Feierabend. Hätte ich nicht heute Vormittag ein Treffen mit einem Kollegen in Spaichingen, hätten Sie mich hier auch gewiss nicht angetroffen. Wie ist Lisa gestorben?«

»Offenbar wurde sie erwürgt. Wir stehen aber noch am Anfang der Ermittlungen.«

»Ich kenne das Prozedere. Gibt es schon Hinweise auf den Täter?«

Jochen schüttelte den Kopf. »Bei welchen Freundinnen übernachtete sie für gewöhnlich?«

»Da kommen bloß zwei infrage: Tatjana Srzebevic und Melanie Hempel. Ich gebe Ihnen die Adressen.«

»Gern«, sagte Jochen. Sich mit Lisas Freundinnen zu unterhalten, war sowieso unabdingbar. In vielen Fällen wussten sie über gewisse Dinge besser Bescheid als der Ehemann. Insbesondere wenn es sich um ein so aalglattes Musterbeispiel wie Rainer Roth handelte.

Der Gatte setzte sich aufrecht hin und stützte den Kopf mit den Händen ab. »Oh Mann, wie sage ich das bloß unseren Söhnen?«

»Sie haben Kinder?«, entfuhr es Jochen. Weder Roth noch seine Frau hatten auf ihn den Eindruck gemacht, als wären es Familienmenschen. Auch das Haus wirkte viel zu sauber und aufgeräumt.

»Sind beide in der Schule. Daniel ist acht, Miko zehn. Die Nanny holt sie nach dem Unterricht ab.«

Was sogleich die Frage klärte, wer sich heute Morgen

um die Kleinen gekümmert hatte. Schon praktisch, so was. Warum hatte ich so was früher nicht, als meine Kinder klein waren, überlegte Jochen. Gleich darauf dämmerte ihm die Antwort: weil Tobias komplett und Lena zumindest ab den Jugendjahren bei ihren jeweiligen Müttern aufwuchsen. Du hattest ja genug mit deiner Arbeit zu tun. »Wo ist die Nanny jetzt?«

»Einkaufen, vermute ich. Das hat sie sich bisher immer mit Lisa geteilt. Wie gesagt, normalerweise bin ich um diese Zeit nicht daheim.«

Wie aufs Stichwort hörten sie, wie jemand den Schlüssel ins Türschloss steckte. Nur Sekunden darauf erblickte Jochen eine sportliche Blondine von allerhöchstens Mitte 20, die es mühelos auf ein Illustriertencover geschafft hätte. Kaum zu glauben, dass sie die Nanny war. Oder, dass sie bloß dafür sorgte, dass es den Kindern an nichts fehlte.

»Das ist Krystina. Sie stammt aus Polen und arbeitet hier, um sich ihr Studium zu finanzieren.«

Manni warf Jochen einen vielsagenden Blick zu. Es war beinahe so, als wollte sie Rainer Roth mit der Nase darauf stoßen. Als zählte er als Ehemann nicht ohnehin automatisch zum Kreis der Verdächtigen.

Die Nanny bestätigte im gebrochenen Deutsch, wie Herr und Frau Roth gestern Abend gegen sechs aufgebrochen und er allein um halb eins nach Hause zurückgekehrt war.

Woher sie das wohl so genau weiß, fragte sich Jochen. Nur schwer verkniff er sich ein süffisantes Grinsen.

Heute Morgen hatte sich Krystina zwar über den Verbleib von Frau Roth gewundert, aber ebenfalls angenommen, sie würde bei einer Freundin übernachten. Als sie erfuhr, dass Lisa ermordet wurde, verlor sie auf einen

Schlag sämtliche Gesichtsfarbe. Ihre Lippen zitterten, und ihre Augen füllten sich mit Wasser. »Nein, das kann nicht sein.« Geschluchzte Worte auf Polnisch folgten, die weder Manni noch Jochen verstanden.

Zurück im Dienstwagen, gab es für beide kein Halten mehr. »Die Kleine ist der Hammer. Hast du gesehen, wie er sie angesehen hat?«, fragte Manni. »Da kann mir keiner erzählen, dass Roth sie aus reiner Nächstenliebe engagiert hat. Wenn die nichts am Laufen haben, fresse ich einen Besen.«

Jochen nickte. »Möglicherweise kam Lisa Roth dahinter, und als sie ihren Mann zur Rede stellte, verlor er die Nerven. Ein Alibi für die Tatzeit hat ihm das Kindermädchen jedenfalls nicht gegeben.«

»Lass uns mal die Freundinnen fragen, was für ein Typ der feine Herr Strafverteidiger ist. Solche Typen habe ich eh gefressen.«

Jochen ließ den Motor an. Mit *Jumpin' Jack Flash* aus den Lautsprecherboxen machten sie sich auf den Weg. Beide Damen waren allerdings nicht zu Hause. Von Hempels Nachbarin erfuhren die Kommissare, dass diese vermutlich im *Fitnesspoint* war.

»So ein kleines Training würde dir auch nicht schaden.« Manni lachte und piekste Jochen in den Bauch.

»Hör auf, der war teuer!«

»Fürstenberg-Spoiler, schon klar.« Manni steuerte den Wagen ins Industriegebiet. Auf dem Parkplatz des ehemaligen Produktionsgebäudes, in dem jetzt Stepper, Crosstrainer und Hantelbänke zur Bekämpfung von Problemzonen aller Art standen, parkte nur ein halbes Dutzend Autos. Zwei Rostlauben und vier schicke Wägelchen: Minicooper, BMW, EOS Cabrio und ein Porsche mit offenem Verdeck. Im Vorraum der Muckibude empfing die Polizisten Loungemusik. Von Schweiß und Anstrengung war hier keine Spur, es sah eher aus wie in einer schicken Gaststätte. Tatsächlich stand in der Mitte des Raums eine Bar. Statt kunterbunter Mixgetränke war die Rückwand allerdings mit allerlei Säften und Dosen gefüllt, die vermutlich mehr Testosteron enthielten als ein Klassenzimmer voller pubertierender Jungs. An der Bar saßen zwei Frauen und starrten kichernd in ein iPad.

»Schick«, rutschte es Jochen raus. Und damit meinte er nicht die Möblierung. Manni postierte sich neben der Blondine, Jochen lugte der Brünetten über die Schulter. Er kannte diese App von seinem Sohn. Ein vollkommen überflüssiges Programm – aber lustig. Man konnte Fotos in Comics verwandeln. Die beiden Schönen waren eben dabei, aus einem gut gebauten Jüngling einen schmerbäuchigen Bartträger zu machen. Die Frau an dessen Seite war bereits fertig verwandelt: Hasenzähne, Segelohren, Hängebusen. Trotzdem erkannte Jochen sie auf den ersten Blick.

»Heimadsogga!«, rief er. Die Sportlerinnen fuhren herum und starrten ihn verständnislos an.

»Geht's noch?«, zischte die Blonde.

»Schieb ab, Alter«, sagte die Brünette.

»Uffbassa!« Jetzt mischte sich auch Manni ein. Sein Blick fiel auf den Bildschirm des iPads. Er pfiff leise und sagte dann, an Jochen gewandt: »Könnten das die Damen Hempel und Serbschewitsch sein?«

»Srzebevic, wenn schon.« Die Blondine drehte das iPad um. »Und was geht Sie das überhaupt an?«

»Ich weiß nicht, ob wir das hier besprechen sollten.« Jochen nickte seinem Partner zu. Am besten würden sie die Freundinnen ins Spaichinger Revier bringen. Das alte Haus an der Hauptstraße war ihm ohnehin viel lieber als der chromglänzende Fitnesstempel.

»Wir warten auf jemanden.« Melanie Hempel klang ein wenig pampig.

»Auf Frau Roth, nehme ich an?«

»Genau. Aber wieso … wer sind Sie denn?«

Die Kommissare zückten die Dienstausweise.

»Oh.« Tatjana schluckte trocken. Ihr perfekter Busen – offensichtlich das Ergebnis eines Besuchs in der Bodenseeklinik – hob sich nun schneller.

»Wir sind völlig unschuldig.« Die Hempel klimperte mit den künstlichen Wimpern.

»Das ist hier kein Spaß.« So langsam wurde Manni die Sache zu doof. »Und Frau Roth wird nicht kommen.«

Jochen fiel seinem Partner ins Wort. »Wir müssen Ihnen etwas Trauriges sagen«, versuchte er es mit ein wenig Milde. »Ihre Freundin wurde heute Nacht ermordet.«

Schweigen.

Sekundenlang.

Dann kicherte Tatjana los. »Wo ist die Kamera? Bin ich jetzt im Fernsehen?«

»Keine Kamera. Frau Scherb … Schreb … Tatjana. Das ist leider kein Fernsehscherz.«

Viel hatten die Kommissare mit den Freundinnen nicht anfangen können. Während der Fahrt ins Revier hatten die beiden sich auf dem Rücksitz aneinander geklammert und haltlos geschluchzt. Wobei Tatjana ihrer Freundin immer wieder versichern musste, dass die Wimperntusche wirklich wasserfest war. Nach einer guten halben Stunde, ehe sie das Duo der aus Tuttlingen angeforderten Polizeipsychologin übergeben hatten, war die Sachlage wie folgt: Das Trio kannte sich schon aus der Grundschule. Alle drei hatten die C-Klasse der Schillerschule besucht (was bei den Kollegen zu einem innerlichen Lachkoller führte, entsprach die damalige Klasseneinteilung doch heute der Körbchengröße der Frauen). Tatjana und Lisa besuchten danach die Realschule, Melanie das Gymnasium. Erste Freunde, Ausbildungen. Die Realschülerinnen lernten beide im Spaichinger Rathaus, Melanie schmiss die Schule nach der 12. Klasse und ließ sich zur Zahnarzthelferin ausbilden. Aus Spaichingen herausgekommen waren alle drei nie – wohl aber aus dem Hochhaus in der Sallancher Straße, wo sie aufgewachsen waren. Tatjana heiratete ihren Großcousin, der mit Luxuswagen handelte. Melanie bekam zwei Töchter mit ihrem Arbeitgeber, Dr. med.dent. Hempel. Und Lisa begegnete in einer Gemeinderatssitzung, bei der sie Protokoll führte, Rainer Roth, dem Rechtsanwalt.

»Der Rainer hat sie betrogen«, gab Melanie schniefend bekannt. »Von Anfang an. Der Arsch.«

»Na na.« Jochen sah Manfred an. Der zwinkerte ihm zu.

»Ist doch wahr«, legte Tatjana nach. »Hat er wirklich. Aber die Lisa ist war oh Gott also viel zu hübsch für den.«

»Für andere Männer eventuell nicht?« Jochen erinnerte sich an das verunstaltete Foto auf dem iPad. Die Freundinnen zuckten unmerklich zusammen.

»Ich hab nichts gesagt«, beeilte sich Melanie zu sagen.

»Müssen Sie auch nicht. Es reicht, wenn Sie mir für einen Augenblick Ihren Computer überlassen.« Die Frau sah Jochen verständnislos an.

»Oder Sie sagen mir, warum Frau Roth heute Nacht bei keiner von Ihnen übernachtet hat, sondern bei einem

Mann. Und zwar dem Mann, dessen Foto auf ihrem Gerät gespeichert ist.« Melanie wurde so rot wie ihr Trainingstop.

»Das ist Elmar. Um Himmels willen, das darf niemand erfahren!«

»Das lassen Sie unsere Sorge sein.« Jochen spürte das gewisse Kribbeln in seinem Bauch. »Elmar und weiter?«

»Müller. Und ich sag nichts mehr.« Melanie verschränkte die Arme vor der plastikprallen Brust. Reden musste sie nicht, Tatjana erzählte den Polizisten mehr, als diese hören wollten. Demnach hatte die Getötete den Fitnesstrainer regelmäßig getroffen. Obwohl er zehn Jahre jünger war. Oder wahrscheinlich deswegen, seine Ausdauer schien sich jedenfalls nicht allein auf das Hanteltraining zu beschränken. Um hin und wieder eine ganze Nacht mit Elmar verbringen zu können, hatte Lisa die Freundinnen ins Vertrauen gezogen.

»Kann man doch verstehen, dass sie mal Abwechslung brauchte«, rechtfertigte Tatjana die tote Freundin.

»Wir müssen hier nichts Moralisches verstehen«, sagte Manni. »Haben sich die beiden gestern getroffen?«

»Ja.« Melanie hatte ihre Sprache wiedergefunden. »Wollten sie. Dieses Mal war ich als Alibi gedacht.«

»Und wo wollten sie sich treffen?«

»Keine Ahnung. Das haben wir auch nie gefragt.« Tatjana schniefte. Dann brach sie wieder in haltloses Schluchzen aus. Jochen wusste, dass die Befragung der Grazien hiermit fürs Erste beendet war.

Müller wohnte weniger prachtvoll als seine Geliebte. Seine Wohnung in Hofen war nur einen Steinwurf von der Bundesstraße entfernt in einem Mehrfamilienhaus. Die Kommissare fuhren hin, nachdem sie im Studio erfahren hatten, dass Elmar seinen freien Tag hatte. Den dieser offensichtlich mit einem ausgiebigen Schläfchen genoss – erst nach dem vierten Klingeln öffnete ein zerknautschter nackter Mann. Jochen war bemüht, nicht auf dessen bestes Stück zu starren.

»Was?«, brummte Müller. »Ich hab doch schon oft genug gesagt, dass ich an meinem satanischen Lebenswandel hänge und es mir scheißegal ist, ob ich in den Himmel komme.«

»Wir sind keine Zeugen Jehovas.« Manni grinste. »Aber wir könnten dafür sorgen, dass es Ihnen gleich höllisch heiß wird.« Er wedelte mit dem Dienstausweis vor Müllers Nase. Trotz Solariumbräune wurde er blass.

»Oh nein! Was ist passiert?«

Elmar kehrte rückwärts in die Wohnung zurück und griff nach einer schwarzen Unterhose. Zwar ein backenfreies Modell, aber zumindest ein teilweiser Sichtschutz. Jochen war dankbar für alles.

»Kennen Sie eine Lisa Roth?«, fragte Manni.

Elmar krallte sich an der Lehne seines Ledersofas fest. »Nun ja beiläufig.«

Jochen ging weiter auf ihn zu. »Nennt man das heutzutage so? Von Lisas Freundinnen haben wir da aber was anderes gehört.« Nebenbei schaute er sich um. Die Tür zum unaufgeräumten Schlafzimmer stand offen. Breites Doppelbett, aber nur eine Seite davon war benutzt. Auf dem Beistelltisch im Wohnzimmer entdeckte er zwei Fernbedienungen, ein Handy und eine leere Bierflasche. Spuren eines romantischen Abends gab es überhaupt keine.

»Hey, das mit dem *beiläufig* war nicht meine Idee. Ich habe sogar meine Freundin verlassen, weil ich dachte, sie wäre die Richtige. Die große Liebe und so. Doch als ich

Lisa vorschlug, eine gemeinsame Wohnung zu nehmen, erfand sie Ausreden, warum das im Moment nicht möglich wäre. Inzwischen glaube ich, sie war nie an einer richtigen Beziehung interessiert. Sie brauchte bloß ein Spielzeug für zwischendurch. Weil ihr sonst langweilig wäre. Und weil ihr Mann eh alles nagelt, was auf seinem Radar erscheint.«

»Wann haben Sie Lisa das letzte Mal getroffen?«

»Gestern Abend. Sie wollte mich unbedingt sehen.«

»Wann war das?«

»Um zehn. Wieso fragen Sie? Was ist mit Lisa?«

»Sie wurde ermordet. Gestern Abend. Ihr Treffen fällt genau in die Tatzeit.«

»Lisa ist tot?« Seine Gesichtszüge versteinerten. Außerdem krallte er sich so fest an die Lehne, als wollte er ein Stück davon herausreißen.

Die Nachricht schien ihm sehr nahezugehen. Verstellte er sich nur, oder waren es echte Emotionen, die sie hier sahen? Nach all den vielen Jahren war Jochen ein regelrechter Fachmann im Deuten von Mimik und Gesten geworden. Doch bei Elmar Müller war er unschlüssig. Als Jochen weiter ausholen wollte, klingelte ein Handy. Er brauchte eine Sekunde, bis ihm klar wurde, dass es sein eigenes Telefon war, das da gerade *Start me up* spielte.

Die junge Pathologin war am Apparat: »Ich bin mit der Obduktion fertig und dachte mir, es interessiert Sie vielleicht, dass Lisa Roth ein Kind erwartete. Zwar erst in der zehnten Woche, aber sie war definitiv schwanger.«

Nachdenklich kehrte Jochen zu Manni und dem Muskeltrainer zurück. »Worum ging es bei Ihrem Treffen gestern Abend? Und wo fand es statt?«

»Oben beim Hofgut Hohenkarpfen. Das war was Persönliches. Ist jetzt auch nicht mehr wichtig.«

»Lisa war schwanger.«

Elmar fixierte ihn mit finsteren Blicken. »Woher wissen Sie das? Das war doch noch ganz frisch.«

Fragst du das ernsthaft?, dachte Jochen. »Solch ein Umstand verändert alles, oder? Sie schwanger von ihrem Lover. Da schreit nicht jeder Hurra.«

»Ich weiß nicht, ob ihr Mann davon wusste. Falls Sie darauf hinauswollen. Lisa machte allerdings einige Andeutungen in diese Richtung. Außerdem ist es egal. Sie wollte das Baby eh nicht behalten. Ich habe versucht, ihr die Abtreibung auszureden. Hab ihr gestern sogar einen Schnuller geschenkt. Aber sie ließ da absolut nicht mit sich reden. Sie sagte, sie braucht kein weiteres Kind. Vor allem nicht von mir. So was zu hören, tut echt weh. Das wollte ich nicht auf mir sitzen lassen.«

»Das Gespräch artete also ein bisschen aus …«

Erst jetzt schien Elmar zu dämmern, in welche Richtung dieser Wagen steuerte. »Ich habe sie nicht umgebracht! Das könnte ich nie!«

»Sie würden sich wundern, wozu die Leute im Affekt imstande sind. Einen triftigen Grund hätten Sie allemal.«

»Trotzdem würde ich nie …«, begann er mit energischer Stimme.

»Wer wusste von Ihrem Treffen?«, ging Manni dazwischen. »Wie haben Sie es vereinbart?«

»Niemand wusste davon. Vereinbart haben wir es per SMS. So wie immer. Glauben Sie, dass ihr Mann was damit zu tun hat?«

Jochen ignorierte die Frage. »Was haben Sie gestern Abend vor dem Treffen gemacht? Wo waren Sie?«

»Mit meiner Ex in einer Kneipe. Auch sie wollte unbedingt mit mir reden.«

»Sie ist hoffentlich nicht auch schwanger?«

»Das nicht, aber sie möchte mich zurück. Sie findet, dass unsere Beziehung zum Ende hin völlig falsch gelaufen ist. Und soll ich Ihnen was gestehen? Nachdem mir Lisa von der geplanten Abtreibung erzählte, bin ich ins Zweifeln gekommen. Vielleicht war die Beziehung mit Lexi doch gar nicht so schlecht. Bei ihr war mir wenigstens klar, woran ich war.«

»Wusste sie von Lisa Roths Schwangerschaft?«

»Glaube ich nicht.«

»Wo steckten Handy und Schnuller während des Treffens?«

»In meiner Jacke.«

»Waren Sie irgendwann auf dem Klo oder dergleichen? Und wo befand sich Ihre Jacke in dieser Zeit?«

Elmars Unterlippe schob sich vor. »Glauben Sie, dass Lexi … Nein, das kann ich mir nicht vorstellen.«

»Ich glaube gar nichts«, sagte Jochen und zückte seinen Notizblock. Sein Bauch grummelte wieder auf höchst merkwürdige Weise. Ein Gefühl, das nur eines bedeuten konnte. »Trotzdem wüssten wir gern den Namen, die Anschrift und wo Ihre Ex arbeitet.«

Kopfschüttelnd gab Elmar ihnen die gewünschten Informationen.

Auf dem Weg nach Tuttlingen rief Jochen in der Zentrale an und bat um eine Überprüfung der Verdächtigen. Mit einem aktuellen Foto konnte Kollege Micha zwar nicht dienen, aber welchen Wagen sie fuhr, hatte er schnell ermittelt: einen drei Jahre alten Opel Corsa. Aus einer Ahnung heraus bat Jochen ihn auch gleich noch, ihm ein Foto von den Reifenabdrücken am Tatort zuzuschicken. Auch dafür brauchte Micha nur wenige Minuten.

Besagter Corsa parkte schräg gegenüber der Bäckerei. Ihr Reifenprofil zauberte Jochen ein Lächeln ins Gesicht.

Obwohl wenig Andrang herrschte, hantierten in der Tuttlinger Bäckerei zwei Angestellte hinter der Theke. Eine Frau in den Fünfzigern mit kurzen roten Haaren und eine Endzwanzigerin mit schwarzer Mähne und Nasenpiercing. Jochen vermutete spontan, dass es nicht die Kupferniete war, die ihr Herz an den Fitnesstrainer verschenkt hatte.

»Sind Sie Alexandra Wendler?«, fragte er die Frau mit dem Nasenpiercing, nachdem die letzte Kundschaft gegangen war.

Sie bejahte, und er zückte die Polizeimarke. »Wir würden uns gern mit Ihnen unterhalten.«

»Mit mir? Was ist denn los?« Sie schaute zu ihrer Kollegin, als wüsste diese, worum es ging. Dabei war das sowieso alles nur Theater. Jochen sah in ihren Augen, dass Lexi Wendler ganz genau wusste, was los war.

Gemeinsam betraten sie das Hinterzimmer und ließen sich an einem kleinen Schreibtisch nieder. Beim Geruch von Mehl und Laugenteig meldete sich Jochens Bauch wieder. Diesmal mit einem lautstarken Knurren. Er bedauerte es, sich vorne kein Mohnbrötchen mitgenommen zu haben.

»Wir wissen, dass Sie gestern Abend mit Ihrem Ex-Freund Elmar Müller verabredet waren. Wie lang dauerte das Treffen?«

»Bis circa 22 Uhr.«

»Was geschah dann?«

»Wir verabschiedeten uns, und ich fuhr nach Hause.«

»Haben Sie eventuell einen kleinen Abstecher zum Hofgut Hohenkarpfen unternommen?«

»Nein. Weshalb sollte ich?«

»Wir wüssten gern, weshalb Ihre Reifenspuren am Tatort eines Verbrechens gefunden wurden. Ich bin mir auch ziemlich sicher, dass es um Ihre DNS-Spuren nicht anders steht. Wollen Sie Ihre Geschichte vielleicht ein wenig korrigieren?«

Das Angebot schien ihr nicht zu gefallen. Sie sprang auf und hob beschwörend die Arme. »Ich weiß gar nicht, was Sie von mir wollen. Von mir erfahren Sie gar nichts mehr. Ich möchte meinen Anwalt sprechen.«

»Der wird Ihnen auch nicht mehr helfen«, sagte Jochen und schwenkte die Handschellen vor ihrem Gesicht hin und her. »Wir wissen, dass Sie Lisa Roth ermordet haben. Nur über das Motiv sind wir uns im Unklaren. Mein Partner tippt auf Rache. Aber so war es nicht, oder, Frau Wendler? Es war einfach eine Kurzschlussreaktion, als Sie den Schnuller in Elmars Tasche sahen. Und dann noch die Nachrichten auf seinem Handy. Sicher kannten Sie den PIN-Code noch von früher. Ich will mir gar nicht ausmalen, wie weh es tun muss, darin all die unschönen Sachen über ihn und die andere Frau zu lesen.«

Lexis letzter Schutzwall brach. »Es war so unfair. Seit Längerem wünschte ich mir ein Kind. Aber Elmar hat immer gesagt, dass wir noch Zeit haben. Dann macht er auf einmal mit mir Schluss, nur weil ihm so eine blöde Alte den Kopf verdreht hat. Die hat doch eh bloß mit ihm gespielt.«

»Ich verstehe das durchaus. Trotzdem hatte sie es deswegen nicht verdient, ermordet zu werden. Warum sind Sie nicht bei den klassischen Methoden geblieben? Reifen zerstechen. Scheibe einwerfen. Sie und ihn bei Facebook diffamieren.«

Sie brach in Tränen aus. »Das ist alles so unfair. Es tut mir leid.«

»Ich befürchte, das wird nicht reichen«, sagte Manni und ließ die Handschellen klicken. Sie gaben kurz der anderen Verkäuferin Bescheid und führten die Verhaftete über den Hinterausgang zum Dienstwagen hinaus.

Spaichingen ist eine Pilgerstadt. Nicht nur für Gläubige, die das Claretinerkloster auf dem Dreifaltigkeitsberg ansteuern, sondern auch für Kunstliebhaber: In der ganzen Stadt sind Skulpturen der bisherigen Stadtkünstler zu sehen und bieten so manches spannende Fotomotiv. Der schönste Platz zum Knipsen ist aber, da sind sich Einheimische und Touristen einig, auf *dem Berg*.

In der Dreifaltigkeitsbergstraße, die auf den 985 m hohen Berg führt, wohnt übrigens der ehemalige Ministerpräsident Erwin Teufel. Für die Spaichinger ist die kurvige Straße nach ganz oben als Trainingsstrecke für Radler oder Wanderer beliebt. Belohnt wird man oben mit einem Blick bis zum Feldberg und den Alpen.

Das Kloster gehört heute den Claretinern. Die Wallfahrtskirche ist dem Publikum zugänglich und bietet eine echte Überraschung: Die Kuppel über dem Altarraum sieht genauso aus wie die im Petersdom in Rom – nur exakt ein Zehntel von deren Ausmaß. Hinter der barocken Kirche schließt sich ein Brunnenhaus an, das von den Bürgern und Patres liebevoll zum *Haus der Stille* umgebaut wurde. Das ganze Jahr Weihnachten? Ja: in der Krippenausstellung auf dem Berg. Im Klosterladen des Missionshauses finden sich Souvenirs und Bücher und in der Klostergaststätte alles für Leib und Magen.

Das Gewerbemuseum in der Stadt ist einen Besuch wert. Dort bekommt man neben einem Einblick in die einst blühende Zigarrenfabrikation auch die Möglichkeit, einen originalgetreu nachgebauten Friseursalon aus Urgroßmutters Zeiten zu besichtigen. Im Untergeschoss ist als Reminiszenz an die vielen kleinen Brauereien, die das Gesicht der Stadt prägten, eine Bierstube eingerichtet. Wechselnde Ausstellungen und Konzerte runden das Programm ab.

Noch eine Kirche lockt die Besucher nach Spaichingen: In der Stadtpfarrkirche befindet sich eine Reliquie des Seligen Pater Rupert Mayer.

Die Stadt an der Prim gilt weit über ihre Grenzen hinaus als Hochburg der Vereine. Nirgendwo sonst in der Region gibt es so viele Sport- und Musikklubs. Im Sommer ist das mit Abwärme aus dem benachbarten Stahlwerk beheizte Freibad ein Anziehungspunkt. Im Winter lockt ein eigener Skihang mit Lift am Zundelberg, und das ganze Jahr über kommen Minigolfer zum Spaß oder zu Turnieren auf dem liebevoll gestalteten Platz zusammen.

Jochen Schädle startet seine Ermittlungen in Hausen ob Verena. Der Hohenkarpfen ist ein weithin sichtbarer Ausflugspunkt. Im Hofgut kann man in Sterneklasse speisen und übernachten. Die Kunststiftung bietet immer wieder wechselnde Ausstellungen, und bereits der Weg in das Fachwerkhaus ist gesäumt mit Skulpturen.

Unser Tipp: Vom Dreifaltigkeitsberg aus kann man in fast 1000 Metern Höhe zum Klippeneck spazieren. Dort haben die Segelflieger ihren Startplatz. Auf dem knapp halbstündigen Marsch kann man an schönen Tagen Gleitschirmflieger beobachten, die über dem Berg ihre Kreise ziehen.

Übrigens: das benachbarte Städtchen Aldingen hat auch ein Heimatmuseum, in dem sehr ambitionierte Sonderausstellungen z.B. über die Druckkunst für Überraschungen sorgen.

Wer gerne shoppt, dem seien zwei Adressen verraten: der Fabrikverkauf beim *Nudelmacher* (Seitz-Nudeln), wo man leckere Spätzle kistenweise zu Schnäppchenpreisen ergattern kann. Und der Werksverkauf von Hogri. Hier gibt es weltweit bekannte Designerstücke aus Edelstahl für den Haushalt, Made in Spaichingen.

*

»Verdammter Mist!« Jochen tritt auf die Bremse. Leider zu spät. Das gibt bestimmt Punkte in Flensburg – und mindestens 50 Euro Geldbuße. Eindeutig mehr als ein kleines Andenken. »Scheißding, elendes! Heimadsogga!« Vorhin hatte er noch über das andere Blitzerfoto gelacht. Aber das war auch bloß ein kleiner Schnappschuss gewesen. Das hier hingegen besitzt einen deutlich längeren Atem.

Es ärgert ihn, dass die Dinger immer moderner werden. Das Teil am Ortseingang von Spaichingen Richtung Schura erinnert eher an ein überdimensionales Fieberthermometer. Wer soll denn so was ernstnehmen?

Hinter der nächsten Kurve erhält seine Freude weitere Nahrung: Vor ihm zuckelt ein voll beladener Betontransporter über die sogenannte Viehweide. Die Straße führt durch den Wald und wäre mehr als malerisch, wenn man nicht weiß, dass dies hier einer der Unfallschwerpunkte ist. Immer wieder unterschätzen Fahrer die Kurven und machen ungewollt Bekanntschaft mit einem Baum. Jochen ahnt, dass er die nächsten Kilometer nicht überholen kann. Und hält sich gezwungenermaßen an die vorgeschriebenen 70 km/h. Da hilft auch der Sound von Mick Jagger nichts. Er rutscht auf dem Sitz hin und her, bis er eine rückenfreundliche Position gefunden hat. Dann lässt er die Scheibe herunter und die milde Luft herein. Seine Pensionsansprüche sind zwar nicht die Geringsten, aber zu oft kann er sich ein Foto aus dem Blitzautomaten nicht leisten.

»Ja, geht doch!« Am Ende des Waldes setzt der Bautransporter den Blinker nach links. Jochen biegt rechts ab.

Und muss wieder einmal grinsen, als er an der evangelischen Kirche in Schura vorbei kommt. Zum einen ist das eine Bastion im tief katholischen Landkreis – zum anderen ist der Kirchturm beinahe so schief wie sein berühmter Namensvetter in Pisa.

»Italien wär auch schick«, überlegt Jochen laut. Gardasee. Lago Maggiore. Oder gleich die Adria. Wenn er jetzt Richtung Autobahn abbiegt, ist er am Abend im Süden und kann sich den Bauch mit Spaghetti und Vino Rosso vollschlagen.

»Was soll's.« Jochen verzichtet auf die Autobahn. Eine Butterbrezel ist ihm sowieso viel lieber als Nudeln. Wenige Minuten später wartet er am Kreisverkehr beim Trossinger Bahnhof darauf, einbiegen zu können. Ein Plakat weist auf die nächste Mondscheinfahrt mit der historischen Dampflok hin. »Die ist noch nicht auf dem Abstellgleis«, murrt er. Aber um frisch gebackene Rentner kümmert sich nun mal kein Verein, der das Getriebe in Schuss hält. Er parkt den Wagen in einer kleinen Seitenstraße und schlendert über die Hauptstraße Richtung Marktplatz. Vor dem Hohnerkonservatorium steht eine Gruppe Studentinnen. Die Hälfte von ihnen hat schwarze Haare und Mandelaugen. Mozart scheint den Musikern aus Asien einfach im Blut zu liegen. Er lacht, als er sich Ron Wood und Keith Richards mit einer Mundharmonika aus Trossingen zwischen den Lippen vorstellt. Er jedenfalls könnte ihnen eine aus seiner Sammlung schicken. Auch wenn er kaum einen geraden Ton aus den Instrumenten rausbringt, hat er doch eine ansehnliche Stückzahl zu Hause in einer Schublade. Bei jedem Besuch im Trossinger Museum hat er ein Instrument gekauft – warum auch immer.

Der Duft nach frischem Brot zieht ihn wie magisch in eine Bäckerei. Jochen bestellt zwei Butterbrezeln und einen Milchkaffee. Dann setzt er sich an einen der Bistrotische an der Straße. Hier war er schon einmal. Im letzten Jahrtausend. Er beißt in die erste Brezel und seufzt.

*

TROSSLINGEN, 1999

Mit einem unguten Gefühl ließ er das Ortsschild hinter sich. Lag es daran, dass heute Donnerstag war und der neue Kriminalfall sein Wochenende wieder in die Ferne rückte? Oder daran, dass er noch immer keine Ahnung hatte, was er Samstag und Sonntag mit Lena anstellen sollte? Inzwischen war seine Tochter 17 und würde sich gewiss nicht mit einem gemütlichen Wochenende daheim oder einem Besuch im Tierpark zufriedengeben.

»Was hältst du von Kino?«, fragte er Manni auf dem Beifahrersitz.

»Kommt darauf an, was du schauen willst. Vor ein paar Wochen ist der neue *Star Wars* – Film gestartet. Aber interessiert sie sich überhaupt für Raumschiffe?«

»Ich habe gehört, dass der Streifen gar nicht so gut sein soll. Meinten zumindest die *Krieg-der-Sterne*-Freaks, die jede Zeile aus den alten Teilen mitsprechen können. Frag mal Zierock. Da brauchst du bloß *Luke* oder *Leia* erwähnen, und er kriegt feuchte Augen. Ich hab gehört, dass der Film *Matrix* richtig cool sein soll. Tolle Effekte und eine Handlung, die dir das Hirn verdreht. Außerdem läuft der Film schon seit mehreren Wochen.«

»Und das soll einem pubertierenden Mädel gefallen?«

»Deshalb frage ich ja. Ich brauch irgendwas, das sie begeistert. Bei meinem Sohn habe ich ziemlich verkackt, das soll mir bei meiner Tochter nicht passieren.«

Manni nickte. »Am besten fragst du sie, worauf sie Lust hat. Wenn ihr nichts einfällt, schlägst du *Matrix* vor.«

Zufrieden war er mit dem Ratschlag nicht. Er hatte

gehofft, dass Manni etwas Phänomenales auf Lager hätte. Irgendwas, das Lenas Augen sofort zum Leuchten brächte.

Nachdenklich betrachtete er die Häuser am Straßenrand. Seit Jahren war er nicht mehr hier gewesen. Trotzdem kam ihm noch immer vieles bekannt vor. »Ich glaube, das letzte Mal war ich vor drei oder vier Jahren in Trossingen. Da wollte ich mit Lena ins Mundharmonikamuseum. Aber du weißt ja, wie Teenager sind: Es hat sie nicht die Bohne interessiert. So viel zu meiner Hoffnung, dass sie mal am Hohnerkonservatorium oder dergleichen studiert …«

»… und dann mit den Stones auf Tour geht«, fügte Manni lachend hinzu.

Jochen schüttelte den Kopf. »Die habe ich ja im Mai in Stuttgart gesehen. Da weiß ich nicht, ob ich meine Tochter in deren Nähe lassen möchte. Ich glaube, die sollten langsam in Rente gehen. So wie auch ein gewisser Gerichtsmediziner, den wir kennen.«

Sie bogen von der Achauerstraße zum Konservatorium ab und suchten sich eine freie Parkbucht am Straßenrand. Zu Fuß gingen sie zum Hohnerareal, auf dem sich bis vor wenigen Jahren die Hauptproduktionsstätte der berühmten Hohner AG befunden hatte. Zu sehen, wie jetzt ein Großteil der Werkshallen dem Erdboden gleichgemacht wurde, stimmte Jochen traurig. Es war eben nichts für die Ewigkeit bestimmt.

Linkerhand zählte er zwei Bagger und knapp ein Dutzend Bauerarbeiter. In ihren grellen Westen und den gelben Schutzhelmen stachen sie deutlich aus der restlichen Baustellenlandschaft heraus. Der Geruch von Diesel und Bauschutt erfüllte die Luft und wurde vom Septemberwind überallhin verbreitet.

»Also, was wissen wir bisher?«, fragte Jochen und kratzte sich am Kinn.

»Nicht viel. Der Bagger hat ein Skelett freigelegt. Vielleicht ist es ja einer der uralten Kelten, die hier vor 2000 Jahren gesiedelt haben.«

»Du meinst, so eine Art Schwarzwälder Ötzi?«

»Das Ausgraben uralter Gebeine hat in Trossingen schließlich Tradition. Sind hier nicht zu Beginn des Jahrhunderts Saurierknochen gefunden worden?«

Ein Mann mit schneeweißem Haar und Schutzanzug drehte sich zu ihnen um. Gerichtsmediziner Hans Zierock, wie er leibte und lebte. »Genauer gesagt waren es zwei Ur-Schildkröten. Aber bei unserem jüngsten Fund tippe ich eher auf ein Opfer aus dem Zweiten Weltkrieg. Die Stadt wurde bei den Luftangriffen 1945 ziemlich zerbombt.«

Schweigend blickte Jochen in die Baugrube hinab. Viel zu sehen war bislang nicht. Nur eine Handvoll blasser Gebeine und die Überreste eines dunkelblauen Kleidungsstücks. Wie ein deutscher oder französischer Soldat sah das nicht aus. Aber was wusste er schon von uralten Gebeinen? Dennoch verstärkte sich das ungute Gefühl in seinem Inneren.

»Was denkst du, wie lang die Kollegen brauchen, um alles auszubuddeln und in dein Labor zu schaffen?«

»Kommt darauf an, ob es nur dieses eine Skelett ist.«

»Von mehr gehen wir mal nicht aus«, warf Manni ein. »Papiere oder dergleichen hat noch keiner gefunden?«

»Ich bezweifle auch, dass wir welche finden. Der Ötzi hatte übrigens auch keinen Personalausweis bei sich.«

»Dann gibt es für den Moment nicht viel, was wir tun können. Luke.«

Zierock glotzte irritiert. »Luke?«

Manni winkte ab. »Nur so.«

Während der Rückfahrt zur Tuttlinger Wache ließ er Manni ans Steuer. Zu viele Gedanken an den aktuellen Fall – sofern es überhaupt einer war – nagten an ihm. Aber da war noch mehr. Unruhig rutschte er auf dem Sitz hin und her. »Erinnerst du dich noch an den alten Wilhelm Buchberger?« Inzwischen lagen die letzten Häuser der Kleinstadt wieder hinter ihnen. Links und rechts leuchtete es in den schönsten Herbstfarben. Jochen konnte sich gar nicht sattsehen daran.

»Der mit dem unbändigen Hass auf alle Franzosen? Ich verstehe ihn ja, da drüben gibt es nicht nur Schlauköpfe. Ist der nicht vor zwei, drei Jahren gestorben?«

»Genau den meine ich. Erinnerst du dich auch noch an den einen Fall, der ihn bis zum Schluss nicht in Ruhe gelassen hat?«

»Selbstverständlich. Ständig hat er damit angefangen, wie sehr es ihn wurmt, dass da einer mit einem Mord davongekommen ist, und er es ihm nicht beweisen konnte. Das perfekte Verbrechen. Moment, du denkst doch nicht, dass das die Ehefrau von dem Typen ist, den Willi damals im Verdacht hatte?«

»Und was, wenn er es ist? Der Bursche wohnte zwar nicht in Trossingen, aber irgendwo in der Nähe. Lass uns doch mal in den alten Akten stöbern.«

»Dir ist aber schon bewusst, dass die alten Fälle alle nicht digitalisiert sind? Im Klartext heißt das, Stunden, wenn nicht Tage im Archiv verbringen, bis wir fündig werden.«

»So schlimm wird es nicht werden. Dort ist alles sortiert. Außerdem wissen wir die ungefähre Zeit. So irgendwann um 1973 herum.«

Manni stöhnte theatralisch. »Wollen wir nicht wenigstens Zierocks Untersuchung abwarten? Vielleicht ist es doch ein Kriegsopfer. Oder ein Neandertaler.«

Jochen verstand die Einwände durchaus. Auch er verspürte wenig Lust, im Aktenlager abzutauchen. Gleichzeitig reizte ihn aber der Gedanke, den ungeklärten Fall seines Kollegen zu einem befriedigenden Ende zu bringen. Eine Chance wie diese bekam man nicht oft.

Es waren keine Tage, aber zumindest der ganze Nachmittag, den sie im Archiv verbrachten. Die Aktenkästen aus der entsprechenden Ära waren schnell aufgespürt, doch die Suche nach dem richtigen Karton erwies sich dennoch als Nervenakt. Er stand nicht dort, wo er eigentlich hätte stehen müssen, sondern in einem separaten Fach, drei Regale entfernt.

Mit der Laune eines Boxers kurz vor dem Entscheidungskampf kehrten sie ins Büro zurück. Während Jochen die Akten ausbreitete, versorgte Manni sie mit frischem heißem Kaffee. Obwohl bloß in der völlig verkalkten Maschine gekocht, schmeckte er wie flüssiges Gold.

Gleich die erste Akte beschäftigte sich mit dem Hauptverdächtigen: Heinrich Zerr, geboren 1929 in Esslingen. Ein blasses Schwarzweißfoto zeigte einen Mann in den Vierzigern mit schütterem Haar und kantigem Gesicht. Seine Augen waren so dunkel wie die eines Schneemanns.

Laut Bericht gerieten er und seine Gattin Gisela öfters in handfeste Auseinandersetzungen, zweimal verständigten Nachbarn deswegen die Polizei. Zu Übergriffen auf die Beamten kam es allerdings nie.

Nach einem Streit im Mai 1973 soll Gisela ihre Sachen

gepackt haben und zu ihrer Schwester Ramona nach Donaueschingen aufgebrochen sein. Dort allerdings kam sie niemals an. Nachdem jedoch auch niemals eine Leiche auftauchte, wurde der Fall vorwiegend als Vermisstenfall und nicht als Gewaltverbrechen behandelt. Lediglich ein gewisser alter Kommissar aus Tuttlingen beharrte darauf, dass die Streitlust des Ehemanns an jenem Abend nicht bloß verbaler Natur gewesen war.

Beweisen konnte Willi diese Theorie nicht. Zumal der Gatte mehrfach betonte, dass seine Frau einen Liebhaber hatte und vermutlich mit diesem durchgebrannt war. Eine weitere Möglichkeit wäre, dass Gisela einer italienisch-spanischen Räuberbande in die Quere kam, die zu dieser Zeit in Süddeutschland ihr Unwesen trieb und für zahlreiche Einbrüche verantwortlich war. Willi hatte zwar auch in diese Richtung ermittelt, jedoch keine weiterführenden Hinweise gefunden.

Auch die Lokalpresse war sehr an dem damaligen Vermisstenfall interessiert. Mehrere Artikel aus der *Trossinger Zeitung* und dem *Schwarzwälder Boten* beschäftigten sich damit, enthielten aber nichts, was nicht auch in den Akten stand.

Manni lehnte sich zurück. »Das klingt nach einer Menge Arbeit. Ich bin immer noch dafür, dass wir erst mal abwarten, was Zierock zu sagen hat.«

Nur Minuten darauf rief der Gerichtsmediziner an. Jochen stellte das Telefon auf Lautsprecher: »Zwar habe ich die Untersuchung noch nicht abgeschlossen, aber zwei Dinge kann ich bereits mit Gewissheit sagen. Erstens: Es handelt sich um eine weibliche Tote. Zweitens: Sie starb nicht im Weltkrieg, sondern deutlich später. Sie trug Kleidung, wie sie Anfang der 70er produziert wurde.«

Die Haare auf Jochens Armen stellten sich auf. Seine Intuition hatte ihn nicht im Stich gelassen. Dieser Leichnam war Gisela Zerr. Für ihn bestand kein Zweifel mehr.

Erwartungsvoll schaute er zu seinem Partner. Manni zog eine Grimasse, aber keine erfreute. »Manchmal hasse ich dein Bauchgefühl.«

Widersprechen wollte Jochen da nicht.

Als Erstes überprüften sie den mittlerweile pensionierten Hauptverdächtigen. Früher wohnhaft in Weigheim, hatte Heinrich Zerr inzwischen eine Wohnung in der Trossinger Eberhardstraße bezogen. Was sich nur wenige Querstraßen vom Hohnerareal entfernt befand. Fast so, als wollte er den Tatort im Blick behalten. Vermutlich waren ihm Eisschauer den Rücken hinabgejagt, als er die Bagger auf das ehemalige Werksgelände rollen sah. Jochen hoffte, ihm bald ein weiteres kaltes Grausen zu bescheren.

Zuvor stöberte er aber noch in Zerrs Bekanntenkreis. Ein halbes Dutzend Freunde hatte Willi seinerzeit befragt.

Drei davon waren zwischenzeitlich verstorben, ein vierter nach Holland ausgewandert. Blieben noch Gustav Fringe und Paul Engelhard, ebenfalls beide wohnhaft in Trossingen. Zufall, oder hatten die drei Freunde in den 70ern einen geheimen Pakt geschlossen?

Für die Theorie sprach, dass Fringe in der Zeit für die Hohner AG tätig war. Sein Partner würde vermutlich argumentieren, dass es lediglich Zufall war, da die Firma einer der größten Arbeitgeber der Region war. Trotzdem steckte möglicherweise mehr dahinter. Mit einem nervösen Kribbeln im Magen griff Jochen nach seiner Jacke und bat Manni, ihm zu folgen.

»Okay, ich komm nochmal mit. Aber nur, wenn du mir

einen Eisbecher ausgibst.« Sein Partner leckte sich über die Lippen. Das Trossinger Eiscafé galt als eines der besten in der Region.

»Du bist ein Genie!« Jochen strahlte.

»Weil ich dir soeben einen sauteuren Freundschaftsbecher aus der Rippe geleiert hab?«

»Eine Kugel Vanille tut's für dich auch. Aber jetzt weiß ich, was ich mit meiner Tochter unternehmen kann.«

»Du weißt schon, dass Eis viele Kalorien hat?« Manni zwinkerte ihm zu.

»Ja und?«

»Sind 17-Jährige nicht auf Dauerdiät?«

Mist. Daran hatte Jochen nicht gedacht. Für ihn war Lena noch immer das kleine Mädchen, das von oben bis unten mit Schokoeis bekleckert war. Er erinnerte sich, wie sie beim letzten gemeinsamen Abendessen den kompletten Käse von der Pizza geklaubt und die Fettstückchen in der Salami mit der Präzision eines Hirnchirurgen herausgepult hatte.

Dem Zeitplan der Kommissare kam zugute, dass Fringe und Engelhard mittlerweile Zimmergenossen waren. Im Bethel. Das Altenheim empfing die Kommissare mit dem zitronenfrischen Geruch von Scheuermitteln. Sie gaben sich als Neffen von Fringe aus, um an der Dame an der Rezeption ungehindert vorbeizukommen. Immerhin war dies hier keine wirklich offizielle Ermittlung.

»Zimmer 42, vierter Stock«, erfuhren sie von der Rezeptionistin. Jochen schluckte trocken, als er hinter einer alten Frau, die sich auf eine Gehhilfe stützte, mit Manni in den Aufzug trat. Die beiden wechselten einen kurzen Blick – und jeder meinte dasselbe: »Wenn ich mal so ende erschieß mich vorher!«

»Sie kommen spät«, blaffte die Frau die beiden an, kaum dass sich die Lifttüren geschlossen hatten.

»Bitte?«

»Der Konsul wartet nicht gerne.«

»Aha.« Manni grinste.

»Die Hühner haben Hunger«, erfuhren sie von der Frau.

»Natürlich.«

»Ich bin da. Mutti kämmt mich.« Sie waren im dritten Stock angelangt. Langsam wie eine Schildkröte bugsierte die Omi sich und ihre Gehhilfe aus dem Aufzug.

»Die hat bestimmt die Hohnergründung 1857 live erlebt«, überlegte Manni. Jochen lachte, aber so ganz lustig fand er das nicht. Im vierten Stock wandten sie sich nach links. Der Flur war hell gestrichen, aber menschenleer. Aus einem Zimmer brüllte Jürgen Fliege seine weltverbessernde Talkshow-Weisheit aus dem Fernseher. Zwei Türen weiter kicherte eine Frau. Hinter der 42 war es still. Jochen klopfte.

»Mir kaufed nix!«, rief ein Mann von drinnen. »Ond d' Schweschder brauchd ed scho wiadr komma. Mir hend älles!«

»Herr Fringe?« Jochen klopfte erneut. Hörte Schritte. Dann wurde die Tür aufgerissen.

»Engelhard!«, stellte der Mann sich vor und reckte das Kinn. Offensichtlich zog er auch den Bauch ein, was allerdings wenig nützte. Das Hemd, an dem zwei Knöpfe fehlten, spannte weiterhin, und die Hosenträger betonten die Rundung noch. Manni nannte ihre beiden Namen, ohne jedoch das Amt zu sagen.

»Sind Sie von der AOK?«

Als Antwort bekam Engelhard ein von Jochen genuscheltes »soundsoundanderswieauchimmer«. Als sei dies ein Passwort für die Höhle des Ali Baba öffnete der Senior mit großer Geste die Tür. Die Beamten folgten ihm in die Wohnung. Die Schiebetür zum Badezimmer stand offen. Jochen sah eine Toilette mit Haltegriffen und eine rollstuhlgerechte Dusche ohne Abtrennung. Ihn schauderte.

»Fringe, mir händ Bsuch!«, rief Engelhard und beugte sich über einen Ohrensessel, in dem ein haarloser Mann saß. »Wach uff!«

»I schlof ned«, brummte der Angesprochene. »Hem die moi Grillhändle dabei?«

»Die zwoi send von dr AOK!«, brüllte Engelhard seinen Mitbewohner an.

»Schod. Brauchsch ned so schreia, i hab mein Hörgerät an!« Manni unterdrückte ein Grinsen.

»Der isch schlimmer als eine Frau. Dabei sind wir nicht mal verheiratet.« Fringe verdrehte die Augen hinter der Brille.

»Ich weiß schon, warum ich ledig geblieben bin.« Engelhard ließ sich in den zweiten Ohrensessel fallen, die Beamten nahmen auf dem hellbraunen Cordsofa Platz.

Jochen räusperte sich. Der Gedanke an seine eigenen gescheiterten Ehen wollte sich über das Kribbeln in seinem Bauch legen. Aber seine eigene Vergangenheit konnte er jetzt nicht gebrauchen.

»Wir sind nicht von der Gesundheitskasse«, gestand er den Senioren. »Wir sind von der Kriminalpolizei.«

»Leck mich!« Fringe richtete sich im Sessel auf. Engelhard zuckte zusammen. Manni berichtete im Stenostil vom Skelettfund und der Recherche in den alten Akten, ohne jedoch konkreter zu werden. Als er fertig war, tauschten die alten Freunde einen Blick.

»Und jetzt meinen Sie, das ist die Gisela? Ist denn die

Geschichte nie zu Ende?« Fringe sprach als Erster. Und klang nicht gerade freundlich.

»Wenn Ihnen der Name sofort in den Sinn kommt, Herr Fringe, dann haben doch auch Sie die Sache noch nicht abgeschlossen«, entgegnete Jochen.

»Ja wie denn auch, wenn alle Nase lang wieder in der alten Suppe gerührt wird?«

»Eben«, mischte sich Engelhard ein. »Und wieso belästigen Sie uns? Fragen Sie doch den Zerr!« Das *den Zerr* sprach er mit einiger Verachtung aus.

»Sind Sie nicht mehr befreundet?«, hakte Manni nach.

»Pfffft.« Die WG-Brüder schnaubten beide.

»Pffft heißt was?«

»Das heißt, dass der Zerr auf den Fringe bös ist, weil der mal seine Gisela an der Fasnet geknutscht hat«, blaffte Engelhard. Fringe wurde rot, was Jochen niedlich fand.

»Ich war halt auch mal jung!«

»Ja, und die Gisela hinterher grün und blau. Kein Mensch hat geglaubt, dass sie die Kellertreppe runtergefallen ist.«

»Das war schlimm. Und ich kann ihr nicht übelnehmen, dass sie verschwunden ist. Ich an ihrer Stelle wäre nach Amerika abgehauen.« Fringes Blick wanderte nach innen, zu einer Zeit, die längst vergangen war. Jochen bekam eine Gänsehaut, als er sah, dass dem alten Mann Tränen in die Augen traten. Engelhard legte seinem Freund die Hand auf die Schulter.

»Ich glaube, Sie gehen jetzt besser«, flüsterte er den Kommissaren zu.

Vor der Tür atmeten beide tief durch. An einer nachgebauten Bushaltestelle mitten im Garten saßen zwei Frauen und warteten auf einen Bus, der niemals kommen würde.

Ein Mann mit gebeugtem Rücken wiegte sich in stetem Singsang.

»Lass uns gehen«, sagte Jochen, der sich mit einem Mal überdeutlich vorstellen konnte, selbst hier zu sein und nicht mal mehr seinen eigenen Namen zu kennen. Manni folgte ihm mit genauso viel Erleichterung in der Miene.

»Erst ein Eis oder gleich zu Zerr?«

»Zerr. Dein Eis zahl ich dir, wenn wir Willis Altlast ein für alle Mal zu den Akten legen können.« Jochen spürte, dass er schlechte Laune bekam.

Sie brauchten keine zehn Minuten zur Eberhardstraße und trafen dort im zweiten Stock auf einen kahlköpfigen Rentner mit Hakennase und stechendem Blick. Nur wenig erinnerte noch an die Person auf den über 25 Jahre alten Fotos.

Jochen versuchte, Nervosität in den dunklen Augen auszumachen, fand aber nichts dergleichen. Auch die Wohnung sah nicht so aus, als würde sich der Rentner über irgendwas größere Sorgen machen. Für einen Junggesellen war sie sogar erstaunlich ordentlich.

Als sie Zerr im Wohnzimmer vom Leichenfund auf dem Hohnerareal erzählten, wirkte dieser überrascht, erschüttert und verwirrt: »Heißt das, sie ist nicht mit ihrem Liebhaber durchgebrannt? Oder hat er sie umgebracht?« Er sprach mit so rasselnder Stimme, dass Jochen sich am liebsten selbst räuspern wollte.

»Beides ist möglich. Leider geht aus den Unterlagen nicht hervor, wer Ihr Nebenbuhler gewesen sein könnte.«

Er winkte ab. »Das weiß ich inzwischen. Vor ein paar Jahren habe ich rausbekommen, dass sie sich mit einem gewissen Walter Heisenberg traf.«

»Wie herausbekommen?«, hakte Manni nach.

»Ein Bekannter von mir hat es von Heisenberg persönlich gehört. Ich weiß sogar, wo der Typ in Bad Dürrheim wohnt. Das liegt gerade mal 13 Kilometer von hier. Trotzdem bin ich dort nie hingefahren. Ich dachte mir immer, dass sich Gisela schon gemeldet hätte, wenn sie mich hätte sprechen wollen. Ich bin jedenfalls auch gut ohne sie klargekommen. Bedeuten eh bloß Ärger, die Weiber.«

Nachdenklich schaute Jochen zu seinem Partner und wusste nicht, was er von Zerrs Aussage halten sollte. Einerseits spürte er deutlich, dass ihnen der alte Mann nicht die ganze Wahrheit erzählt hatte. Aber nach den zweieinhalb Jahrzehnten, die Gisela vermisst wurde, hatte sich Zerr zweifellos hieb- und stichfestige Erklärungen für alles zurechtgelegt. Ohne konkrete Beweise würden sie ihn sicher nicht aus der Deckung locken.

Andererseits präsentierte der kahlköpfige Rentner ihnen hier eine weitere Spur. Sie zu ignorieren, wäre töricht. Widerwillig ließ sich Jochen die Anschrift geben.

Die Kleinstadt Bad Dürrheim befand sich westlich von Trossingen und war mit dem Auto bequem in 20 Minuten zu erreichen. Manni und Jochen folgten der Friedrichstraße zum Stadtkern und rollten von dort aus die Karlstraße entlang. Ihr Ziel war ein frei stehendes Haus mit gelbem Anstrich in einer Seitenstraße. Alles hier erinnerte an Kurort – irgendwie gesetzt. Jochen fühlte sich automatisch ein paar Takte gesünder, als er ein Damentrio sah, das mit Krücken und Rollator unterwegs war.

»Also wenn ich mal zur Kur gehe, dann hier«, grinste Manni und winkte der Blonden zu. »Schick!« Die Dame allerdings ignorierte die Kommissare und überquerte hinter den beiden anderen die Straße.

Ein weiterer Kahlkopf, diesmal allerdings mit Brille und Schnauzbart, erschien und führte sie in seine recht unaufgeräumte Küche. »Ich hoffe, es stört Sie nicht, dass ich das hier noch fix zu Ende mache«, sagte er und begann mit einer Rohrzange am Wasserhahn herumzuschrauben.

Jochen ließ den Blick kreisen. Besonders die Abstellkammer rechts hinter der Küche weckte sein Interesse. Er gab Manni ein Zeichen, ebenfalls hineinzuschauen. Die Regale in dem Raum waren randvoll mit Konservendosen verschiedenster Lebensmittel. »Erwarten Sie demnächst einen Weltkrieg?«, platzte es aus Manni heraus.

Heisenberg schaute auf. »Damit liegen Sie gar nicht mal so falsch. Haben Sie noch nichts vom Millennium-Bug gehört? Das Ende unseres Jahrtausends steht bevor. Sämtliche Computer stellen ihr Datum auf null. Das heißt: kein Strom, kein Wasser, keine Lebensmittel. Das totale Chaos regiert.«

»Ich glaube, rein gar nichts wird passieren«, widersprach Jochen. Erst neulich hatte er ein Interview mit einem Computer-Fachmann gelesen, in dem dieser glaubhaft versicherte, dass das Problem längst behoben wäre. Außerdem konnte er sich nicht vorstellen, dass in der Kurstadt mit den gemütlichen Kaffeehäusern und dem weit über die Stadtgrenzen hinaus bekannten Solemar kriegsähnliche Zustände herrschen sollten. Im Kopf machte er sich eine Notiz: Schwimmbad. Vielleicht hätte seine Tochter Spaß daran. Wenn sie nicht gerade wieder in einer Phase war, in der es unmöglich war, sich im Badeanzug zu zeigen. Bei Teenagern wusste man ja nie.

»Wenn Sie sich da mal nicht täuschen. Am 1. Januar sprechen wir uns wieder.«

»Vielleicht schon früher. Kennen beziehungsweise kannten Sie eine gewisse Gisela Zerr?«

Er lachte auf. »Den Namen habe ich seit einer Ewigkeit nicht mehr gehört. Haben Sie sie endlich gefunden?«

»Zumindest ihre Leiche.«

Nun endlich ließ er die Rohrzange sinken und richtete sich vollständig auf. »Ich hatte befürchtet, dass Sie das sagen würden. Wo war sie? Hat ihr Drecksack von Ehemann tatsächlich gestanden?«

»Sie lag auf dem Hohnerareal vergraben«, sagte Manni. »Von ihrem Ehemann kommen wir gerade. Er hat uns zu Ihnen geschickt.«

»Zu mir? Ich habe Gisi nur dreimal gesehen. Da haben wir uns nett unterhalten, mehr aber auch nicht. Es gab keine Affäre, falls sie darauf abzielen. Wir waren tanzen, im Kurhaus. Der alte Zerr war tierisch eifersüchtig und hat aufgepasst wie ein Schießhund. Gisi hatte richtiggehend Angst vor ihm. Glauben Sie mir, er hat sie getötet.«

»Es gab damals auch Gerüchte über eine spanisch-italienische Einbrecherbande.«

»Davon habe ich gehört. Aber das dürfte Ihr Kollege seinerzeit hinreichend überprüft haben. Außerdem waren die viel weiter nördlich tätig und sind nie brutal vorgegangen.«

»Dann bleibt bloß noch der Ehemann als Tatverdächtiger. Nur beweisen lässt sich das nicht.«

»Vielleicht doch.« Heisenberg hielt kurz inne und kratzte sich mit den schmutzigen Fingern am Kinn. Danach war dieses ebenfalls schwarz. »Jetzt, wo Sie das Hohnerareal erwähnen, fällt mir ein, dass Gisi kurz vor ihrem Verschwinden erwähnte, dass sie ihren Mann dabei ertappte, wie er sich von einem seiner Kumpel die Werksschlüssel stibitzte, um sich Nachschlüssel zu machen. Sie dachte, er plane einen Einbruch. Hilft Ihnen das irgendwie weiter?«

Jochen schaute zu seinem Partner. 100 Mark dafür, dass sie beide das Gleiche dachten. Sie bedankten sich bei Heisenberg und kehrten noch einmal zum Bethel-Altenheim in Trossingen zurück. Jochen konnte es gar nicht erwarten, Zerrs alte Bekannten in Zimmer 42 zu treffen.

»Habt ihr diesmal mein Grillhändle dabei?«, begrüßte sie Fringe, noch immer im Ohrensessel sitzend. Möglicherweise konnte dieser Mann gar nicht mehr laufen.

»Haben wir leider vergessen. Nächstes Mal vielleicht, okay?«

Fringe fuchtelte durch die Luft. War das Vorfreude oder Entmutigung? Jochen wusste es nicht zu deuten. »Wir müssen Sie noch einmal wegen unserer Untersuchung befragen. Aus Ihrer Akte geht hervor, dass Sie früher für die Hohner AG gearbeitet haben. Besaßen Sie da auch die Schlüssel fürs Gelände?«

Der alte Mann lachte wie eine Ziege. »Selbstverständlich. Ich hatte schließlich die Schichtführung.«

»Sind Ihnen die Schlüssel jemals abhandengekommen?«

»Nun, ich hatte sie mal verlegt. Das war damals 1973. Und das weiß ich ganz genau, weil mein Vater zwei Tage später beerdigt wurde. Komischer Zufall. Ich dachte echt, ich hätte sie verloren und hab meine ganze Wohnung auf den Kopf gestellt. Aber da war nichts. Gefunden habe ich sie schließlich in meinem Auto. Oder vielmehr Giselas Mann hat mich beim Vorbeigehen darauf aufmerksam gemacht, dass er in die Ritze zwischen Wandverkleidung und Vordersitz was aufblitzen gesehen hätte. Und siehe da, dort waren sie. Hat mir damals echt einen Haufen Ärger erspart.«

Jochens Mund wurde trocken. »Weshalb haben Sie das damals nicht schon erzählt?«

Finge glotzte irritiert. »Weil es nicht wichtig war. Ich hatte den Schlüssel doch bloß verlegt.«

Auf den letzten Metern zum Auto musste Jochen sich zügeln, nicht zu rennen. Sein Bauch kribbelte so verrückt, als hätte er einen ganzen Bienenstock verschluckt.

In Gedanken malte er sich bereits aus, wie sie Zerr mit dem Schlüsseldiebstahl konfrontierten und ordentlich in die Mangel nahmen. Egal, wie viele Jahrzehnte sich der Kerl auf ein solches Verhör vorbereitet hatte, Jochen bezweifelte nicht, dass er den Sicherheitspanzer durchbrechen würde. Er wünschte bloß, Kollege Willi könnte dabei sein. Wie groß doch seine Genugtuung wäre, den uralten Fall doch noch aufzuklären.

Die ganze Fahrt begleitete ihn eine seltsame Mischung aus Wehmut und Aufregung. Als sie in der Eberhardstraße hielten, überwog Letzteres. Die Treppenstufen in den zweiten Stock flog er förmlich hinauf. Vor der Wohnungstür geduldete er sich, bis Manni ihn erreicht hatte.

Als er klingeln wollte, bemerkte Jochen, dass die Wohnungstür bloß angelehnt war. Kein gutes Zeichen. Hatten sie sie vorhin nicht verschlossen, oder war der alte Mann seither noch mal draußen gewesen?

Vorsichtig traten sie ein. Drinnen herrschte lähmende Stille. Jochen hielt den Atem an. Sein ungutes Gefühl verstärkte sich mit jedem Schritt.

Sie fanden ihn im Wohnzimmer. Erhängt an einem Wandhaken, mit dem Gürtel aus seiner Hose. Die Augen waren aus den Höhlen getreten, sein Gesicht bläulich angelaufen. Jochen suchte nach dem Puls und fand keinen. Zerrs Haut erkaltete bereits.

Auf dem Teppich unter ihm sah er etwas funkeln. Manni

griff danach und hielt einen zerkratzten Nachschlüssel hoch, der an einigen Stellen bereits Rost angesetzt hatte. Jochen ahnte, in welches Schloss der Schlüssel früher einmal gepasst hatte.

Nicht ohne Genugtuung griff er nach seinem Funkgerät und gab den Freitod des alten Mannes durch.

Nicht zufällig beginnt unsere Kriminalgeschichte in Trossingen direkt auf dem *Hohnerareal*, denn seit dem 19. Jahrhundert stellen die weltberühmten Hohnerwerke einen der wirtschaftlichen Dreh- und Angelpunkte der Region dar. Zwar siedelte das Unternehmen Mitte der 90er ins Industriegebiet am Trossinger Stadtrand um, doch noch immer finden sich im Stadtkern viel Spuren der damaligen Zeit.

Die städtische *Kulturfabrik Kesselhaus* zum Beispiel befindet sich mitten im alten Hohnerareal und stellt inzwischen die erste Adresse für Kabarett, Theater und Musik in Trossingen dar. Für Partys – oder falls Sie hier heiraten möchten – ist das ehemalige Kesselhaus ebenfalls hervorragend geeignet. Apropos Musik: Ein Highlight ist das jährlich stattfindende Blues-Festival, das sogar Workshops rund um diese Musikrichtung anbietet.

Eine gute Anlaufstelle ist auch das Deutsche Harmonika-Museum, in dem es die mindestens bundes-, wenn nicht gar weltweit größte Sammlung von Mund- und Handharmonikas zu bewundern gibt. Inklusive der kleinsten Mundharmonika der Welt.

Nach so viel Kultur darf natürlich eine Abkühlung nicht fehlen. Ideal dafür geeignet ist das Naturbad Troase. Ein künstlich angelegtes naturnahes Freibad, das ohne den Einsatz von Chemikalien auskommt und jede Menge Spaß für kleine und große Wasserfreunde bereithält.

Für eine Rundreise durch die Region empfehlen wir den mit einer S-Bahn vergleichbaren Ringzug, der mehrmals täglich in Trossingen hält und über den Sie viele Orte der

Region bequem und schnell erreichen können. Warum also nicht einfach mal anderen das Fahren überlassen und stattdessen ein bisschen die Natur links und rechts der Bahnstrecke genießen? Beliebt ist übrigens das Naherholungsgebiet Gauger. Rund um den kleinen See finden sich Spazierwege, ein Wildgehege …

Unser Extra-Tipp: Das benachbarte Dörfchen Schura hat einen schiefen Turm. Weniger bekannt als der große Bruder in Pisa – aber genauso schief. Und die evangelische Kirche liegt schräg gegenüber einer urigen Gaststätte, die weit über die Ortsgrenzen hinaus bekannt ist.

*

Frisch gestärkt kehrt Jochen zu seinem Wagen zurück. Die zwei Butterbrezeln hatten richtig gut getan. Ebenso der Milchkaffee.

Während er Trossingen langsam verlässt, überlegt er, wie sehr seine Arbeit über die Jahre hinweg nicht nur sein, sondern auch das Leben vieler anderer Menschen beeinflusst hatte. So viele Kriminelle, die dank Mannis und seiner Ermittlungen verurteilt wurden. Und all die zu Unrecht unter Verdacht geratenen armen Teufel, deren Unschuld sie bewiesen hatten. Allein die Vorstellung verschafft ihm ein wohliges Kribbeln im Bauch. Dann erinnert er sich, dass er inzwischen aufs Abstellgleis geschoben wurde, und kommt sich vor, als hätte er einen Schlag in die Magengrube bekommen. Kein schönes Gefühl.

Hinter Aldingen biegt er auf die Bundesstraße 14 in Richtung Rottweil ab. Der neue Kreisverkehr macht wirklich Sinn, denkt er. Vor dessen Bau hätte er gut und gerne eine Viertelstunde warten müssen, ehe er nach links hätte abbiegen können. So aber ist er in Nullkommanix auf dem Weg nach Rottweil. Auch in der berühmten Hundestadt hatte er öfters zu tun gehabt. Jochen lässt die Scheibe herunter – und gleich wieder hoch: Die Luft hinter dem Baustellenlaster ist nicht gerade lecker. Er seufzt und zockelt mit gemütlichen 70 hinter dem Lkw her. Immerhin ist er schneller als die Inliner-Fahrer auf dem Radweg. Er grinst und winkt einer Frau zu, die mit zwei Hunden in Ponygröße Richtung Spaichingen unterwegs ist. Ihm ist einfach danach. Die Frau schaut irritiert, gerät aus dem Tritt. Im Rückspiegel sieht er, dass sie sich wieder fängt.

Kurz denkt er noch einmal an die Trossingen-Ermittlungen und daran, wie unrühmlich der Fall letztlich zu Ende ging. Der Selbstmord eines Feiglings. Freilich hatte es der alte Mann nicht anders verdient. Dennoch war die Bestrafung entschieden zu wenig gewesen. Jochen tröstet sich mit dem Gedanken, dass Zerr über all die Jahre das schlechte Gewissen hoffentlich ordentlich zugesetzt hatte.

Rottweil kommt langsam in Sicht. Erst der Wasserturm, dann das Industriegebiet. Wie ferngesteuert setzt er den rechten Blinker und steuert den Wagen an Baumarkt, Möbelhaus und Tierbedarf vorbei Richtung Stadtmitte. Wie fast immer erwischt er die rote Welle. An der ersten Ampel flimmert sein Kopfkino, und Jochen erinnert sich an einen Fall, den Manni und er dort untersucht hatten. Schon komisch, wie das Leben manchmal spielt. Während die eine Ermittlung mit einem Selbstmord endete, hatte die andere mit einem ebensolchen gerade erst begonnen.

Jochen streicht sich über das Kinn und denkt zurück an den verregneten Tag im Jahr 1983 …

*

ROTTWEIL, 1983

»Nicht schon wieder einer.« Jochen knallte den Hörer auf den Apparat. Das war schon der Dritte in diesem Jahr, der sich mit einem Freiflug von der Hochbrücke ins Jenseits befördert hatte. Der Regen klatschte an die Scheiben des Büros. Jochen nieste, suchte nach einem noch nicht benutzten Taschentuch und schnäuzte sich.

»Heimadsogga, geht so was auch mal bei Sonne?«, fluchte er, während er in seinen Parka schlüpfte. Er war gerne Polizist. Aber so langsam hatte er sowohl den Herbst als auch seinen Schnupfen satt. Und eine fette Grippe konnte er jetzt wirklich nicht brauchen. Seine Tochter Lena würde übermorgen den 1. Geburtstag feiern, und die Aussicht, mit Triefnase und dickem Kopf die Besuche seiner vielleicht künftigen Schwiegereltern über sich ergehen zu lassen, trug nicht gerade zur Besserung seiner Laune bei. Zwar hatte seine Freundin Kerstin ihn gebeten, zu Hause im Bett zu bleiben, aber da war ihm eindeutig zu viel los. So süß Lenchen auch war – ihre stundenlangen Heulattacken gingen ihm gehörig auf den Senkel. Dann schon lieber Büro.

»Kommst du?« Manni streckte den Schnauzbart zur Tür herein, noch immer an seiner Bretzel kauend.

»Bin schon unterwegs«, näselte Jochen. Nieste. Hustete. Und sagte dann: »Halb so schlimm, nur ein kleiner Schnupfen.«

»Der Farbe deiner Nase nach zu urteilen, fällt sie dir gleich aus dem Gesicht.« Sein Partner lachte herzhaft. Unter dem Vordach blieben die Kollegen kurz stehen.

Manni zündete sich eine Camel an. Dann nahm er den Knirps aus der Jackentasche und klappte den Schirm auf.

»Dann wollen wir mal.« Paffend trat er in den Regen.

Jochen zog die Kapuze seines Parkas über den Kopf und vergrub die Hände in den Taschen. Bis die beiden die Treppe unter die Hochbrücke hinabgestiegen waren, fühlte er sich wie ein nasser Waschlappen. Sein Hals brannte, und die nassen Socken sorgten dafür, dass sich seine ohnehin klammen Füße wie tiefgekühlt anfühlten. Er nahm sich vor, einen Teil seines nächsten Gehalts im Schuhgeschäft auszugeben.

Die Kollegen hatten den Fundort des Toten bereits abgesperrt. Der Verkehr wurde zum Bahnhof hin umgeleitet, und auch die Fußgänger oben auf der Straße mussten einen Umweg in Kauf nehmen – Schaulustige von der Brücke aus mussten nun wirklich nicht sein.

»Morgen«, grüßte Manni die Kollegen. Deren grüne Uniform schien wie imprägniert zu sein. Oder sie waren an die Arbeit im strömenden Regen gewöhnt, jedenfalls hatte keiner Schnupfen. Und keiner so schlechte Laune wie Jochen. Der nieste Gerichtsmediziner Hans Zierock zur Begrüßung ins Gesicht und schlüpfte hinter seinem Partner unter dem Absperrband durch. Der Leichnam war mit einer weißen Plastikplane abgedeckt. Unter einem zweckentfremdeten Sonnenschirm wechselte der Mann von der Spurensicherung den Film in der Kamera.

»Na dann!« Manni hob die Plane an, auf die der Regen prasselte. Jochen war froh, dass er seinen Würgereflex hinter einem Taschentuch verstecken konnte. Der Schädel des Toten war aufgeplatzt. Hirnmasse mischte sich mit Blut und Regenwasser. Manni ließ die Plane so schnell als möglich wieder fallen, um keine Spuren zu verwischen.

»Das hatte er bei sich.« Ein Streifenbeamter, den Jochen vom Sehen aus der Kantine kannte, reichte ihm ein schwarzes Portemonnaie und eine kleine Plastikdose. Manni hielt seinen Knirps über Jochen, der die Geldbörse durchsah. Zwei Zehnmarkscheine. Im Münzfach nur ein Pfennig. Vielleicht ein Glücksbringer. Sonst nichts. Die Dose entpuppte sich als Pillenpackung eines verschreibungspflichtigen Schmerzmittels. Sie war leer und der Apothekenaufkleber nahezu komplett abgerissen. Jochen steckte sie in eine durchsichtige Beweismitteltüte und ließ sie in der Jackentasche verschwinden.

»'s isch koin Schlotzer heut«, rief der Fotograf ihnen zu. Nein, das Leben war heute kein Lolly. Jochen musste dem Mann recht geben.

»Gugg mol, Scheff!« Ein blutjunger Polizist wedelte mit einem Ausweis. »Des isch em Busch gläga!« Manni und Jochen warfen einen Blick in das triefende Dokument. Große Teile der Meldeadresse waren nicht mehr lesbar. Mit etwas Vorstellungskraft ähnelte das Passbild dem Matsch unter der Plane. »Horst Hammermeier«, las Manni vor. Wurde blass. Dann rot.

»Scheiße, den kenn ich. Der geht auch immer ins Aquasol.«

Jochen sagte nichts. Weil ihm der Tote nichts sagte. Obwohl er mindestens einmal im Monat mit Freundin und Tochter in das Sole- und Freizeitbad ging. Allerdings parkte er seine kleine Familie meist im Babybereich und verzog sich ins Thermalbecken, wo himmlische Ruhe herrschte.

»Naja, kennen ist zu viel gesagt«, räumte Manni ein, als Jochen ihn fragend ansah. »War auch öfter mal in der Sauna. Ich glaub, der ist verheiratet.«

Im Streifenwagen der Kollegen fragten sie über Funk die Adresse des Toten an. Jochen drehte das Gebläse auf höchste Stufe. Nutzte nix, die Socken blieben feucht.

Von der Hochbrücke aus schlenderten sie weiter gen Norden. Vorbei am Puppenmuseum in Richtung Metzergasse. Die Parterrewohnung des Ehepaars Hammermeier befand sich in einem Reihenhaus schräg gegenüber der Kolb-Buchhandlung. Im Schaufenster des Ladens erspähte Jochen die knallige Plakatwerbung für den neusten Stephen-King-Roman *Christine*. Der rote Straßenkreuzer auf dem Titelblatt erweckte sofort sein Interesse. Ebenso das aktuelle Werk der deutschen Fantasy-Legende Henry Martin. Er überlegte, einen kurzen Abstecher in den Laden hinein zu unternehmen, verwarf die Idee jedoch schnell wieder. Es kam nicht so gut, mit einem Buch unter dem Arm der Gattin vom Freitod ihres Mannes zu erzählen.

Das Treppenhaus war schlecht beleuchtet, und auch in der Wohnung schien noch Schlummerstunde zu herrschen.

Erst nach mehrmaligem Klingeln öffnete eine ziemlich verschlafen aussehende Frau mittleren Alters. Ihre Augen waren kaum mehr als Schlitze und reagierten allergisch auf jegliche Helligkeit.

»Sind Sie Inge Hammermeier?«, fragte Manni.

»Bin ich. Und wer sind Sie?« Ihr Atem roch so penetrant nach totem Vogel, dass es Jochen sogar durch seine Schnupfennase wahrnahm. Ganz klar, diese Frau hatten sie mitten aus dem Tiefschlaf gerissen.

Sie setzten sich auf ein zerschlissenes Sofarelikt aus den 60ern, und Manni berichtete mit gedämpfter Stimme von der Hochbrücke. Die Gattin starrte ihn entgeistert an und schüttelte den Kopf. »Das muss ein Irrtum sein.

Mein Horsti ist arbeiten. Rufen Sie oben in der Jugendherberge an, die werden Ihnen das bestätigen. Er ist dort der Hausmeister.«

»Ein Irrtum ist leider ausgeschlossen«, beharrte Manni. »Ich habe Ihren Mann selbst identifiziert. Der Tote ist Horst Hammermeier. Wir kannten uns aus der Sauna im Aquasol.«

»Es kann trotzdem nicht sein. Gestern Nachmittag waren wir noch bei meiner Mutter. Horsti hackte Holz für ihren Ofen. Danach bereitete ihm zwar sein Ischiasnerv Schwierigkeiten, aber das war nicht so schlimm, als ich zur Arbeit aufbrach. Sie wissen ja, wie Männer sind. Bei der kleinsten Erkältung jammern sie, als würden sie gleich sterben.«

Den Blick, den sie ihm zuwarf, wusste Jochen nicht recht zu deuten. Neben ihm grinste Manni, als hätte eben jemand einen grandiosen Witz erzählt.

»Was arbeiten Sie denn?«

»Ich bin Taxifahrerin. Eine Woche tagsüber, die nächste nachts. Immer im Wechsel. Diese Woche habe ich die Spätschicht.«

»Gab es in der letzten Zeit Probleme in Ihrer Ehe? Oder vielleicht auf Horsts Arbeit?«

»Ach überhaupt nicht. Wir kennen uns seit der Schule. Über 30 Jahre sind Horsti und ich zusammen. Da gibt es nichts mehr, was uns auseinanderbringt. In der Jugendherberge ist auch alles im Lot. Zumindest hat er nichts erwähnt. Und Sie glauben echt, dass ihm was zugestoßen ist?«

Sie strich sich über das sorgenvolle Gesicht. Langsam aber sicher hielt die Gewissheit bei ihr Einzug.

Manni nickte stumm. Es genügte, um Inge Hammermeister weiter aus dem Konzept zu bringen. Zuerst zuckten ihre Mundwinkel, dann wurden die Augen feucht. »Aber mein Horsti würde so was doch niemals tun. Was hätte er denn dort draußen überhaupt gewollt?«

Der Rest ging im Schluchzen unter.

»Haben Sie eine Ahnung, woher er diese Pillen hatte?«, fragte Jochen, nachdem die Witwe sich beruhigt hatte. Er hielt die kleine Tüte mit der Schmerzmitteldose geduldig in die Höhe. »Hatte die ihm sein Arzt verschrieben?«

»Nein, Horsti mochte keine Ärzte. Zu denen ging er bloß, wenn es unbedingt nötig war. Die Tabletten gab ihm meine Mutter gestern nach dem Holzhacken. Gegen sein Ischias.«

»Ist es möglich, dass er absichtlich eine Überdosis davon genommen hat?«

Inge schüttelte vehement den Kopf. »Ausgeschlossen. Das gebe ich Ihnen mit Brief und Siegel. Für meinen Horsti war das Glas immer halb voll. Er hätte sich niemals selbst umgebracht. Jemand muss ihn zu der Brücke gelockt und hinabgestoßen haben.«

»Kennen Sie jemanden, dem Sie so etwas zutrauen?«

»Niemandem. Horsti hatte keine Feinde. Er war bei allen beliebt.« Sie stockte kurz. »Warten Sie, da war dieser merkwürdige Anruf vor drei Tagen. Ein Frank Soundso wollte ihn unbedingt sprechen. Danach war Horst völlig aus dem Häuschen. Aber er wollte mir partout nicht verraten, worum es ging. ›Ist nicht der Rede wert‹, sagte er bloß. Meinen Sie, das hat was damit zu tun?«

»Alles ist möglich«, sagte Jochen, glaubte aber nicht ernsthaft daran. Es müsste schon mit dem Teufel zugehen, wenn der aktuelle Fall etwas anderes als ein Suizid war. Sein auf Verbrechen empfindlich reagierender Bauch jedenfalls regte sich kein bisschen. Manni hingegen wirkte auf einmal sehr interessiert.

»Was hat Ihr Mann nach dem Anruf gemacht?«

Sie zuckte mit den Schultern. »Er ging kurz zum Kiosk um die Ecke, um Zigaretten zu holen. Ich glaube, er brauchte einfach einen Moment für sich. Den restlichen Abend war er nicht besonders gesprächig, aber das war auch alles. Am Tag darauf verhielt er sich wieder so wie immer.«

»Ich kann mich entsinnen, dass er sich in der Sauna mal mit einem Peter unterhalten hat. Blonde Haare, buschiger Schnauzer, etwa 1,80 groß. Sagt Ihnen das was?«

»Leider nicht.«

»Ich erinnere mich bloß noch, dass die beiden im Anschluss in eine Kneipe gehen wollten. *Manus Pilsbar*.«

»Ja, dort schaute er nach Feierabend oder abends, wenn ich Schicht habe, gern mal vorbei. Liegt ja bloß ein paar Straßen von hier.«

Manni nickte, als wüsste er genau Bescheid. Sie verabschiedeten sich und kehrten auf die Straße zurück. Der Regen hatte inzwischen eine Pause eingelegt, doch Jochen traute dem Frieden nicht.

Manni strich über seinen Bauch. »Plötzlich verspüre ich ein starkes Bedürfnis nach einem frischen Hefeweizen. Du nicht auch?«

»Prinzipiell immer. Ich verstehe bloß nicht, weshalb du dich in den Fall dermaßen reinkniest. Irgendwas hat Horsti so zugesetzt, dass er sich das Leben nahm. Er ist da kein Einzelfall.«

»Genau dieses *Irgendwas* würde ich gern klären. Ich mochte Horsti. Das bin ich ihm schuldig.«

Seufzend folgte er seinem Kollegen zurück zur Hauptstraße.

Manus Pilsbar lag nur wenige Hundert Meter westwärts, war aber so unscheinbar, dass Jochen das Schild an der Straßenecke ohne Mannis Hinweis vollkommen übersehen hätte. Interessanter erschien ihm die Buchhandlung Klein auf der anderen Straßenseite, aber die würdigte Manni keines Blickes.

Der äußere Eindruck der *Pilsbar* bestätigte sich im Inneren. Eine Gaststube, kaum größer als Jochens Wohnzimmer, mit Wänden voller rauchvergilbter Fotos. Aus den Jukeboxlautsprechern dudelte die gruselige Schlagerversion des Rolling-Stones-Klassikers *Satisfaction*. Jochen bereute es, überhaupt hierhergekommen zu sein.

An der Theke polierte eine gelangweilt aussehende Brünette die Tischplatte. Manni nickte der bestimmt 50-Jährigen zu, als wären sie alte Bekannte, und beschrieb ihr zunächst Horst und dann den blonden Peter.

»Ja. Der Horst kommt oft her.« Die Wirtin stemmte die Hände auf den Tresen. »Hat er was ausgefressen?«

»Er ist tot. Hochbrücke.« Die Stichworte genügten, um ihr alles zu sagen.

»Der? Glaub ich nicht!«, rief sie nach der ersten Schrecksekunde.

»Und der andere Mann? War der auch mal hier?«, hakte Jochen nach. Er wollte den Überraschungseffekt nutzen.

»Weiß nicht. Doch, glaub schon. Aber nur einmal.« Manu schüttelte den Kopf. »Der Horst. Der doch nicht! Der wäre doch eher freiwillig ins Rottenmünster, ehe er sich was antut!«

Das dachte Jochen eigentlich auch. Die Rottweiler Psychiatrie hatte einen exzellenten Ruf, auch wenn viele das Institut abwertend als *Klapse* bezeichneten. Jochen wusste, dass mancher Kollege die ambulanten Sprechstunden nutzte, um einiges aus dem nicht immer schönen Berufsalltag aufzuarbeiten. Und er kannte die Geschlossene, in die nicht nur verhinderte Selbstmörder und bis zur Besinnungslosigkeit Betrunkene eingeliefert wurden.

»Wollen Sie ein Bier?« Manu grinste leicht. Wirtin blieb eben Wirtin, und als sie Mannis sehnsuchtsvollen Blick zum Zapfhahn sah, wurde ihr Geschäftssinn geweckt. Ehe der Kommissar antworten konnte, zapfte sie zwei Gläser Alpirsbacher. »Geht aufs Haus.«

Jochen wäre ein heißer Pfefferminztee lieber gewesen als ein kaltes Bier. Er nieste, nahm dann aber doch einen großen Schluck. Hopfen und Malz waren schließlich überaus gesunde Zutaten und gingen in seinem Zustand als Medizin durch. Das Piepen eines Spielautomaten in der Ecke übertönte die Schlagermusik. Jochen wandte sich um und sah einen Mann an einem schäbigen Zweiertisch sitzen. Vor sich hatte der Glatzkopf eine Tasse Kaffee und die Bildzeitung. Der Mann starrte die Polizisten an.

»Kannten Sie den Horst auch?«

»Klar!« Jochen rutschte vom Barhocker und setzte sich mit seinem Bier an den kleinen Tisch. Manni zog einen dritten Stuhl dazu und tippte mit den Fingern auf die Schlagzeile. *Politik mit Stricknadeln*. Darunter das Bild einer Frau mit hennarotem Haar, die ein Paar Socken strickte. Im Bundestag.

»Die Ökos. Lange halten sich die Grünen ganz bestimmt nicht in Bonn.« Der Stammgast zog die Nase hoch. Jochen schnäuzte sich. Ihm waren die Politiker im Wollpullover sympathisch. Mal was anderes unter all den Anzugträgern.

»Was ist mit dem Horst?«

»Hochbrücke.«

»Scheiße. Der? Hätte ich nicht gedacht.« Der Mann leerte seine Kaffeetasse.

»Manu, ich brauch jetzt einen Cognac. Einen doppelten.«

»Jens, du sollst doch nicht …«, begann die Wirtin.

»Mir egal, muss jetzt sein.«

Manu zuckte mit den Schultern und stellte wenig später einen Schwenker vor ihn. Jens leerte ihn in einem Zug.

»Der Horst. Neee.« Der Trinkling schüttelte den Kopf.

»Sie kommen öfter her?«, wollte Jochen wissen. Sein Kopf pochte und er fror. Bloß kein Fieber, bat er im Stillen.

»Jens gehört zum Inventar«, antwortete Manu, die hinter der Theke weiter Gläser polierte. »Hat wohl kein Zuhause.« Sie lachte melodisch.

»Dann haben Sie Horst vielleicht auch mit einem gewissen Peter gesehen?«, hakte Manni nach.

»Ja klar. Die haben sich ganz schön in die Wolle gekriegt.«

»Und worüber?« Jochen schauderte – dieses Mal nicht wegen der Gänsehaut.

»Wegen des Köters. Der Kerl hatte einen dabei, so ein Vieh!« Jens beschrieb mit den Händen einen imaginären Hund, der den ausladenden Bewegungen nach allerdings eher ein Pferd war. »Die spinnen halt.«

»Wer ist die?«

»Nur weil wir hier in Rottweil sind, heißt das noch lange nicht, dass jeder von uns so eine Töle hat, oder?«

»Also der Peter hatte einen Rottweiler dabei?«

»Sag ich doch.« Jens winkte Manu, die ihn aber ignorierte.

»Das ist ja nichts Besonderes«, wandte Manni ein. »Viele Leute haben Hunde.«

»Aber nur die wenigsten wollen die Köter kämpfen lassen.« Jens sah von einem Kommissar zum anderen. »Wenn Sie verstehen, was ich meine.«

Nicht ganz, dachte Jochen und schluckte. Sein Hals brannte wie Feuer.

»Hatte Horst einen Hund?«

»Nö.« Das kam von Jens und Manu gleichzeitig. Jochen nieste. Ein Schleimtropfen landete mitten auf dem Tisch.

»'tschuldigung.«

Manni klopfte auf den Tisch und nickte Wirtin und Gast zum Abschied zu.

Als sie wieder vor dem Lokal standen, hatte feiner Nieselregen eingesetzt. Eine komplett in Gummistiefel und Plastikumhang gehüllte Frau zog einen Langhaardackel hinter sich her.

»Ein Happs, und ein Rottweiler hätte den gefressen«, murmelte Manni.

»Hundekämpfe. Scheiße. Ich hab zwar auch die Gerüchte gehört, dachte aber, da macht sich bloß einer wichtig. Solche Wettkämpfe waren im viktorianischen England angesagt. Weißt ja, ich mag die alten Holmes-Geschichten. Aber bei uns?«

»Was schätzt du, wer uns wegen der Sache weiterhelfen kann?«

Manni blies die Wangen auf. »Was weiß ich? Spontan kommt mir bloß der alte Gerald in den Sinn. Der könnte seine Finger bei so etwas im Spiel haben.«

»Gerald? Wollte der sich nicht mit Ulli und Claus nach Malle absetzen und groß ins Gastronomiegewerbe einsteigen?«

»Genau den meine ich. Soweit ich weiß, hockt er aber

immer noch in seiner Bude in der Sprengergasse. Spanien muss offenbar noch auf ihn warten.«

Eigentlich verspürte Jochen wenig Lust auf einen weiteren Besuch. Alles, wonach er sich sehnte, waren ein Bett und ein heißer Pfefferminztee. Vielleicht noch ein bisschen Rolling-Stones-Musik, um mit Keith Richards Gitarrensolos nach Lummerland abzudriften. Trotzdem folgte er Manni brav wie ein Hündchen seinem Herrchen.

Dass im Treppenhaus die Glühbirne nervös flackerte, kümmerte ihn genauso wenig wie die Sponti-Sprüche an den Wänden. Im Vorbeigehen las er *Faulheit ist die Angewohnheit, sich auszuruhen, bevor man müde ist*, kam aber über ein kurzes Schmunzeln nicht hinaus.

Wie erwartet, hielt sich Gerald daheim auf. Nach Reisevorbereitungen sah es in der Wohnung des 50-Jährigen mit dem spärlichen Haarwuchs allerdings nicht aus. Außer er hatte vor, auf dem Weg zum Flughafen einen Zwischenstopp bei der Kleiderspende einzulegen. Über der Couch, auf der Stuhllehne, überall lagen Klamotten.

»Wolltest du nicht runter nach Mallorca und deinen Traum verwirklichen?«, fragte Manni, während er den Fehler machte, an einem der Kleidungsstücke zu riechen. Gleich darauf machte er einen angewiderten Satz nach hinten.

»Ja, wollte ich«, sagte Gerald. »Aber du weiß ja, der Weg zur Hölle ist mit guten Vorsätzen gepflastert. Ich hab das Startkapital noch nicht zusammen. Außerdem sind mir meine Partner abgesprungen. Alles Scheiße.«

»Apropos Startkapital. Es geht das Gerücht um, dass es in der Stadt illegale Hundekämpfe gibt.«

»Von wem hast du das denn?«

»Von einer sicheren Quelle.« Manni fixierte ihn mit strengem Blick.

Doch davon ließ sich Gerald wenig beeindrucken. »Ein paar Möchtegerns wollten mal so was aufziehen. Ich hatte ebenfalls kurz damit geliebäugelt, aber aus der ganzen Chose wurde nichts, weil die Leute zu viel Schiss haben. Solche Kämpfe sind laut. Außerdem will später niemand die bluttriefenden Kadaver entsorgen. Die Viecher sehen danach bestimmt aus, als wären sie von der Hochbrücke gefallen. Aber ist komisch, dass ihr mich danach fragt.«

»Was ist daran komisch?«

»Na ja, ihr seid nicht die Ersten, die deswegen herkommen. Ist da wieder was im Kommen?«

»Wer hat danach gefragt?«, fragte Jochen sofort.

Gerald rümpfte die Nase. »Vor drei Tagen tauchte so ein verranzter Typ hier auf. Peter Soundso. Wollte wissen, ob ich ihm was organisieren könnte. Weiß der Geier, wie er überhaupt auf mich gekommen ist.«

Beim Namen Peter spitzte Jochen die Ohren. »Wie sah der Bursche denn aus?«

»Blond. Schnurrbart. Ziemlich hager.«

»Das ist der Typ«, sagte Manni sofort. Aber Gerald war noch nicht fertig. »Wartet mal, hatte er mir nicht 'nen Zettel mit seiner Adresse gegeben?« Er fummelte sich in seinen Hosentaschen herum und förderte ein zerknittertes Papier zutage. »Meinte, falls mir noch jemand einfällt, soll ich ihm Bescheid geben.«

Manni griff sich den Zettel. »Guck an. Unser Freund wohnt direkt an der Hauptstraße. Von dort kommen wir gerade. Dann wollen wir doch dort gleich mal vorbeischauen.«

Jochen stöhnte. »Findet diese Odyssee denn niemals

ein Ende? Können wir nicht einfach zum Revier zurückkehren? Ich pack meine Sachen, leg mich daheim ins Bett, und du ermittelst alleine weiter. Mir geht's echt nicht gut.«

»Ach, jammere doch nicht immer. Diesem einen Hinweis gehen wir noch nach. Mehr haben wir eh nicht in petto.«

Allerlei unschöne Widerworte lagen Jochen auf der Zunge. Doch ihm fehlte schlichtweg die Kraft zum Aussprechen. Stumm folgte er seinem Partner auf die Straße zurück. Inzwischen goss es wieder wie aus Kübeln.

Sie wählten eine andere Route als auf dem Hinweg und bogen an der Kreuzung bei der Buchhandlung Dussmann nach rechts ab. Eine Schar jauchzender Kinder flitzte an ihnen vorbei und sprang dabei von einer Pfütze zur nächsten. Dass das Wasser dabei nach allen Seiten spritzte, störte weder Jochen noch sie. Seine Hosen waren eh längst völlig aufgeweicht.

Mühsam schleppte er sich das Treppenhaus hinauf. Natürlich wohnte der blonde Peter nicht im ersten, sondern im obersten Stockwerk. Auf jeder Stufe schienen Jochens Füße schwerer zu werden. Dass er das Dachgeschoss erreichte, ohne zusammenzubrechen, überraschte ihn selbst. Bei jedem Nieser hatte er befürchtet, das Gleichgewicht zu verlieren.

Eine Klingel gab es nicht, aber nach dreimal gegen die weißlackierte Tür hämmern öffnete ihnen eine blonde Gestalt, die dem Komiker Otto Waalkes nicht unähnlich sah. Hinter ihm näherte sich ein kläffender Schatten der Tür.

»Wir haben gehört, du suchst nach Hundekämpfen«, fiel Manni gleich mit der Tür ins Haus.

Der blonde Peter vergewisserte sich, dass nur sie beide im Treppenhaus standen, und nickte. »Kommt rein, dann reden wir über alles.«

»Erst muss das Vieh weg«, hustete Jochen.

»Der tut nix …«

»… ja, der will nur spielen, ist klar.« Manni schubste seinen Partner in die Wohnung. Jochen war dankbar, dass sein Kopf wie in Watte gehüllt schien, denn als der Hund auf ihn zustürmte, ihm die Pfoten auf die Schultern legte und er Schnauze an Nase mit dem Rottweiler dastand, hätte er ohne Fieber ganz bestimmt Angst bekommen.

»Karen, lass das, aus!« Peter zerrte den Hund am Halsband von Jochen fort.

»Karen?« Manni grinste.

»Die einzige Frau, die es mit mir aushält«, erklärte Peter. »Leider ohne Stammbaum, sonst hätt ich sie schon mal decken lassen.« Bei den letzten Worten fasste sich Karens Herrchen in den Schritt. Jochen verdrehte innerlich die Augen.

»Die Karen ist wie der Porsche unter den Rottweilern«, leierte Peter weiter. »Die kann ja schlecht …«

»… mir wird's gleich schlecht«, unterbrach Manni den Mann. »Also: Hundekämpfe?«

»Ja, ja klar.« Peter bleckte die gelben Zähne und ließ sich in den Sessel plumpsen. Karen seufzte und rollte sich vor seinen Füßen ein. Jochen staunte, wie klein sich der riesige Hund dabei machen konnte. Er ließ die Hündin keinen Moment lang aus den Augen. Sie die beiden Polizisten auch nicht, die sich auf das schmale Zweisitzsofa klemmten.

»Wo hast du denn schon gefragt?« Manni tat sehr, sehr neugierig. Jochen hustete, was Karen aufhorchen ließ. Sie knurrte leise.

»Naja, wo man halt so fragt«, antwortete Peter vorsichtig. »Hier und da.«

»Bisschen genauer wäre schön.« Manni setzte ein Gesicht auf, als wolle er tatsächlich mit dem Kerl ins Geschäft kommen.

»Sag mal, seid ihr Bullen?« Peter grinste schief. Ein veritabler Niesanfall von Jochen rettete die beiden vor einer Antwort. Als dieser drei Tempotücher durchgeschnäuzt hatte, hatten sie mögliche Quellen erfahren. Manus Pilsbar, der Platz vor dem Bahnhof und zwei weitere Kneipen, in denen immer mal wieder eine Schlägerei gemeldet wurde. Manni notierte sich alles im Kopf – das würden die Kollegen prüfen müssen.

»Will halt keiner mitmachen. Muss ich wohl doch nach Hamburg«, beendete Peter seine Erzählung. Karen seufzte brummend und schmatzte.

»Kennst du den Horst?«, krächzte Jochen. Sein Hals brannte wie Feuer, und er hätte alles gegeben für eine heiße Milch mit Honig. Von ihm aus auch nur die Milch.

»Flüchtig. Der hat aber keine Kontakte. Obwohl der doch in der Jugendherberge mit allen möglichen Leuten zusammenkommt.«

Manni straffte sich. »Der Horst kommt mit niemandem mehr zusammen.«

»Wieso? Hat man ihn hopps genommen? Kann nicht sein, der hat sicher keinen Dreck am Stecken.«

»Hochbrücke«, hustete Jochen.

»Freiwillig? Der?«

»Wissen wir nicht.«

Karen jaulte leise.

Peter auch. Dann riss er die Augen auf. »Scheiße, ihr seid doch Polypen!« Der Hund zu seinen Füßen schreckte hoch und fixierte die Männer auf der Couch. Jochens Herz klopfte schneller. Manni hob beschwichtigend die Hände.

»Alles gut, Mann, reine Routine, wir gehen.« Dass er vorhatte, die Kollegen zu schicken, würde er diesem Peter nicht auf die Nase binden. Nicht jetzt, solange ein Rottweiler im selben Raum war. Der jetzt auch noch aufstand. Und wie in Zeitlupe auf die Polizisten zukam.

»Uargh!« Ein anderes Geräusch brachte Jochen nicht zustande. Der Schweiß brach ihm aus. Karen legte den Kopf schief und stupste ihn mit der Schnauze gegen das Knie.

»Sag ich doch, die will spielen.« Peter grinste verschlagen.

Es dauerte geschlagene fünf Minuten, bis Jochens Herzschlag wieder einigermaßen im Takt war. Eigentlich mochte er Hunde, aber allein die Tatsache, dass Hund und Herrchen einander meistens sehr ähnlich waren, hatten ihn im Angesicht der massigen Hündin Blut und Wasser schwitzen lassen. Dass Karen selbst sich für einen Schoßhund hielt wer hätte das ahnen können? Auch Manni bekam langsam wieder Farbe ins Gesicht.

»Mensch, Jochen, so krank bist du auch nicht«, lachte der, als sein Kollege sich schnaufend gegen eine Hauswand lehnte.

»Doch.« Jochen war ein wenig pampig. Auch wenn es im Augenblick trocken war von oben, seine klammen Socken nervten ihn gewaltig. »Und wenn ich es nicht bin, dann werde ich es.« Er hustete. Nieste. Hustete noch mal.

»Also gut. Ab ins Büro.« Manni schüttelte grinsend den Kopf, als Jochen ihm mit zwei Metern Abstand ins Revier folgte. Dort angekommen setzte dieser sich auf die schmiedeeiserne Heizung, schlüpfte aus den Schuhen und zog die Socken von den Füßen.

»Eiskalt!«, gab er bekannt, drehte den Regler auf fünf und legte die schwarzen Strümpfe neben sich auf die Heizung.

»Wenn deine Kronjuwelen ausreichend geröstet sind, kannst du mal herkommen.« Manni blätterte in einer braun eingeschlagenen Akte. »Obduktionsbericht.«

Jochen nieste, rutschte vom Heizkörper und tappte barfuß zum Schreibtisch seines Kollegen. Gemeinsam lasen sie den vorläufigen Bericht aus der Pathologie, wobei Manni etwas abrückte, weil Jochen immer wieder niesen musste.

»Kapiert?«, wollte der Ältere schließlich wissen. Zur Antwort kassierte er ein kräftiges Husten. Jochen schüttelte den Kopf, in dem gerade ein Güterzug durchzudonnern schien.

»Matschbirne«, entschuldigte er sich.

»Also gut, Kurzversion für Hypochonder.« Manni wies mit dem Kopf auf den kleinen Wasserkocher. »Teebeutel sind in meiner Schublade.« Während Jochen das verkalkte Kochgerät am kleinen Handwaschbecken füllte, seine mit Kaffeerändern verschmierte Bürotasse (abgebrochener Henkel, aber die berühmte Stones-Zunge konnte schließlich nicht in den Müll wandern) bereitstellte und sich zwischen Fenchel, Kamille und Hagebutte entscheiden musste, fasste Manni den Bericht zusammen. Der Sturz von der Hochbrücke war tatsächlich die Todesursache. Allerdings hatte Hammermeier eine derart hohe Dosis Schmerzmittel in der Blutbahn, dass er den Aufprall nicht gespürt haben dürfte. »Der war quasi high! Was der intus hatte, hätte für eine Vollnarkose gereicht.«

Jochen goss das heiße Wasser in die Tasse und kramte

ein rotes Buch aus dem Regal. Die *Rote Liste* war zwar nicht im Polizeietat enthalten gewesen und dieses Exemplar schon ziemlich alt, aber der Kommissar hatte das Buch zum Schnäppchenpreis beim Flohmarkt im Neckartal ergattert. Jetzt würde das Arzneimittelverzeichnis ihm vielleicht einen Dienst erweisen. Er blätterte zum Namen des im Bericht genannten Medikaments.

»Bingo!«, nieste er schließlich und überflog die Informationen zu den Pillen. Es mussten jene sein, die sie beim toten Horst gefunden hatten. Jochen hätte nach der Lektüre gerne gepfiffen, aber er brachte nur noch ein Krächzen zustande: Das Medikament durfte nur unter ärztlicher Aufsicht eingenommen werden und wurde angewendet nach Bandscheibenoperationen, Amputationen und in der Krebstherapie.

»Heimadsogga!« Jochen fischte den Kamillenbeutel aus der Tasse und ließ ihn in den Mülleimer plumpsen.

»Dickes Ding«, pflichtete Manni ihm nach der Lektüre bei. Jochen trat ans Fenster. Langsam wurde es dunkel, und dicke Tropfen prasselten gegen die Scheibe. Aus vielen Kaminen stieg grauer Rauch in den grauen Himmel. Auch ohne das Fenster zu öffnen, konnte er den unverwechselbaren Geruch nach Holzöfen riechen, mit denen in der Altstadt noch viele Wohnungen und Fachwerkhäuser beheizt wurden. Er fühlte nach seinen Socken. Sie waren trocken.

»Wir müssen nochmal raus«, seufzte er.

»Du? Freiwillig?« Manni sah seinen Kollegen mit großen Augen an.

Laut Einwohnermeldeamt hieß Inge Hammermeiers Mutter Cordula Heitmann und wohnte in der Tannstraße.

Jochen war froh, dass dies ziemlich weit im Nordosten Rottweils lag, und so sein werter Partner nicht auf die Idee kam, auch diesen Ausflug zu Fuß zu unternehmen.

Als sie den Wagen an der angegebenen Adresse verließen, fühlte sich Jochen, als hätte er ebenfalls zu viel von den falschen Pillen genommen. Die Welt wankte und schien ihn abwechselnd durch die Sahara und die Arktis zu schicken.

Auf ihr Klingeln hin erschien eine grauhaarige Frau, die mit ihrer geringen Größe das zu kaschieren versuchte, was ihr Gesicht an Verschlagenheit ausdrückte. Ein Schwiegermonster in Reinform. Jochen kannte diese Sorte Frau und war durch die Heirat seiner Jugendliebe Marion direkt in ihre Fänge geraten. Dass die Ehe in die Brüche gegangen war, hatte allerdings mit der Ex-Schwiegermutter nichts zu tun.

Die Dame bat die Kommissare ins Haus – nicht ohne Jochens Triefnase mit einem angewiderten und Mannis Cordhose mit einem abschätzigen Blick zu taxieren. Im Wohnzimmer bollerte der Ofen vor sich hin. Am liebsten hätte Jochen sich auf das schwarze gusseiserne Teil geworfen. Ja, der Frau tat die verwitwete Tochter leid. Ja, das alles war ein großes Unglück, und ja, wenn sie so fragten, schlimm sei das schon, dass der Horst gestorben sei, salbaderte Frau Heitmann. Die Frage auf ihre eigenen Gefühle im Hinblick auf den Tod des Schwiegersohns allerdings ließ sie unbeantwortet. Stattdessen bat sie Jochen, einen Scheit Holz nachzulegen. »Kann mich schlecht bücken – Rücken.«

»Deswegen hat Ihr Schwiegersohn bei Ihnen Holz gehackt«, stellte Manni fest, während sein Kollege die Ofenklappe öffnete und einen Scheit auf die Glut legte. Sofort brach ihm der Schweiß aus.

»Was ich hier verheize, kommt von meinem Nachbar. So dick war ich mit dem Horst nicht, der hatte ja wenig Zeit.«

»Wir würden uns gern mal Ihren Medikamentenschrank ansehen«, sagte Jochen.

»Wieso das denn? Außerdem habe ich so was nicht. All meine Tabletten bewahre ich in der Küchenschublade auf. So viele sind's eh nicht. Obwohl ich ja wirklich Schmerzen habe.« Sie folgten der Frau in die Küche, wo es merklich kühler war als neben dem Ofen. Jochen fröstelte. Dann präsentierte Frau Heitmann eine förmlich überquellende Schublade. Blutdrucksenker, Kopfschmerzmittel, Ginkgopillen, Knoblauchdragees und vieles mehr. Unter einer Packung Entwässerungstabletten entdeckte Jochen zwei vertraut aussehende Pillenpackungen. Das verschreibungspflichtige Medikament in der Stärke 200 und 600. Lediglich durch die Zahl und die mit Kugelschreiber darauf notierte Dosierungsanweisung unterschieden sie sich voneinander.

Nachdenklich blickte Jochen zu Cordula Heitmann. Die Frau schaute noch immer, als könnte sie gleich einen Dolch zücken. Aber was sagte das schon? Konnte es sein, dass sie Horsti die einen Tabletten geben wollte, aber ohne böse Absicht nach den anderen gegriffen hatte? Er selbst kam bei der Vielzahl hier verstauter Medikamente schon durcheinander. Und er war bestimmt 40 Jahre jünger als die Rentnerin.

»Erinnern Sie sich noch, welche Tabletten Sie Ihrem Schwiegersohn gegen seine Rückenbeschwerden gegeben hatten?«, fragte Manni.

»Na klar, diese hier«, sagte sie und zeigte zielsicher auf die 200er-Dosierung. Dann zögerte sie. »Oder waren es doch diese?« Ihr Finger schwang zitternd zwischen den beiden Medikamentenpackungen hin und her. Plötzlich schnappte sie nach Luft. »Oh nein. Jetzt verstehe ich. Kann es sein? Oh nein. Bitte nicht.«

Auf einmal wirkte ihr Gesicht gar nicht mehr so verschlagen, sondern vielmehr betroffen. Jochen revidierte seinen ersten Eindruck. Diese Frau hatte niemanden getötet.

Zurück zur Unfalltheorie. Blieb nur die Frage zu klären, was Horst an dem Abend zugedröhnt auf der Selbstmordbrücke zu suchen hatte. Während Jochen sich mehrfach die Nase schnäuzte, verständigte Manni den Hausarzt der Frau – die jetzt in der Tat ein paar Pillen nötig hatte. Beruhigungspillen. Als der Mann kam, machten sie sich auf den Weg zum Revier, legten aber einen Zwischenstopp auf der Hochbrücke ein und trotteten im Nieselregen zu der Stelle, von der aus der Mann vermutlich gesprungen war.

Betrübt schaute Jochen abwärts. Etliche Meter weiter unten erkannte er die Markierungen und Absperrungen auf dem Boden. »Traurig, dass ein Leben so enden muss«, sagte Manni.

Jochen nickte bloß und trat zurück, um sich vorzustellen, wie die letzten Augenblicke ins Horsts Leben abgelaufen sein könnten. Im Regen konnte es hier oben recht glatt werden. War er möglicherweise bloß ausgerutscht? Jochen versuchte, die Situation nachzustellen. Der Boden war so feucht, dass er um ein Haar gestürzt wäre. Ein Unglück kam definitiv in Betracht.

Vermutlich würden sie es nie komplett aufklären können. Wer wusste schon, was Leuten unter Drogeneinfluss durch den Kopf ging?

Hustend und schniefend kehrte er zum Wagen zurück. Als Manni zu niesen anfing, konnte er sich ein dünnes Lächeln nicht verkneifen. Dann bat er seinen Kollegen, bei der nächsten Apotheke haltzumachen. »Ein paar Pillen können keinem von uns schaden«, hustete er.

Rottweil kennt jeder. Entweder, weil er die nach der Stadt benannte Hunderasse kennt. Oder weil er weiß, dass Rottweil die älteste Stadt Baden-Württembergs ist. Wer gerne fotografiert, wird in der herrlichen Altstadt mit den Fachwerkhäuschen, den Bürgerhäusern und dem Kapellenturm mehr als nur ein paar spannende Motive finden.

Schon die Römer fanden Rottweil schick. Im Jahr 74 ließen sich die ersten Soldaten des Imperiums hier nieder. Danach kamen die Alemannen, und schließlich gründeten die Staufer im 12. Jahrhundert die Stadt Rottweil. Lebendig wird diese Geschichte im Dominikanermuseum, das auch viele gotische Skulpturen beherbergt. Einen immer noch sehr lebendigen Blick auf die Zeit der industriellen Revolution kann man im Neckartal werfen. Wo einst in den Fabriken gschafft und gwerkelt wurde, haben heute viele Künstler ihre Ateliers. Die ersten Handwerker ließen sich dort vor 500 Jahren nieder – und zwar als Pulvermacher.

Mindestens einen Nachmittag sollten Sie für das Aquasol einplanen. Das Sole- und Erlebnisbad bietet auf der einen Seite Becken, in denen man sich so richtig auspowern kann. Und auf der anderen jede Menge Saunen und mollig warme Solebäder.

Kultur satt gibt's auch. Vor allem im Sommer. Beim *Ferienzauber* im August kommen internationale Musiker und Kabarettisten nach Rottweil. Die *Sommersprossen* präsentieren im Juni klassische und moderne Musik. Und dann ist da natürlich das Zimmertheater. Klein, aber sehr fein. Wie auch das Puppenmuseum, in dem nicht nur kleine Besucher ins Schwärmen geraten.

Unser Tipp: Machen Sie eine Stadtführung mit. Die gibt's zu zahlreichen Themen, zum Beispiel Stadtgeschichte, Römer, Türme (Aussicht genießen!) oder Frauengeschichten.

Besonders stolz sind die Rottweiler auf die unzähligen Brunnen. Immer noch ein Erbe der Römer, sprudelt das Wasser heute noch an allen Ecken in der Stadt – oder sogar mitten im Gymnasium.

Wenn Sie wissen wollen, was ein *Schantle* oder wer der *Federhannes* ist, dann müssen Sie zur Fasnetszeit nach Rottweil reisen. In der fünften und für die Schwaben schönsten Jahreszeit haben die Narren das Sagen in der Stadt.

Unsere Geheimtipps:

Das Schwarze Tor ist das Wahrzeichen der Stadt. Dieser Teil der staufischen Stadtbefestigung ist Start des Narrensprungs und – nicht öffentlich zugänglich. Es gibt allerdings Stadtführungen, bei denen man das weitgehend unveränderte Innenleben des ehemaligen Wacht- und Gefängnisturms hautnah erleben kann.

Erholung findet man im Kameralamtsgarten. Dieses schöne und weitgehend unbekannte Refugium liegt mitten in der Stadt und ist von außen nicht einsehbar.

Ebenso idyllisch ist der Linsenbergweiher mitten im Naturschutzgebiet im Teilort Göllsdorf. Und wer es etwas abenteuerlicher mag, der macht sich auf die Suche nach dem ehemaligen Bunker. Der liegt ganz versteckt in der Nähe der Sportanlagen Richtung Bühlingen.

Unser Extratipp: In der Mineralienwelt in Dietingen finden sich Edelsteine aus aller Herren Länder. Einer davon ist mannshoch …

*

Jochen war bereits um fünf Uhr aufgewacht. Nicht freiwillig – das bisschen Bandscheibe, das sich noch zwischen seinen Wirbeln befindet, hatte sich beschwert. Es hatte gute 20 Minuten gedauert, bis er sich nach dem Aufstehen wieder schmerzfrei bewegen konnte.

»Wenn das Rente heißt – nein danke!«, begrüßt er sich selbst im Spiegelbild. Das Waschbecken im Bad hat einen Riss, was ihm vorher nie aufgefallen ist. Er dreht das Radio auf und gleich wieder ab. Ihm ist nicht nach viel zu schneller Musik und schon gar nicht nach Nachrichten aus aller Welt. Er fragt sich ernsthaft, was er mit einem ganzen Tag anfangen soll, an dem keine Pflichten auf ihn warten. Mit all den vielen Tagen, die ohne Arbeit vor ihm liegen. Unter der Dusche macht er sich eine Liste: Wäsche waschen, Glühbirne im Klo austauschen, einkaufen. Und eine neue Matratze besorgen.

Als Jochen gewaschen und rasiert in der Küche sitzt, einen dampfenden Kaffee vor sich, ist es kurz nach sechs. Er könnte jetzt Zeitung lesen, aber den *Schwarzwälder Boten* hat er vor Jahren schon abbestellt. Als Kommissar blieb ihm nie Zeit für die ausgiebige Zeitungslektüre. Im Geist ergänzt er seine Liste und nimmt sich vor, mit seiner Exfrau zu telefonieren. Sie soll ihn als neuen Leser für das Lokalblatt werben. Dann bekommt er eine Prämie. Vielleicht haben die sogar einen Staubsauger im Angebot, sein eigener pustet mehr, als dass er saugt.

Nach zwei Stunden rastlosen Tigerns durch die Wohnung, ein bisschen aufräumen und ein wenig aus dem Fenster schauen, geht Jochen zum Parkplatz. Der Nachbar von schräg unten steht wie immer seit fast zehn Jahren am Fenster und nickt ihm zu. Der weiß schon, wie Rente geht, denkt Jochen grimmig und startet den Wagen. An der Hauptstraße angekommen, blinkt er automatisch rechts. Bremst. Blinkt links. Er muss nicht ins Revier, er will zum Möbelhaus. Immerhin begleitet ihn der Sound von Mick Jagger. *Sleep tonight*. Jochen grinst – passt ja zum geplanten Matratzenkauf.

»Gibt's doch nicht«, knurrt er zehn Minuten später, als er auf den komplett leeren Parkplatz des Möbelhauses fährt. Geschlossen. Die machen erst in einer Stunde auf. »Leck mich!« Jochen gibt Gas und fädelt sich hinter einem Lkw auf der Tuttlinger Straße ein. Der Brummi biegt rechts ab, Jochen fährt geradeaus, einmal quer durch Rottweil. Vorbei an der Villa Dudenhöfer, Bank und Optikern. Beim Ärztehaus muss er mitten auf der Fahrbahn stoppen, um eine Frau mit Rollator über die Straße schleichen zu lassen. Der Wagen hinter ihm hupt. Jochen zeigt dem Fahrer im Rückspiegel den Mittelfinger, dann gibt er wieder Gas. Biegt am Zebrastreifen rechts ab und wundert sich mal wieder, wie man diese winzige Straße als Zubringer für die L423 in Betrieb halten kann. Mit den vorgeschriebenen 20 km/h zockelt er bergab, gibt nach der Haarnadelkurve Gas und staunt, als er auf Höhe der Abzweigung nach Dietingen scharf bremsen muss, weil vier Laster vor ihm sind. Ist an einem ganz normalen Tag immer so viel Verkehr?

Zum Glück biegen drei der vier Transporter ins Industriegebiet Berner Feld ab. Den letzten überholt Jochen – ziemlich waghalsig, was ihm aber erst klar wird, als er wieder rechts eingeschert hat und der entgegenkommende Wagen ihm die Lichthupe gibt. Puh! Das war knapp. Jochen hat zwar keine Lust auf das Rentnerdasein – aber an seinem Leben hängt er trotzdem. Er atmet tief durch, lässt die Scheibe herunter und fährt am Hardthauser See (der eher eine zu groß geratene Pfütze ist) Richtung Neukirch. Sein Wagen beschwert sich, als er die Steigung im zweiten Gang mit Vollgas nimmt, aber das hört Jochen nicht. Er hat die Anlage voll aufgedreht und brüllt gemeinsam mit den Rolling Stones *Angie*. Kurz hinter Neuhaus muss er in die Eisen steigen. Ein Wohnwagengespann mit Berliner Kennzeichen zockelt über die B27. Vielleicht sind die ja unterwegs nach Schömberg. Zum Campingplatz am Stausee. Jochen grinst, als er sich an den Toten mit der Heckenschere im Herz erinnert. Manche Fälle vergisst man eben nie …

*

SCHÖMBERG, 2002

Obwohl es noch nicht mal zwei Uhr nachmittags war, genügte der Ventilator kaum, die Hitze auf dem Balinger Polizeirevier in Schach zu halten. Dabei war es gerade erst Anfang Juni. Wie sollte es da erst in vier bis sechs Wochen werden? Die Mittagspause hatte Jochen an der Eyach verbringen wollen. Döner, und eine Bank am Spazierweg. Blöd nur, dass die Kollegin vom Schreibdienst sie anlässlich ihres Geburtstages mit selbstgebackenem Käsekuchen abgefüttert hatte und die Bänke entlang des Balinger Flusses samt und sonders von Arbeitern aus der Seifenfabrik oder dem Motorenwerk belegt gewesen waren. Immerhin hatte Jochen einen kleinen Spaziergang gemacht und sich und sein verschwitztes Hemd ein wenig durchgelüftet.

Als das Telefon klingelte, betete Jochen förmlich, dass es irgendein Fall war, für den es notwendig wurde, dass Manni und er ins Auto stiegen. An Tagen wie diesen war die Klimaanlage im Dienstwagen nicht mal mit Gold aufzuwiegen.

Jemand anderes Pech war sein Glück. In Schömberg hatte es einen Toten gegeben. Am helllichten Tag.

Mit seinem Zweifingersuchsytem tippte Manni noch hastig den begonnenen Satz zu Ende und folgte ihm zum Fahrzeug. »Dann komme ich doch noch nach Schömberg«, freute er sich während der Fahrt. Nebenbei wiegte er sich in der kühlen Klimaanlagenluft hin und her. »Du weißt ja, für die Pfingstferien wollten meine Frau und ich mit unserer Enkelin ein paar Tage zum Campingplatz fahren. Zum Baden ist es zwar noch zu kalt, aber zum Entspannen wäre es ideal gewesen. Aber nein, dann musste sich Marlie ja am ersten Ferientag die Masern einfangen. Gibt es gegen so was heutzutage keine Impfung?«

Jochen zuckte mit den Schultern. Sein Sohn war vor Kurzem zu einer Rucksacktour rund um den Globus aufgebrochen, und seine Tochter steckte mitten im Studium. Die Zeiten, in denen er sich um Kinderkrankheiten Sorgen machte, lagen lange zurück. Kurz überlegte er, wann er das letzte Mal in Schömberg gewesen war. Obwohl der Ort gerade mal zehn Kilometer von Balingen entfernt lag und zum Naherholungsgebiet Oberes Schlichemtal zählte, lag der letzte Besuch etliche Jahre zurück. Seine meist ausufernde Arbeit dürfte daran nicht ganz unschuldig gewesen sein.

Sie schwatzten ein wenig über die Vorteile von älteren Kindern und Enkeln, doch zu schnell erreichten sie die Kleinstadt und bogen von der Balinger Straße in Richtung Nordosten ab. Ihr Ziel war der hintere Teil der Kaplaneigasse und aufgrund der Streifenwagen und des grellfarbigen Rettungswagens nicht zu übersehen. Doch zu retten gab es hier nichts mehr.

Jochen hielt die Luft an, als er den abgesperrten Bereich betrat und den Leichnam auf dem Bürgersteig liegen sah. Ein Mann um die 50 – und damit nur unwesentlich älter als er selbst – mit leichtem Bauchansatz und einer Heckenschere mitten im Herz steckend. So tief, wie ihm die Spitzen hineingerammt worden waren, war offenbar jemand sehr wütend auf ihn gewesen. Unweigerlich fragte sich Jochen, ob der Stich mitten ins Herz symbolischer Natur war.

»Er ist noch nicht lange tot«, sagte die junge Gerichtsmedizinern mit den dunklen Haaren, die Hans Zierock nach dessen Pensionierung vor gut einem Jahr ersetzt hatte. Obwohl sie bereits mehrfach miteinander zu tun gehabt hatten, konnte er sich ihren Namen einfach nicht merken. »Ich würde sagen, höchstens zwei Stunden.«

Jochen nickte. »Bezüglich der Todesursache lehne ich mich mal weit aus dem Fenster: Er ist vermutlich nicht an einer Schusswunde gestorben.«

»Ich würde eher sagen, Herzschmerz de Luxe«, sagte sie mit Augenzwinkern.

»Wisst ihr schon was über seine Identität?«, hörte er Manni hinter sich die Kollegen fragen. Ein blasser junger Bursche in Uniform, wahrscheinlich frisch von der Akademie, holte tief Luft. Er schien noch immer gegen die Übelkeit anzukämpfen. »Er heißt Rudolf Reisch. Alter: 52 Jahre. Wohnte hier gleich um die Ecke.«

Manni ließ sich den Ausweis des Toten zeigen und studierte die Daten aufmerksam. »Wer hat ihn gefunden?«

»Eine Mutter, die mit ihrem Baby spazieren ging. Sie ist da hinten bei den Sanitätern. Sie sieht recht fertig aus.«

Nicht nur sie, überlegte Jochen und schaute sich in der Straße um. Ein Stück die Straße hinauf lag eine Coladose im Rinnstein und ließ die Sonnenstrahlen darauf tanzen. Davon abgesehen war fast alles blitzblank. Nicht anders sah es bei den gepflegten Vorgärten mit all den sauber gestutzten Hecken aus, hinter denen jede Menge Reihen- und Einfamilienhäuser standen. Es sah aus wie in einer amerikanischen TV-Serie. »Wie wollen wir vorgehen?«, fragte er mit Blick auf den Toten.

»Das Übliche: Befragen der Nachbarschaft. Vielleicht hat ja jemand was Verdächtiges gesehen.«

Jochen verdrehte die Augen. Die Chance auf einen relevanten Zeugen tendierten sicherlich gegen null. Immerhin war der Mann ungefähr um die Mittagszeit gestorben. Und wer da nicht beim Essen saß, war sicher bei der Arbeit. Trotzdem durften sie nichts unversucht lassen.

Sie fingen an mit dem Haus direkt hinter dem Tatort. Eine alte Dame erschien nach dem zweiten Klingeln und tat so, als hätte sie nicht die letzte Stunde förmlich an der Fensterscheibe geklebt. Die Gardine zu erwähnen, die selbst während ihres Fußwegs zur Haustür mehrmals gewackelt hatte, machte wenig Sinn. Jochen tat ebenfalls auf unwissend und klärte die Rentnerin über das Unglück auf, von dem sie angeblich noch überhaupt nichts mitbekommen hatte.

Selbstverständlich war ihr auch davor nichts Merkwürdiges aufgefallen. Wenigstens kannte sie den Verstorbenen, verzog beim Klang seines Namens aber verbittert das Gesicht.

Weiter ging es zum Haus gegenüber. Auf das Klingeln reagierte niemand, aber von der Rückseite des Grundstücks war ein lautes Jauchzen zu vernehmen. Manni und Jochen folgten einem kleinen Pfad zwischen den Rosenbüschen hindurch und wären um ein Haar über den massiven Querbalken gestolpert, der vor der offen stehenden Garagentür lag. »Vorsicht«, sagte Manni und hielt seinen Partner am Arm zurück. Irritiert schaute Jochen hinab und dankte auch im Namen seines ohnehin lädierten Rückens.

Auf der Wiese hinter dem Haus versuchten sich vier Jungs im Fußball. Treffer ins Tor schienen sie allerdings genauso wenig wie die achtlos abgestellten Schultaschen zu interessieren.

»Meine Eltern sind noch arbeiten«, erklärte ein sommersprossiger Junge im Stimmbruch. »Falls Sie auf der Suche nach ihnen gewesen sind.«

»Nicht unbedingt. Wir lang spielt ihr hier schon?«

Der Bub zuckte mit den Schultern. »Keine Ahnung. Ein, zwei Stunden. Seit wir Schulschluss hatten. Heute ging es bloß bis Mittag.«

Manni hakte nach, ob ihm und seinen Kumpels auf dem Heimweg oder während des Bolzens etwas Ungewöhnliches aufgefallen war. Beides wurde verneint. Als die Burschen allerdings mitbekamen, dass Blaulicht und Polizei in der Straße waren, stoben sie wie von der berühmten Tarantel gestochen davon. Jochen grinste: Manchmal ging eben doch noch etwas vor König Fußball.

Beim Haus daneben öffnete ihnen ein genervt aussehendes Mädchen im Teenageralter mit feuerroten Haaren. Im Hintergrund plärrte ein Radio das Lied *Every day* der Band Superior. In den vergangenen Wochen hatte es kaum ein Entkommen vor diesem Boygroup-Hit gegeben. Selbst Jochen erkannte die eingängige Melodie sofort, rümpfte aber die Nase. Viel zu glatt, überlegte er und wünschte sich *Wild horses* zurück, das er heute beim Aufstehen gehört hatte. Auch die Rothaarige hatte nichts Verdächtiges bemerkt, zog beim Namen Rudolf Reisch aber ebenfalls eine angewiderte Miene. »Ich hoffe, der Kerl schmort in der Hölle. Sein Mörder hat einen Orden verdient.«

»Höre ich da eine leichte Abneigung heraus?«, fragte Jochen überspitzt.

»Nicht bloß eine leichte. Reisch war voll der Arsch. Ständig moserte er über jede Kleinigkeit. Kaum hab ich mich mal mit meinen Freundinnen vor der Haustür unterhalten, rief er bei meinen Eltern an und meinte, wir wären zu laut. Der Typ verpetzt sogar die Nachbarn bei der Polizei, wenn ihre Autos zu weit auf dem Gehsteig parkten.«

»Klingt nach einem umgänglichen Burschen.« Als

Jochen ihr zuzwinkerte, verdrehte sie entnervt die Augen. Eine Geste, die er von seiner Tochter Lena nur zu gut kannte.

Bei den restlichen Anwohnern sah es nicht anders aus. Keiner hatte etwas gesehen, aber jeder schien erleichtert, dass Reisch seinem Ärger in Zukunft auf anderer Ebene Luft machen würde.

Während der Fahrt am Abend zurück nach Balingen grübelten sie, wer als Täter infrage kam. War möglicherweise einem von Reischs Nachbarn der Kragen geplatzt? Oder hatte sich der Pedant vielleicht mit jemandem vom nicht weit entfernten Campingplatz angelegt? Zumindest die Anwohner dürften sich inzwischen an die ständigen Motzereien des Mittfünfzigers gewöhnt haben.

Am nächsten Morgen fuhren sie zum Haus des alleinstehenden Mannes und waren überrascht, wie unordentlich es drinnen aussah. Nach allem, was er bisher über Reisch gehört hatte, hatte Jochen vermutet, dass der Tote ein Ordnungsfanatiker sondergleichen gewesen wäre.

Doch in Küche und Wohnzimmer türmten sich benutztes Geschirr, aufgeschlagene Ordner und achtlos aufeinandergestapelte Nachrichtenmagazine. Auf dem Tisch entdeckte er mehrere Ausgaben des *Zollern-Alb-Kuriers* und des *Schwarzwälder Boten*, alle mit unterstrichenen Zeilen und markierten Artikeln. Doch nicht nur Schreibfehler hatte Reisch aufgelistet, auch jeder von der Grammatik her unstimmige Satz war markiert worden.

Er wünschte sich, ihr alter Kollege Zierock könnte das sehen. Als leidenschaftlicher Chaot hätte der alte Gerichtsmediziner sicherlich seine Freude gehabt. Aber Zierock genoss seit anderthalb Jahren seinen Ruhestand. Mit einem

Schmunzeln dachte er an dessen Ausstand in Tuttlingen. Das war nur wenige Monate, bevor sie nach Balingen gewechselt waren.

»Reisch, Sie alter Mistkerl«, hörte er auf einmal eine aufgebrachte Frauenstimme rufen. Irritiert fuhr er herum und sah, dass Manni den Anrufbeantworter angeschaltet hatte. »Wie können Sie es wagen, mich einer Lüge zu bezichtigen? Ich erwarte eine Entschuldigung.« Die nächste Nachricht war genauso wenig schmeichelhaft: »Sie verdammter Erbsenzähler. Selbstverständlich bin ich angeschnallt gefahren und habe mich auch an die Geschwindigkeitsvorschriften gehalten. Was fällt Ihnen ein, mich wegen so was bei der Polizei anzuzeigen?«

»Schau mal, hier ist noch mehr«, sagte Manni und reichte ihm mehrere Blätter. Einige handschriftlich, die anderen am Computer verfasst. Allesamt Hassbriefe, einer bitterböser als der andere.

Jochen schüttelte den Kopf. Er hatte das Gefühl, dass die Zahl ihrer Verdächtigen von Minute zu Minute anstieg. »Am besten verhaften wir pro forma den gesamten Ort und schauen dann, wer kein Motiv hat. Ist einfacher als umgekehrt.«

Per Handy forderte Jochen die Spurensicherung an. Wie meist tat er das erst, nachdem er und Manni sich einen ersten Eindruck vom Haus verschafft hatten. Die Kommissare fühlten sich gerne in die Opfer ein, und wenn möglich taten sie das, solange die Kollegen noch nicht da waren. Zwei prall gefüllte Aktenordner klemmte er sich allerdings beim Verlassen der Wohnung unter den Arm. Beide enthielten Justizkorrespondenz. Reisch war quasi Stammkunde beim Balinger Amtsgericht gewesen. Stets als Kläger. Und immer wegen Dingen, wie zu weit ins Grundstück ragende Äste, falsch parkende Nachbarn, zu laut gespielte Musik. Unweigerlich dachte Jochen an jene unglaublich schlechten Reportagen aus dem Fernsehen, bei denen sich Nachbarn quasi über Maschendrahtzäunen hinweg zerfleischten.

»Wenn du so einen Nachbar hast, brauchst du keine Feinde mehr«, sagte Manni. »Der Typ verschönert jeden Raum beim Verlassen.«

»Ich brauch jetzt was Flüssiges«, gab Jochen zurück und wischte sich mit der freien Hand den Schweiß von der Stirn.

»Schon verstanden!« Manni grinste, und wenig später parkten die beiden vor dem Stausee-Restaurant. Sie waren beinahe die einzigen Gäste auf der Terrasse. Außer den Polizisten saßen nur zwei ältere Ehepaare dort. Die Damen nippten an Mineralwasser, die Herren freuten sich über ihr kühles Bier. Vom nahegelegenen Spielpark wehte der Wind immer mal wieder Kinderlachen herüber. Wahrscheinlich ritten die Zwerge gerade auf den elektrischen Ponys über die Schienen.

Sie suchten sich einen Platz am Geländer aus. Der Stausee unterhalb funkelte in der Sonne. Ein einzelnes Tretboot mit zwei Passagieren dümpelte in der Seemitte. Am Badestrand lag ein halbes Dutzend Sonnenanbeter. Jochen zog unter dem Tisch die Schuhe aus und die Hosenbeine so weit hoch, wie es eben ging.

»Lass uns was Verrücktes tun«, schlug Manni vor. Noch ehe Jochen fragen konnte, hatte der Kollege bei der Kellnerin zwei Biene-Maja-Eisbecher von der Kinderkarte bestellt.

»Du hast schon einen Knall«, kommentierte Jochen die bunte Eiskreation, die ihnen eine von einem Ohr zum anderen grinsende Bedienung wenig später servierte. Die Ehepaare am Nachbartisch schüttelten den Kopf, eine der Damen orderte lautstark einen *Schwarzwaldbecher für Erwachsene. Ohne Sahne.*

Manni grinste und häufte sich Vanilleeis auf den Löffel. Dann pfiff er Udo Jürgens Tortenhymne: »Aber bitte mit Sahne …« Die Frau am Nebentisch bekam rote Ohren. Ihre Freundin schnaubte und ließ ein sehr berlinerisch klingendes »Unverschämtheit« vom Stapel. Jochen lachte still in sich hinein und genoss das Erdbeereis.

»Wie wär's mit einem Spaziergang über den Campingplatz?«, schlug er vor, als die beiden Eisbienen verzehrt waren. Am Nebentisch setzte Getuschel ein. Jochen hörte Worte wie »die passen nicht auf unseren Platz« und »dann reisen wir aber ab, Karlheinz!«

»Ach, Sie campen auch?« Jochen drehte sich so schnell zu den Vieren um, dass seine Bandscheibe sich beschwerte.

»Seit Jahren, junger Mann.« Die Dame mit dem Schwarzwaldbecher reckte das Kinn, was ihr das Aussehen einer viel zu viel gestopften Gans verlieh. »Und immer hier. Und immer in Ruhe.« Das letzte Wort spuckte sie förmlich aus.

»Lass gut sein, Helma«, knurrte der Mann ihr gegenüber. Im Gegensatz zu seiner Gattin war Karlheinz dünn wie ein Trinkhalm, und sein Rücken wirkte genauso geknickt.

»Nö, wieso? Muss man doch gleich klarstellen. So einen wie den Reisch brauch ich nicht zweimal.« Der Name des Toten ließ nun auch Manni aufhorchen. »Reisch? Wer ist das?«, fragte er betont gelangweilt. Unter dem Tisch allerdings stieß er mit den Sandalen gegen Jochens nackte Füße.

»Die Stasi vom Platz«, blaffte die andere Dame, die sich als Rosemarie vorstellte.

»Verstehe«, sagte Jochen, der sich im Geiste eifrig Notizen machte. Er nickte Rosemarie aufmunternd zu, und die zog so lange vom Leder, bis Helma am Grund ihres Schwarzwaldbechers angekommen war. Die Herren quittierten die Erzählung mit einem gelegentlichen Nicken und Brummen. Zusammengefasst war Reisch wirklich eine Plage, glaubte man der Urlauberin. Obwohl er weder einen Stellplatz noch einen Wohnwagen hatte, war er Tag für Tag in der Sommersaison zum Campingplatz gelaufen. Freilich erst nach seiner Runde um den Stausee, bei der er stets mit einer Mülltüte und einer Kamera bewaffnet war. Jeden noch so kleinen Schnipsel lichtete er ab, vermerkte Fundort und Tatzeit in einem kleinen Heft und sammelte den Unrat anschließend ein – um ihn kurz darauf vor den Wohnwägen der Urlauber auszuleeren. Die hatten im Lauf der Jahre eine Art Bingospiel daraus gemacht, schließlich wussten sie nie, welchen Stellplatz Reisch sich für seine Aktion aussuchen würde.

»Aber das war ja noch nicht alles, Rosi«, munterte deren Gatte Alfred sie auf.

»Neee, noch lange nicht!« Sie erzählte weiter. Von Reischs Rundgängen über den Platz. Dessen stete Hinweise auf angeblich zu laute Musik, zu lange glimmende Grillkohle oder falsch aufgehängte Badelaken. »Dabei ist der Besitzer vom Camping so ein lieber Kerl aber der konnte nichts machen. Hat dem Reisch schon ein paar Mal Platzverbot erteilt, aber das juckt den nicht. Nicht die Bohne tut den das nicht jucken tun!« Rosi war so richtig in Fahrt.

»Die Krönung von dat Janze war vorjestern«, berlinerte sie weiter. »Der Georg, als der was der Besitzer von dat Platz is, der hatte zwei Säcke mit leeren Dosen hinter den Kiosk gestellt. Cola und so'n Zeuchs, wo eben Pfand drauf sein tut. Kommt der Reisch, reißt die Säcke uff und schmeißt die janzen Dosen übern Platz. Kieken Se mal, mich hat er erwischt!« Sie deutete auf einen beinahe mikroskopisch kleinen blauen Fleck an ihrem prallen Arm.

»Und wieso hat er das gemacht?«, hakte Jochen nach.

»Was weiß ich. Langeweile? Oder weil der 'nen Knall hat. Ich sag Ihnen was, beim nächsten Mal zeig ich den an!«

»Das müssen Sie nicht mehr tun«, meldete Manni sich zu Wort. »Herr Reisch ist verstorben.«

Sekundenlang herrschte Schweigen am Tisch. Dann hob Helma die Hand, winkte der Kellnerin und bestellte eine Flasche Sekt. Hausmarke.

Schmunzelnd gingen sie weiter zum Campingplatz. Schon von Weitem sahen sie die vielen hellen Wohnwagen, und Jochen erinnerte sich daran, wie er mit Lena und Kerstin ebenfalls das eine oder andere Mal gecampt hatten. Allerdings nicht hier, sondern am Bodensee und an der Adria. Es war eine schöne Zeit gewesen. Planschen im angenehm kühlen Wasser, aalen am Strand. Und abends, wenn die Kleine schlief, mit Kerstin unter einer Decke zusammenkuscheln und Rotwein trinken. Einige Sekunden lang beneidete er die Urlauber hier. Kanufahren, schwimmen, planschen, entspannen, Reitstunden bei der ortsansässigen Reitschule, Ausflüge zu den vielen Burgen und Schlössern hier in der Nähe. Es gab durchaus Schlimmeres, als seine Zeit auf diese Weise zu verbringen. Doch sollten sie es ruhig genießen, so wie er es damals genossen hatte. An diesem Campingplatz würde ein toller Urlaub jedenfalls nicht scheitern.

Sie betraten das weiße Haus der Campingplatzleitung. Drinnen stand die Luft nahezu, und auch die sperrangelweit geöffneten Fenster und die Ventilatoren schafften es nicht, für kühle Temperaturen zu sorgen. Aber zumindest hatten die Angestellten einen Badesee gleich direkt vor der Tür.

Der Betreiber Georg entpuppte sich als genauso nett, wie von der Berlinerin beschrieben. Bereitwillig erzählte er von den Gästen und Rudolf Reischs anstrengenden Besuchen auf dem Campingplatz. Als er von dessen Tod erfuhr, wirkte er tatsächlich einige Augenblicke lang bedrückt. Schon da schloss Jochen ihn als Täter aus. Gleich darauf berichtete er von seiner Arbeit gestern Nachmittag auf dem Campingplatz und lieferte ein stichfestes Alibi. Mehrere Dutzend Gäste hatten ihn dabei beobachtet.

»Wann haben Sie Reisch das letzte Mal gesehen?«, fragte Manni.

Georg legte die Stirn in Falten. »Das war wohl gestern Morgen. Er patrouillierte immer recht früh, weil er glaubte, dass die Leute – Achtung, das ist ein Zitat von ihm – nach ihren Gelagen vom Vorabend noch nicht zum Aufräumen gekommen sind.«

Kopfschüttelnd lachte Jochen auf. »Wie konnten Sie es mit einem solchen Menschen überhaupt aushalten?«

»Welche Wahl blieb mir denn? Mit meinem Hausverbot kam ich nicht weit. Die Polizei wollte ich wegen so was nicht rufen. Ich hatte immer gedacht, er merkt allein, wie lächerlich er sich macht. Einem Dauergast ging er irgendwann dermaßen auf die Nerven, dass dieser am Eingang ein Schild aufstellte: *Warnung vor dem tollwütigen Reisch*. Darunter ein Bild von ihm. Dafür hätte er den Mann am liebsten verklagt. Doch der entfernte lachend das Schild und sah Reisch genauso wie ich: als jemanden, der ein Aufregen überhaupt nicht wert wäre. Übrigens war besagter

Gast gestern Nachmittag bei mir. Ihn können Sie als Täter ebenso ausschließen.«

»Trotzdem würden wir gern mit ihm reden. Nur für die Akten«, sagte Jochen.

»Haben Sie eine Ahnung, mit wem sich Reisch besonders häufig in den Haaren gehabt hatte?«

»Von den Gästen fällt mir niemand ein. Aber ich weiß, dass er sich einige Male heftig mit der Else vom Getränkemarkt an der Almandstraße gestritten hatte. Weil sie angeblich die Verwahrlosung fördert. Dabei war er ebenfalls kein Chorknabe. Aber so ist es ja immer. *Die schärfsten Kritiker der Elche waren früher selber welche*, wie es in dem Sprichwort heißt.«

Nach einem kurzen Gespräch mit dem vom Campingplatzbetreiber erwähnten Gast kehrten sie nach Schömberg zurück. Die Almandstraße im Westteil der Stadt war schnell gefunden, ebenso der Getränkemarkt.

Als Manni gegenüber der nicht viel älteren Verkauferin den Namen Reisch erwähnte, lachte diese schallend auf. Die Fältchen um ihren Mund und die Augen zogen sich zusammen. »Diese alte Nervensäge. Ein Tag ohne ihn ist wie ein Monat Urlaub. Was hat er diesmal behauptet, was ich getan haben soll?«

Jochen machte den Mund auf, kam aber nicht zum Antworten.

»Lassen Sie mich raten: Ich verführe die Jugend zum Trinken. Oder ich bin dafür verantwortlich, dass es mit dem Ort abwärtsgeht.«

»Diesmal nicht. Herr Reisch ist gestern Nachmittag unter nicht ganz eindeutigen Umständen ums Leben gekommen. Wir versuchen, Licht in die Angelegenheit zu bringen.«

»Er ist tot?« Die Verkäuferin betrachtete sie durchdringend. Vermutlich suchte sie nach Anzeichen für einen Scherz. »Ernsthaft?«

Den Bruchteil einer Sekunde wirkte sie bestürzt. Dann zuckten ihre Mundwinkel, allerdings nicht vor Trauer, sondern weil sie ihr Lächeln nur schwer zurückhalten konnte. »Darf ich Sie vielleicht auf ein Getränk einladen? Auf eine solche Nachricht muss man gebührend reagieren.«

Jochen warf seinem Partner einen vielsagenden Blick zu. Keiner von beiden hätte etwas gegen ein kühles Hefeweizen einzuwenden gehabt. Dennoch lehnte Manni dankend ab. »Wo waren Sie gestern Nachmittag«, fragte er fast beiläufig.

Else zuckte mit den Schultern. »Hier natürlich. Ich schmeiß den Laden sozusagen alleine. Da stehe ich von morgens bis abends an der Kasse. Mein Essen nehme ich mir von daheim mit, weil ich selbst über die Mittagszeit durchgängig offen habe.«

Nickend ließ Jochen seinen Blick durch den Raum schweifen. Drei Kunden beluden ihre Wägen mit Getränkekästen. Er glaubte der Verkäuferin. Davon abgesehen besaß sie ohnehin nicht die Statur, jemandem eine Gartenschere ins Herz zu rammen.

Sie ließen die Frau weiter ihrer Arbeit nachgehen und kehrten zur Kaplaneigasse zurück. Sorgenvoll betrachtete Jochen den Tatort. Er hatte nicht die geringste Ahnung, in welche Richtung sie mit ihren Ermittlungen gehen sollten. Nicht weit entfernt hörte er Kinder jauchzen. Vermutlich die Fußballspieler von gestern. Hatten die es gut! Er wünschte sich auch, seine größte Sorge wäre, mit dem Ball endlich mal das Tor zu treffen.

Neben ihm strich sich Manni seufzend über das verschwitzte Gesicht. Ihm war die Ratlosigkeit ebenfalls förmlich anzusehen. Die Spurensicherung war mittlerweile mit der Arbeit fertig. Einzig das Siegel an der Haustür erinnerte daran, dass hier polizeiliche Ermittlungen im Gang waren.

»Wenn nur alles so geradlinig und aufgeräumt wär, wie Reischs Garten«, knurrte der Kommissar. Jochen lugte über die kerzengerade gestutzte Hecke. Dann öffnete er das niedrige Tor und trat auf den gepflasterten Weg. Kein Grashalm war in den Fugen zu sehen. Die Buchsbüsche standen wie kleine grüne Soldaten neben dem Weg, und der Rasen rund um das Haus hätte jedem Golfplatz Konkurrenz machen können.

»Passt nicht zum Müllhaufen drinnen in der Wohnung«, bemerkte Manni und ließ sich auf die blau gestrichene Bank neben der Haustür sinken. Mit dem Ärmel wischte er sich den Schweiß von der Stirn.

»Oder vielleicht gerade deswegen«, sinnierte Jochen und nahm neben seinem Kollegen Platz. Er grinste, als Mannis Aftershave ihn in der Nase kitzelte: Zwei, drei Spritzer weniger hätten es auch getan. »Außen hui, innen pfui.«

»Ich bin kein Psychologe, aber der Reisch war ein Messie.«

»Wohnungsmessie höchstens.« Jochen kratzte sich am Kopf und schielte über die Hecke. Sie war genau in der Höhe gestutzt, in der man von der Bank aus einen perfekten Blick über die komplette Straße hatte, ohne selbst wirklich gesehen zu werden. Einzig am rechten Ende der Hecke neben dem Eingang wucherten drei einzelne etwas längere Äste nach oben. Ihre abgeschnittenen Kollegen im Gartenkorb waren bereits verdorrt.

»Den muss jemand gestört haben«, überlegte er laut.

»Der Postbote?«

»Keine Ahnung. Der hätte doch nicht einfach aufgehört mit der Arbeit, so wie der Garten aussieht.« Jochens Blick fiel auf einen handtellergroßen Stein neben seinen Füßen. Unter dem schwarzen Kiesel lugte ein Blatt Papier hervor. Er bückte sich und hob es auf.

»Ach, schau an!« Auf dem Notizzettel prangte das heutige Datum. Geschrieben mit blauem Kugelschreiber in jener Schrift, die er schon im Haus gesehen hatte. Jochen schauderte, als er daran dachte, dass dies vielleicht eines der letzten Dinge war, die der Verstorbene in Händen gehalten hatte. Zwar gehörte der Tod – in welcher Form auch immer – zu seinem täglichen Brot. Alltag aber war er nie geworden. Würde er nie sein.

»Lass mal sehen«, forderte Manni ihn auf. Dann las er laut vor: »Lukas. Drei Ausrufezeichen. Kickt Getränkedosen. Nochmal drei Ausrufezeichen.«

Einundzwanzig.

Zweiundzwanzig.

»Die leere Dose im Rinnstein!«, rief Jochen und sprang auf. Manni folgte ihm durch das Tor auf die Straße. Jochen blickte nach oben. Die Jungs spielten noch immer Fußball, dem Jubel nach war eben das entscheidende Tor gefallen.

»Du bist Reisch«, befahl er Manni. »Nimm mal den Ast da als Heckenschere und arbeite.«

»Was?« »Mach einfach!«

Jochen hob einen Stein auf, ging ein paar Meter die Straße rauf und drehte sich um. Manni stand, den Ast in der Hand, auf dem Gehsteig vor Reischs Haus und schaute ihn aus großen Augen an.

»Ich bin Lukas!«, rief Jochen und kickte den Stein an. Dieser hüpfte zwei Meter, blieb dann liegen. Wieder trat er gegen den Kiesel, diesmal fester. Der Stein flog an Manni vorbei und blieb knappe fünf Meter hinter ihm auf der Straße liegen. Jochen sprintete hinterher.

»Spinnst du?«, rief Manni und wollte sich ihm in den Weg stellen. Doch Jochen schlug einen Haken (was seine Bandscheibe mit einem leisen Quietschen quittierte).

»Jetzt rennst du mir nach. Trittst auf die Dose. Rutschst aus und ZACK! Heckenschere in der Brust!«, hechelte Jochen und freute sich einerseits über seine Idee, schämte sich aber gleichzeitig, dass er nach den paar Metern schon außer Atem war.

Manni ließ den Ast fallen, als ob dieser mit einem Mal glühend heiß geworden wäre.

»Unfall?«

»Ich denk schon.« Jochen spürte, wie ihm der Schweiß ausbrach. Dann hüpfte er zur Seite, als ein Dreikäsehoch mit dem Fahrrad heranbrauste. Der Junge wechselte auf der Höhe von Reischs Haus wie automatisch die Straßenseite.

»Spielst du Fußball?«, rief der Kommissar dem Jungen zu. Der trat in die Bremsen und wandte sich fragend um.

»Ja? Wieso?«

»Dann trainier mal weiter. Ist ja bald wieder WM!«

*

Wohnwagen. Ich könnte mir auch einen Wohnwagen kaufen, sinniert Jochen, als er auf Höhe der Feuerwehr in die B27 einbiegt. Neulich hatte er bei RTL eine Sendung über Senioren gesehen, die das halbe Jahr in Italien leben. Auf Europas größtem Campingplatz direkt an der Adria. Der Union Lido bietet sogar einen eigenen medizinischen Service. Und das mediterrane Klima täte seiner Bandscheibe gut. Man müsste nur die deutschen Dauercamper, die lärmenden Urlauber und die sommerliche Gluthitze abschaffen. Ganz abgesehen von den Gemeinschaftsduschen.

Ich geh doch nicht öffentlich aufs Klo! Jochen tippt sich selbst mit dem Finger an die Stirn und nimmt die Rechtskurve mit Schwung. Kurz bevor die neu ausgebaute Bundesstraße zweispurig wird, gibt er Gas. Muss aber sofort in die Eisen steigen, als von hinten ein Sportwagen heranschießt und ihm die Lichthupe gibt. Fast findet er es schade, kein rollendes Eigenheim an der Anhängerkupplung zu haben – damit könnte er den jugendlichen Raser bergauf wunderbar ausbremsen.

Jochen lässt den Fahrer passieren und schert dann erst hinter dem Lkw auf die linke Spur. Die ausgebaute Strecke ist ziemlich schnell zu Ende. Bald kommt hinter der Hügelkuppe die Ampelanlage an der Kreuzung in Sicht – und mit ihm wieder der Rennfahrer von eben. Rote Ampel. Jochen grinst, und dann passiert alles von ganz alleine. Er fädelt sich in der Linksabbiegespur ein, sodass sein Wagen genau neben dem Sportcoupé zum Stehen kommt. Er lässt die Scheibe auf der Beifahrerseite herunter und winkt dem Mann. Ein höchstens 20-Jähriger mit viel zu viel Gel in den schwarzen Haaren. Die Pilotenbrille auf der solarienbraunen Nase verleiht dem Typ etwas Fliegenhaftes.

»Was isch, Opa?«, schwäbelt der Raser und lässt den linken Ellbogen aus dem offenen Fahrerfenster baumeln. »Gehsch zu deine Dino-Kollega?« Er grinst und zeigt auf das Schild, welches links das Werkforum des Zementwerks ankündigt. »Fossilien, hahaha!«

»Ich würde mal mein Rücklicht anschauen«, entgegnet Jochen mit einem süffisanten Lächeln. Die Ampel springt auf Grün. Das Letzte, was er von dem Fahrer sieht, ist, dass er – sehr zum Ärger der hinter ihm stehenden Wagen – trotz grünem Licht aussteigt und mit vor Schreck aufgerissenem Mund seinen Wagen umrundet. Natürlich ist da nichts aber man kann ja mal einen guten Ratschlag geben? Apropos, denkt Jochen: Ein bisschen Heimatkunde kann nicht schaden. Er lenkt seinen Wagen auf den Besucherparkplatz. Wann war er das letzte Mal in Dotternhausen? Ach ja, 1989. Damals stand noch nicht Holcim auf den Firmenschildern. Rohbrach-Zement, so hieß das damals. Die Seilbahn mit den Förderloren Richtung Plettenberg hatte es freilich schon gegeben, als das Zementwerk noch im Familienbesitz war. Und einige höchst ungewöhnliche Schädlingsbekämpfer. Jochen zieht den Zündschlüssel, und während er zum Eingang der Ausstellung läuft, beginnt sein Kopfkino …

*

DOTTERNHAUSEN, 1989

Der Donnerstagnachmittag ging langsam in den Abend über. Zumindest, wenn Jochen der Dämmerung Glauben schenkte. Aber an diesem denkwürdigen Tag Anfang November war die Sonne mit ihrer Helligkeit ohnehin sehr sparsam umgegangen.

Im Gegensatz zu allen sonstigen Tagen verzichtete Jochen heute freiwillig auf seinen Kassettenmitschnitt der aktuellen Stones-Platte *Steel Wheels*. Manni hielt sich mit Kommentaren zurück. Schuld daran war das Radio. Oder zumindest das, was der Nachrichtensprecher über die DDR und ganz speziell über Berlin berichtete.

Wie jeden Tag in dieser Woche fanden dort und in der ganzen Republik Demonstrationen statt. Die Regierung war bereits ins Wanken geraten und hatte erneuten Änderungen der Reisegesetze zugestimmt. Doch selbst das reichte der Bevölkerung nicht mehr. Jochen spürte deutlich, wie sich jenseits des Eisernen Vorhangs etwas Unaufhaltsames zusammenbraute. Die ständigen Radiosondersendungen schienen ihm recht zu geben. Selbst der Moderator klang von Bericht zu Bericht aufgeregter.

Nicht zum ersten Mal überlegte Jochen, ob sie nicht nach Berlin fahren sollten. Er hatte das Gefühl, dass dort gerade Geschichte geschrieben wurde. Außerdem war es allemal besser, als zu einem blöden Seminar ins 40 Kilometer entfernte Albstadt zu reisen. Wen interessierte schon die für heute Abend angesetzte Diskussion über Ermittlungsergebnisse und den Umgang mit Verdächtigen? Vermutlich hatte der Seminarleiter ohnehin keinen blassen

Dunst von der Materie. Bei den morgigen Gruppenauswertungen würde es sicher nicht anders aussehen.

Ein unharmonisches Tuckern riss ihn aus den Gedanken. Da war es wieder. Das Motorstottern, das ihm vorhin bereits an dem alten Audi aufgefallen war. Langsam fing er wirklich an, sich Sorgen zu machen. Manni wirkte ebenfalls unentspannt. »Nicht, dass wir mit der Kiste liegenbleiben und die Weiterbildung verpassen.«

»Eine Katastrophe wäre das«, stimmte Jochen zu und tippte das Gaspedal vorsichtig an. Das Fahrzeug beschleunigte zwar wieder, dennoch hatte er nicht das Gefühl, den Motor unter Kontrolle zu haben.

Sie schafften keine fünf Kilometer, bevor der Motor noch mehr stotterte und stöhnte. Das sah nicht gut aus und fühlte sich auch nicht so an. Jochen studierte das Ortsschild am Straßenrand. Gerade passierten sie Dotternhausen. Ein kleines Dorf östlich von Schömberg, den meisten nur für sein Zementwerk bekannt. Dabei war Dotternhausen für sein Kloster bereits im Mittelalter weit über seine Grenzen hinaus berühmt gewesen.

Bitte lass uns nicht hier liegenbleiben, betete Jochen noch, dann gab der Motor vollends auf. Sie schafften es gerade so, auf einen Parkplatz rechts am Straßenrand zu rollen.

Fluchend öffneten sie die Motorhaube und studierten die metallene Landschaft vor ihnen. Doch im Gegensatz zu all ihren Ermittlungen gab es diesmal keine verräterischen Spuren und keine Tatverdächtigen, die sie befragen konnten.

»Da hilft bloß Abschleppen«, schlussfolgerte Manni.

Jochen nickte und schimpfte auf sich selbst – er hatte vergessen, für das Seminar einen Dienstwagen zu beantragen. »Ein Stück die Straße hinauf habe ich eine Telefonzelle gesehen. Ich mach mich auf den Weg.«

Eine knappe Stunde später stand der streikende Audi im Süden des Dorfes. Ihr Mechaniker Dieter – »Didi« – war ein hagerer Bursche mit ölverschmierter Hornbrille und Zigarette hinter dem Ohr. Genau wie sein Arbeitsbereich roch auch er selbst nach Schmiermittel, Getriebeöl und Kernseife. »Heimadsogga, da hattet ihr aber Glück, dass ihr überhaupt so weit gekommen seid. Der Motor ist fast völlig hinüber. Das zu beheben, dauert ein Weilchen. Wenn ich es überhaupt schaffe.«

»Vielleicht sollten wir den ADAC anrufen«, überlegte Manni und lieferte dem Mechaniker ein offenbar erwartetes Stichwort. »Der kann euch da auch nicht helfen. Wahrscheinlich hätten die euch ebenfalls bloß hierher abgeschleppt. Bei eurem Auto sind nicht bloß ein paar Zündkerzen zu wechseln.«

Jochen stemmte die Arme in die Seiten. »Mit anderen Worten: Wir hängen hier fest. Gibt es im Ort irgendeine Pension oder dergleichen?«

Didi überlegte kurz. »Oben in der Schlossstraße ist ein Gasthof. Ihr braucht bloß dem Weg zu folgen. Ist gar nicht zu verfehlen.«

Sie dankten dem Mechaniker und verließen mit ihren Reisetaschen die Werkstatt. Unterwegs schüttelte Manni immer wieder den Kopf, gleichzeitig lächelte er. »Was für ein verrückter Nachmittag. Wir wollen nach Albstadt, interessieren uns für Berlin und hängen in Dotternhausen fest.«

»Na ja, wollen wäre zu viel gesagt. Wenigstens hatten wir uns eh auf eine Übernachtung eingestellt.« Er klopfte erleichtert auf seine Tasche.

»Ja, einen Schlecker habe ich bisher auch nicht gesehen. Ist schon 'ne Weile her, dass wir unfreiwillig eine Nacht irgendwo verbringen mussten. War es nicht in Beuron?«

Jochen nickte. »Zum ersten und letzten Mal. Ich bekomme jetzt noch Albträume von deinem Schnarchen.«

»Ach komm, als Lena noch bei dir lebte, hast du sicherlich auch nicht jede Nacht durchgeschlafen.«

»Aber Baby- oder Kindergeschrei ist mir tausendmal lieber als das Geräusch eines durchdrehenden Maschinengewehrs. Selbst Elefanten pennen leiser als du.«

Wie von Didi prophezeit, fanden sie den Gasthof ohne Probleme: ein nicht nur von außen rustikal aussehendes Gebäude direkt am Straßenrand. Das Glück blieb auf ihrer Seite, die Wirtin hatte zwei Zimmer für sie frei. Zwar nicht an den entgegengesetzten Flurenden, sondern nebeneinander, aber zumindest mit dicker Ziegelsteinwand dazwischen.

Zufrieden bezogen sie ihre Zimmer und ließen sich danach in der Wirtsstube nieder. Während Jochen in Albstadt absagte, studierte Manni die Broschüren, die an der Theke auflagen.

»Morgen könnten wir Fossilien im Zementwerk kloppen«, erzählte er beim anschließenden Hefeweizen. »Dort liegen Schieferhaufen zur freien Verfügung.«

»Für meinen Sohn wäre das was.«

»Tobias ist zwölf, oder? Interessiert man sich da noch für so was?«

»Warum denn nicht?« Aus den Augenwinkeln heraus sah er, wie sich ein weiterer Gast an der Bar niederließ. Ein hagerer Bursche um die 40 mit Seitenscheitel und scheußlichem Strickpulli. Die Wirtin hinter dem Tresen nickte ihm kurz zu, hielt es aber nicht für nötig, Smalltalk mit ihm zu halten. Einen Part, den Manni gern übernahm. Bevor Jochen sich versah, hatte sich der Mann als Jakob Wilke vorgestellt, und sie diskutierten die hiesigen Sehenswürdigkeiten. Von dort aus schwenkten sie zu den Ereignissen in Berlin. Die Wirtin war so frei, das Radio anzuschalten, sodass sie über jede Neuigkeit sofort informiert wurden. Momentan erwartete man fieberhaft die Pressekonferenz von Günter Schabowski, Mitglied des SED-Politbüros, die in wenigen Minuten beginnen sollte.

»Ich glaube, heute Abend machen sie die Grenze auf. Die können gar nicht anders«, prophezeite Wilke.

»Schön wär's, aber noch glaube ich nicht dran«, sagte Manni. »Die haben die Mauer fast 30 Jahre lang gehalten.«

»Irgendwann geht alles vorüber«, sagte Jochen.

Wilke nickte. »Das sage ich auch immer. Meinen Segen haben die Leute im Osten auf jeden Fall. Könnt ihr euch das vorstellen: einsperrt im eigenen Land? Dürfen nicht verreisen, haben kein Telefon und müssen 20 Jahre auf ein Auto warten. Meine Mutter kommt ursprünglich von drüben. Sie sagt, von dort abzuhauen, war die beste Entscheidung ihres Lebens.«

»Amen«, murmelte Jochen, blieb aber ungehört.

»Am liebsten würde ich sie fragen, was sie von den Vorgängen in Berlin hält. Doch sie ist gerade auf Rundreise in Italien. Ich wünschte, ich hätte sie begleitet.«

»Warum haben Sie nicht?«

»Weil ich eigentlich in unserem Haus werkeln wollte. Aber dann kamen die blöden Borkenkäfer, und ich musste weichen.«

Die Wirtin hinter ihm begann zu schmunzeln, aber Jochen verstand kein Wort. »Sie sprechen in Rätseln, mein Freund.«

»Ach so … ja ihr könnt das ja gar nicht wissen. Neulich hatte ich im Briefkasten die Broschüre von einer Schädlingsbeseitigungsfirma liegen. Ich dachte mir noch, so was brauche ich eh nicht, aber noch am selben Tag habe ich die ersten Larven im Haus gesehen. Also habe ich die Firma angerufen, und die hat sofort ihre Leute vorbeigeschickt. Haben gesagt, dass es höchste Eisenbahn ist. Die Käfer haben schon das ganze Haus befallen. Die bohren ihre Löcher in alles, was Holz ist, um ihre Larven darin abzulegen. Irgendwann ist das Fundament so marode, dass alles zusammenbricht. Auf jeden Fall steht das ganze Haus seit einer Woche unter Quarantäne und wird komplett desinfiziert. Ich konnte mir bloß noch schnell ein paar Sachen packen. Seither wohne ich hier.«

»Hat die Firma gesagt, wie lang das Ganze noch dauern wird?«, hakte Jochen nach.

»Das ist ja das Schöne. Mit etwas Glück kann ich morgen Nachmittag wieder ins Haus. Kaum zu glauben, dass ich schon 'ne ganze Woche nicht drin war. Einmal bin ich am Abend vorbeigegangen, weil ich mir ein paar Taschenbücher holen wollte, aber sie haben mich nicht mal reingelassen. ›Ist alles kontaminiert‹, haben sie gesagt. Verstehe ich natürlich. Merkwürdig fand ich bloß, dass die Leute vorwiegend im Keller hantiert haben. Dabei ist der doch komplett aus Stein. Aber sie wollen eben gründlich sein.«

Jochens Bauch rumorte deutlich. Fragend schaute er zu Manni, dem die Skepsis ebenfalls ins Gesicht geschrieben stand. »Hätten Sie was dagegen, wenn wir uns Ihr Haus mal genauer anschauen?«

»Sind Sie auch Schädlingsbekämpfer?«

»Das kann man so sagen.« Jochen zückte seine Dienstmarke. Wilke riss die Augen auf. Ein Moment, so schön, dass man ihn einrahmen müsste. »Keine Sorge, wir sind gewiss nicht Ihretwegen hier.«

Der Mann atmete auf, begleitete sie aber trotzdem nur zögernd.

Während des kurzen Fußwegs musterte Jochen ihn aufmerksam. Wilke besaß keine roten Haare und vermutlich auch keine schlecht laufende Pfandleihe im alten London. Dennoch erinnerte Jochen seine Schilderung stark an die Sherlock-Holmes-Geschichte *Die Liga der Rotschöpfe*, die er erst vor ein paar Monaten wieder gelesen hatte. Ein Klassiker, der ihn stets aufs Neue begeisterte.

Er überlegte, Wilke darauf anzusprechen, aber zu schnell hatten sie ihr Ziel erreicht: ein unscheinbares Einfamilienhaus direkt an der Hauptstraße, das von einer Straßenlaterne beleuchtet wurde. Interessanter war das Nachbargebäude. Nur eine Handvoll Bäume grenzten beide Grundstücke voneinander ab. Aber das war es nicht, was Jochens Aufmerksamkeit erregte, sondern das markante X-Emblem und der Schriftzug *Raiffeisenbank Oberes Schlichemtal* links neben dem kleinen Balkon. Das vertrieb die letzten Zweifel.

Jochen eilte zur Rückseite der Bank. Nichts zu sehen. Dann weiter zu Wilkes Haus.

»Weih mich mal in deine Gedankengänge ein«, rief Manni. Doch für so was hatte Jochen keine Zeit.

Rechts von sich am Straßenrand nahm er eine Bewegung wahr. An der Rückseite des weißen Lieferwagens hantierte jemand. Die Werbung der Schädlingsbekämpfung stand an der Wagenseite. Das passte.

Mit wenigen Schritten war er bei dem Fahrzeug. Dahinter schob ein Mann im dunklen Arbeitsanzug etwas ins Wageninnere. Als er sich zu ihm umdrehte, stürzte sich Jochen auf ihn.

»Was zum Teufel …?«, rief jemand. Jochen war nicht mal sicher, ob es von einem seiner Begleiter oder vom vermeintlichen Handwerker stammte. Verdenken könnte er es niemandem.

»Keine Sorge, es klärt sich gleich alles auf.« Er drehte dem Verdächtigen den Arm auf den Rücken und half ihm beim Aufstehen.

»Kennen Sie den Mann?«, fragte er an Wilke gewandt.

Dieser nickte. »Das ist einer von den Schädlingsbekämpfern.«

»Da befinden Sie sich aber buchstäblich auf dem Holzweg.« Jochen verstärkte den Druck auf den Arm des Verdächtigen und schob ihn in Richtung Hauseingang. Die Tür stand sperrangelweit offen.

Er rechnete damit, auf weitere Mitarbeiter der Firma zu treffen, hoffte es sogar. »Wo ist der Rest der Gruppe?«, fragte er den Verdächtigen, doch dieser stöhnte lediglich über die Schmerzen im Schultergelenk.

Das gesamte Haus wirkte verlassen. Das sah nicht gut aus. Jochen bat Manni, im Obergeschoss nachzusehen, war aber nicht überrascht, als er wenig später kopfschüttelnd zurückkehrte. Blieb noch der Keller.

Hoffentlich sind wir nicht zu spät, betete er auf den Stufen abwärts. Der Verdächtige ging voran, schien aber weiterhin die Zunge verschluckt zu haben.

Unten wirkte auf den ersten Blick alles normal. Mehrere Regale mit Schraubenkästen, aufgestapelten Zeitschriften und einem alten Kofferradio. Einige Werkzeuge lagen auf dem Boden, aber die konnten auch von Wilke stammen.

Erwartungsvoll schaute er zum Hausbewohner, und dieser verfehlte das Stichwort nicht.

»Ich weiß ja nicht mal, wonach Sie suchen«, begann er, hielt aber inne. »Moment mal …« Er ging auf einen massiven Holzschrank auf der Westseite zu. »Der müsste doch viel weiter drüben stehen.«

Gemeinsam mit Manni rückte er das Möbelstück zur Seite. Der Anblick dahinter erschreckte selbst Jochen. Dort, wo nacktes Mauerwerk sein müsste, klaffte ein nahezu kreisrundes Loch von bestimmt anderthalb Metern Durchmesser in der Wand. Spärliches Gelblicht glomm in zwei Grubenleuchten in dem bestimmt 15 Meter langen Tunnel.

»Allmächtiger!«, sagte Wilke und fasste die Situation treffend zusammen.

Jochen wusste genau, wohin dieser Tunnel führte, hatte aber trotzdem Angst, hineinzugehen. Der Geruch von Erde und Ozon erfüllte die Luft. Sein Herzschlag erhöhte sich mit jedem Meter. Wie der Verdächtige vor ihm so ruhig bleiben konnte, begriff er nicht. Momentan war es allerdings auch die geringste seiner Sorgen.

Am Ende des Erdganges führte eine Metallleiter durch aufgebohrtes Mauerwerk. Manni zwängte sich an ihnen vorbei und kletterte hinauf. Inzwischen dürfte auch ihm alles klar geworden sein.

An seiner Antwort änderte es trotzdem nichts: »Hier ist alles weg. Bloß noch aufgebrochene, leere Regale. Die Mistkerle haben sich direkt in den Tresor gebuddelt.«

Seine Stimme klang der Panik nahe. Das verstand Jochen sehr gut.

Wilke kletterte die Leiter einige Stufen hinauf, kehrte aber nur Sekunden darauf leichenblass und mit offen stehendem Mund zurück.

»Verdammte Scheiße«, rief Manni und folgte abwärts.

»Solch ein Einbruch klappt bloß mit Komplizen«, kombinierte Jochen. Seine Gedanken rotierten, und sein Magen verkrampfte sich. »Wer wusste alles davon?«

Ein schadenfrohes Grinsen schlich sich ins Gesicht des Verdächtigen. Jochen brauchte sämtliche Beherrschung, um es ihm nicht wegzuschlagen. Mit der Faust in der Tasche schob er den Mann in den Keller zurück.

Für einen kurzen Moment wünschte er sich, in der Sherlock-Holmes-Geschichte zu sein. Im Gegensatz zu ihrem Tatort waren die Ermittler dort den Dieben rechtzeitig auf die Schliche gekommen. Ihnen hingegen blieb nur noch Schadensbegrenzung.

»Maul aufmachen!«, schnauzte er den angeblichen Kammerjäger an.

»Nix verstehn«, grinste der und ließ eine Reihe Goldzähne sehen.

»Du verstehst mich sehr wohl!« Jochen hätte gute Lust gehabt, wie seine amerikanischen Kollegen in *Miami Vice* schlagkräftige Argumente ins Feld – besser gesagt ins Gesicht des Mannes – zu führen. Durfte und tat er aber nicht.

»Nix verstehen, nix verstehen!«

»Ja, das hab ich jetzt verstanden.« Manni machte sich daran, den Kerl abzutasten. Schließlich fand er in dessen Hosentasche eine schwarze Geldbörse.

»Dariusz Michalschewski«, las er vor. »Gdansk.«

»Danzig?« Wilke staunte nicht schlecht. »Ich dachte, die Firma ist aus Fellbach?«

»Nix verstehen.«

»Himmelnocheins!« Jochen riss der berühmte Geduldsfaden. Ziemlich unsanft schob er den Mann die Treppe hinauf und schubste ihn in Wilkes Wohnzimmer auf das Sofa.

Ohne vorher zu fragen, wählte er vom mit grünem Stoff bespannten Telefon die Nummer des Balinger Reviers und forderte einen Streifenwagen an.

»Du gehen Knast«, sagte er feixend zu dem Mann, der mit verschränkten Armen zwischen den bestickten Kissen saß. Hinter ihm an der Wand hing ein Schmuckteller, auf dem das Schwabenlied abgedruckt war. »Uff dr Schwäb'sche Eisebahn …«

Das zumindest schien Dariusz zu verstehen. »Ich nix gemacht! Ich nix gemacht!«, beteuerte er gestenreich. Dann verstummte er. »Nix verstehen.«

Vor dem Haus wurde ein Motor gestartet.

»Scheiße!« Manni rannte zum Fenster. »Die fahren weg!« Er konnte eben noch die Rücklichter des Transporters sehen. Dann bog ein Streifenwagen in die Straße und hielt vor Wilkes Haus. Noch nie zuvor hatte Jochen einem Verdächtigen so schnell Handschellen angelegt: Inklusive aus der Hose ziehen, nach den Handgelenken greifen und die Stahlringe zuklacken lassen, kam er auf unter zwei Sekunden.

»Sitzenbleiben!«, brüllten die Kollegen gleichzeitig den Polen an. Vor Schreck ließ sich sogar der Hausherr in den Sessel fallen. Manni und Jochen hasteten nach draußen und saßen, noch ehe die Kollegen so richtig ausgestiegen waren, im Streifenwagen. Zum Glück hatten die Balinger ein junges Duo geschickt, das schnell genug im Wohnzimmer war, um den Verdächtigen festzunehmen. Nicht auszudenken, wenn der ihnen durch die Lappen gegangen wäre.

»Los, Gas geben!«, feuerte Manni seinen Partner an, als Jochen das Pedal durchtrat. Und er trat heftig … Was allerdings wenig nutzte, denn der Streifenwagen seufzte quasi, ehe er langsam und behäbig beschleunigte.

»Scheiß Karre!«, fluchte Jochen. Neben ihm rammte Manni seinen rechten Fuß ins Bodenblech, als könne er so ebenfalls Gas geben. Doch das Auto war eben ein älteres Baujahr und alles andere als spritzig. Nach einer gefühlten Ewigkeit, in der der Transporter aus ihrer Sicht verschwunden war, gelangten sie zur Hauptstraße.

»Dautmergen?«, rief Jochen und zögerte. Sollte er dorthin fahren?

»Quatsch!«

Jochen schaltete in den ersten Gang und gab Vollgas. Der Motor beschwerte sich deutlich. In Richtung des Zementwerks zockelte ein Traktor quer über die Bundesstraße. Manni bremste automatisch mit, als Jochen in die Eisen stieg. Immerhin waren die Bremsen des Streifenwagens gut – so gut, dass die Kommissare nach vorne geschleudert wurden. Jochen machte einen Schlenker, navigierte den Wagen zur Kreuzung über die Bundesstraße und hielt an.

»Verstärkung?«, fragte Manni, als sein Kollege mit den Fingern auf das Lenkrad trommelte. Weder rechts Richtung Schömberg noch links Richtung Balingen fuhr ein Transporter.

»Sollen sich bereithalten«, antwortete Jochen. Manni tätigte den Funkspruch zum Balinger Revier. Ein Fiat und ein Daimler knatterten auf der B27 vorbei, ehe Jochen eine Lücke fand. Er gab Gas – und wendete.

»Die fahren doch nicht auf den Plettenberg, das ist doch Sackgasse da oben!«, beschwerte sich Manni.

»Wetten?«

»Nicht schon wieder Bauchgefühl …«

»Nein, aber in Heimatkunde aufgepasst«, grinste Jochen. »Mondstupfer!«

»Hä?«

»Die Dotternhausener heißen Mondstupfer, weil ihre Ururur… naja ganz früher eben mal, die wollten den Mond einfangen, mit Stöcken, weil der genauso stand, dass es aussah, als ob er auf dem Plettenberg liegt.«

Manni tippte sich an den Kopf.

»Ist eine Sage, Kollege«, grinste Jochen.

»Ja klar, und die Polizei stellt demnächst das tapfere Schneiderlein und Rübezahl ein.«

»Lach nicht, ich glaub, die sind von hier.«

»Der Rübezahl?«

»Quatsch, die Insektenfänger da vorne.« Und mit *da vorne* meinte Jochen auch *da vorne*, denn hinter einer Kurve parkte der Fluchtwagen, halb zwischen Tannen verborgen und unterhalb der Seilbahn, mit der der Schiefer aus dem Steinbruch ins Betonwerk transportiert wurde. Die hinteren Türen standen offen. Jochen ließ den Streifenwagen ausrollen, machte den Motor aus und zog die Handbremse an. Die Kollegen nickten sich zu – alles klar! Wie Synchronschwimmer schwangen sie gleichzeitig die Beine aus dem Wagen und schlichen zum Transporter. Ein Windstoß erfasste dessen Kofferraumtür, die nun bis zum Anschlag aufschwang. Gähnende Leere im Inneren. Irgendwo in Unterholz knackte ein Ast.

Jochen nickte Manni zu. Der verdrehte zwar die Augen, folgte dem Kollegen aber dennoch. Zehn Meter. 20.

»Scheiße!« Vom Feldweg her hörten sie einen startenden Motor. Beide drehten sich um und sahen eben noch den Streifenwagen um die Kurve Richtung Tal biegen. Jochen schoss die Röte ins Gesicht – wie ein blutiger Anfänger hatte er den Schlüssel stecken lassen.

»Sag nichts. Sag gar nichts!«, knurrte er Manni an. Der

schien zwischen Wut und Lachanfall zu schwanken, entschied sich dann aber für gar nichts davon.

»Auf den Bericht freu ich mich schon«, flüsterte er und zog Jochen am Ärmel zurück zum Transporter. Wo natürlich kein Schlüssel steckte. Und im Handschuhfach nichts zu finden war außer dem Beleg des Mietwagen-Unternehmens in Hechingen. Der Vertrag über eine Woche war ausgestellt auf einen Mateusz Woitila. Dass der denselben Nachnamen wie der Papst trug, war erstaunlich. Ebenso die Adresse des Mieters: Es war die von Wilke. »Ich glaube, unser Schlafgenosse hängt in der Sache mit drinnen.«

Jochen schüttelte vehement den Kopf. »Wegen seiner Adresse? Ganz sicher nicht. Die Diebe wohnen doch quasi schon eine Woche bei ihm. Da ist es klar, dass sie den Mietwagen auch auf seinen Namen laufen lassen. Vermutlich flattert ihm dafür demnächst eine fette Rechnung ins Haus.« Während Jochen sprach, durchsuchte er weiter das Fahrzeug. Er wollte einfach nicht akzeptieren, dass sich hier drinnen nichts befand, das ihnen weiterhalf. Doch weder in den Türfächern noch unter dem Sitz oder hinten auf der leeren Ladefläche fand sich etwas.

Als letzte Verzweiflungstat schaute er in das kleine Abfallfach. Einige Nimm-Zwei-Bonbonpapiere lagen darin – und ein Kassenzettel. Nein, besser: eine Tankstellenquittung aus Balingen. Unwichtig oder relevant? Jochen war nicht sicher und zeigte sie Manni. Dieser grunzte verächtlich.

»Wahrscheinlich haben sie auf dem Weg von Hechingen aus dort getankt, weil der Wagen keinen Sprit hatte. Balingen liegt ja quasi auf dem Weg.«

»Dennoch. Ich weiß, es ist bloß der letzte Strohhalm, aber mehr als das haben wir nicht.«

»Wieder so ein Bauchgefühl?«

»Nein, reine Not. Mittlerweile schließe ich nichts mehr völlig aus. Die Diebe hatten sicher nicht gedacht, dass die Polizei so schnell bei Wilkes Haus auftaucht. Es besteht also durchaus die Chance, dass sie noch keine Beute aufgeteilt haben.«

»Und das machen sie in Balingen?«

»Keine Ahnung! In Wilkes Haus würde ich so was jedenfalls nicht tun. An deren Stelle hätte ich irgendwo einen zweiten Unterschlupf. Man weiß ja nie, was wo schiefgeht.«

»In Ordnung. Dann bleibt uns nur noch ein Problem: Wir haben keinen Schlüssel für den Lieferwagen.«

Mit einem verschmitzten Lächeln löste er die Verkleidung unterhalb des Lenkrads. Ein Wirrwarr aus Kabeln blitzte ihm entgegen. Dennoch fand er die gesuchten nach wenigen Sekunden. Wenn er schon kein großer Mechaniker war, mit dem Kurzschließen von Autos kannte er sich aus.

Nur einen Augenblick später gab der Motor sein schönes Dieseltuckern von sich. Mit strahlendem Gesicht kletterte Manni auf den Beifahrersitz.

Sie düsten zurück zur Bundesstraße 27 und von dort aus auf dem schnellsten Wege nach Balingen. Nebenbei fummelte Manni am Radio herum, bis er einen Sender mit den neuesten Nachrichten gefunden hatte. Schon beim Klang der euphorischen Stimme des Moderators wusste Jochen, dass sich die Lage in Berlin weiter zugespitzt hatte. Gerade eben wurde noch einmal das wiederholt, was der Sprecher des SED-Politbüros am Ende der Pressekonferenz verkündet hatte: »Ständige Ausreisen können über alle Grenzübergangsstellen der DDR zur BRD erfolgen. Das tritt nach meiner Kenntnis ab sofort in Kraft.«

Aufregung und Enttäuschung explodierten in seinem Inneren. Aufregung darüber, dass die Bürger hinter dem Eisernen Vorhang endlich die Freiheit bekamen, die ihnen solang verwehrt worden war. Enttäuschung darüber, dass er von diesem wichtigen Moment erst im Nachhinein erfuhr. Gern wäre er dabei gewesen. Wenn nicht vor Ort, dann wenigstens vor einem Fernseher oder einem Radio. Stattdessen irrten Manni und er durch das schwäbische Hinterland.

Doch schnell kehrte sein Pflichtbewusstsein zurück. Sie irrten hier nicht herum. Sie waren auf der Suche nach Bankräubern. Das spielte zwar nicht in derselben Liga wie eine 28 Jahre überfällige innerdeutsche Grenzöffnung, war aber trotzdem von Bedeutung.

Mit dem Erreichen von Balingen erhöhte sich seine Anspannung. Die gesuchte Tankstelle lag im Ostteil der Stadt und war schnell gefunden. Nachts war dort natürlich alles verwaist, aber das bekümmerte Jochen nicht.

Sein Bauch rumorte wieder. Sie befanden sich auf der richtigen Fährte. Die Diebe waren nicht nur hier gewesen, sie befanden sich bestimmt auch jetzt wieder irgendwo in der Nähe. Bloß wo?

Sie suchten die Straßen bis fast nach Heselwangen ab. Jede noch so kleine Seitengasse und sogar jeden infrage kommenden Feldweg nahmen sie unter die Lupe. Sie dehnten ihre Suche bis in das Wohngebiet auf dem Heimlichen Wasen und das Schulzentrum aus. Doch da standen weder ein entwendeter Streifenwagen noch ein anderes, irgendwie verdächtig wirkendes Fahrzeug.

Sein Frust wuchs mit jeder Minute. Am liebsten hätte er auf das Lenkrad eingeprügelt oder sich selbst in den Hintern gebissen, im anderen Auto den Zündschlüssel stecken gelassen zu haben. Wie hatte er nur so blöd sein können?

»Sieh mal! Da vorn«, rief Manni in dem Moment. Automatisch erhöhte sich Jochens Herzschlag. Sein Blick folgte dem ausgestreckten Finger seines Partners. Er sah sofort, was er meinte.

Vor der Einfahrt eines älteren Wohnhauses mit Flachdach parkte das Polizeiauto. Direkt vor einem dunklen VW-Transporter mit offener Seitentür. Das konnte kein Zufall sein.

Jochen ging vom Gas und schaltete die Scheinwerfer aus. Innerhalb von zwei Atemzügen parkte der Lieferwagen am Straßenrand, und sie schlichen im Sichtschutz der abgestellten Autos vorwärts.

Weiter vorn hantierten zwei Männer mit hastigen Bewegungen. Schwer aussehende Kisten oder Taschen wurden verladen. Das konnte man gar nicht falsch verstehen. Jochen spürte, wie sich sein Magen vor Aufregung zusammenzog.

Vorsichtshalber zog er seine Dienstwaffe und gab Manni das Zeichen, sich von der Rückseite an den Wagen heranzuschleichen. Mit einem kurzen Nicken setzte sich der Partner nach links ab.

Als die Männer das nächste Mal im Haus verschwunden waren, pirschte er sich an den Wagen heran. Sein Plan war es, aus der Deckung zu springen, sobald sich die beiden wieder dem Transporter näherten.

Sein Herz hämmerte so schnell, dass er Schwierigkeiten hatte, die Waffe ohne zu zittern zu halten. Die Männer traten nach draußen, zwei Reisetaschen unter dem Arm. Als sie sich nur noch fünf Meter von der offenstehenden Schiebetür entfernt befanden, sprang Jochen nach vorn und richtete die Waffe auf sie. »Keine Bewegung!«

Die Räuber erstarrten. Gleichzeitig nahm er hinter sich ein leises Tapsen wahr. Er hoffte, dass es von Manni stammte, und schielte vorsichtig zurück. Im gleichen Moment sah er etwas auf sich zuschnellen und ließ sich zur Seite fallen.

Er prallte auf den Rasen und sah, wie sich ein dritter, völlig in Schwarz gekleideter Mann auf ihn stürzte. In der Hand schwang er einen Totschläger, der Jochen nur um Haaresbreite verfehlte.

Die anderen beiden warfen ihre Taschen in den Transporter und eilten ihrem Kumpanen zur Hilfe. Das hieß, sie versuchten es. Im gleichen Augenblick hechtete auch Manni nach vorn und verpasste dem linken der beiden einen Kinnhaken.

Eine Sekunde lang waren die beiden anderen Typen verblüfft. Jochen nutzte die Gelegenheit für einen gezielten Tritt in die gegnerischen Weichteile. Der schwarz Gekleidete ließ seine Waffe fallen – war aber noch immer nicht ausgeschaltet. Er versuchte, nach ihm zu treten, verfehlte ihn aber.

Jochen kam wieder auf die Beine und wich erfolgreich mehreren Tritten und Schlägen aus. Als er seinem Feind einen Magenschwinger verpasste, sah er, wie auch Mannis Gegenüber zu Boden ging.

Geschafft. Alle Gegner am Boden. Keuchend stützten Jochen und Manni sich gegenseitig ab. Sie kamen sich vor wie in einem Film mit Bud Spencer und Terence Hill. In den Häusern um sie herum gingen Lichter an. Sicher hatte längst jemand die Kollegen vom Balinger Revier verständigt.

Keine zehn Minuten später wurden die Bankräuber abgeführt. Im Transporter entdeckte Jochen mehrere

Taschen voller Banknoten und jede Menge Bauwerkzeuge. Noch mehr Beweise brauchten sie nicht.

Nach einer viel zu kurzen Nacht im Gasthof trotteten Jochen und Manni zu Didis Werkstatt zurück. Beiden hatten von der Schlägerei etliche Blessuren davongetragen, ein Grund zum Jammern war das allerdings nicht.

Der Mechaniker empfing sie im ölverschmierten Blaumann. Zumindest lächelte er. »Ihr kommt wie gerufen. Bin mit eurem Wagen gerade fertig geworden.«

»Woran lag es?«

»War doch bloß die Kraftstoffpumpe, die ihren Dienst verweigert hatte. Und ohne Benzin bleibt auch das beste Auto liegen. Habe ich jetzt aber behoben.«

»Tut mir leid, dass Sie sich unseretwegen die Nacht um die Ohren schlagen mussten«, sagte Manni.

Didi winkte ab. »Hätte eh nicht schlafen können. Bei dem, was da in Berlin los ist. Echt klasse, dass es die Leute mit ihren vielen Protesten doch geschafft haben. Und bevor ich so was daheim am Radio verfolge, kann ich das genauso gut auch hier tun und nebenbei was schaffen. Was habt ihr Schönes getrieben?«

Jochen winkte ab. »Nur ein anderes Auto geliehen und ein bisschen herumgefahren. Kaum der Rede wert.«

Mit einem Lächeln folgten sie Didi in sein kleines Büro und ließen ein kräftiges Trinkgeld für seine Mühen springen. Anschließend machten sie sich auf den Rückweg nach Rottweil. Ein längerer Bericht wartete darauf, geschrieben zu werden.

Detektivarbeit der ganz besonderen Art leisten vor allem Kinder: Im Werkforum der Firma Holcim machen sie sich auf die Suche nach Versteinerungen aus der Jurazeit. Schnecken und Katzengold, das im abgebauten Schiefer zu finden ist, wecken am sogenannten *Klopfplatz* den Forscherdrang der Besucher in Dotternhausen. Im angegliederten Museum kann man über die Erdgeschichtsrampe in die Geschichte unseres Planeten eintauchen – und zum Beispiel einen waschechten Flugsaurier entdecken. Abgebaut wird der Rohstoff zur Betonherstellung auf dem Plattenberg. Von hier aus hat man einen genialen Blick über die Region, das Betonwerk und auf den Stausee in Schömberg.

Den dortigen Campingplatz, bei dem Jochen Schädle ermittelt, gibt es in Schömberg wirklich. Allerdings entspringt der kauzige Platzwart allein unserer Fantasie. Wahr ist dagegen, dass es zahlreiche Stammgäste auf dem Platz am Stausee gibt, der im Sommer Schwimmer anlockt. Hier kann man auch Tretboote (und für die Faulen: elektrobetriebene Kähne) mieten. Im angrenzenden Miniaturdorf gibt es neben liebevoll nachgebauten Fachwerkhäusern in Lilliputgröße auch die schwäbische Eisenbahn. Die zuckelt alle halbe Stunde durch den kleinen Freizeitpark mit Ponys, Streichelzoo und Fahrgeschäften für die kleinen Besucher.

Große und kleine Gäste besuchen gerne das Narrenmuseum in Schömberg. Immerhin ist das Städtchen eine der Hochburgen der schwäbisch-alemannischen Fasnacht. Anziehungspunkt ist ebenso die Wallfahrtskirche Palmbühl.

Unser Extratipp: Das Stausee-Restaurant ist mehrmals im Jahr Schauplatz *echter* Kriminalgeschichten, wenn das Krimi-Dinner ein Gastspiel gibt.

*

Einen kurzen Moment überlegt Jochen, ob er über Roßwangen und Weilstetten Richtung Lochen fahren soll. Aber nur einen ganz kurzen Moment, denn als die Gruppe Harleyfahrer direkt vor ihm die Abzweigung nimmt, dreht er lieber das Radio anstelle des Motors auf. Sollen sich besser motorisierte Fahrer auf der beliebten Serpentinenstrecke amüsieren – er hält sich lieber an die Bundesstraße. Und an Mick Jagger, der ihn trotz Schneckentempo, das in Endingen vorgeschrieben ist, nicht im Stich lässt. Wie immer um die Mittagszeit ist Stau im Balinger Teilort. Jochen nimmt es sportlich und wippt im Takt mit, als die Stones den *Ruby Tuesday* besingen.

Eigentlich hatte Jochen in Erzingen im Rössle einen Wurstsalat essen wollen. Aber es war über ein Jahrzehnt her, als er zum letzten Mal in der Gaststätte gewesen war, und Frau Else, die einst für ihre freundlichen Gastgeberqualiäten sogar einen Preis bekommen hatte, und ihr Mann servierten längst nicht mehr.

Jochen lässt den Wagen an die Ampel heranrollen. Aus dem Abzug des knallorange gestrichenen Chinarestaurants wabert Essensgeruch über die Hauptstraße. Er schmatzt trocken. Seine Tochter liebt Sushi und alles, was man mit Stäbchen essen kann. Jochen nicht – weil man es mit Stäbchen essen muss. Was er nicht kann und ehrlich gesagt auch nicht mehr lernen möchte.

»Messer und Gabel, ha!« Er schlägt mit der flachen Hand aufs Lenkrad. »Und ein Schnitzel!« Die Ampel springt auf Grün. Jochen gibt Gas – und tritt keine 50 Meter weiter auf die Bremse. Der Wagen hinter ihm hupt, als er – ein wenig verkehrswidrig – nach links schwenkt und bei der Bushaltestelle auf den direkt dahinter liegenden Parkplatz einbiegt. Jochen erinnert sich vage daran, dass es in der *Krone* immer einen fantastischen Mittagstisch gab, den er öfter mit Kollegen besuchte.

»Wird ja keiner von der alten Mannschaft da sein«, muntert er sich selbst auf. Ein Plakat wirbt für die neue Kunstausstellung in der Balinger Stadthalle. Ein Expressionist, dessen Namen er noch nie gehört hat. Überhaupt ist Jochens Verhältnis zu Malern eher rudimentär. Er lacht in sich hinein, als er den Wagen abschließt und an den Fall vor ein paar Jahren in Balingen denkt. Er nimmt sich fest vor, nach dem Essen einen Abstecher zum Zollernschloss zu machen. Viel verändert hat sich seit damals dort sicher nicht.

*

BALINGEN, 2005

»Das ist nicht dein Ernst, oder?« Manni tippte sich statt einer Begrüßung und einem freundlichen guten Morgen an die Stirn und zeigte auf Jochens T-Shirt. *Wir sind Papst* war auf quietschgelbem Grund in übergroßer Schrift zu lesen.

»Was? Das? Oh.« Erst jetzt fiel dem Kommissar auf, was er in der Eile aus dem Kleiderschrank gezogen hatte. Das nicht ganz ernst gemeinte Geschenk seiner Tochter, nachdem er sich im April beinahe nicht mehr vom Fernseher hatte lösen können, als die Kardinäle in Rom den Nachfolger von Papst Johannes Paul II. gewählt hatten. Jochen war nicht mal katholisch, aber ein Deutscher an der Spitze im Vatikan, das hatte was.

»Und demnächst sind wir Bundeskanzlerin, oder was?«, knurrte Manni und bat ihn, ihm durch das alte Stadttor hinter die Jugendherberge zu folgen. Jochen hatte seinen Wagen quer vor dem ehemaligen Landratsamt geparkt und stieg nun am Turm des Zollernschlosses hinter seinem Kollegen die Stufen hinunter. Um diese Uhrzeit waren hier keine Touristen und keine Spaziergänger – dafür heute eine Menge Polizisten. Die meisten grinsten, als sie Jochens Shirt sahen.

»Ich glaub nicht, dass die Merkel gewählt wird«, räumte Jochen ein und schielte über die Steinmauer nach unten. Ein Kollege in Uniform hakte gerade eine Rute an dem Körper ein, der am Wehr vor dem Wasserfall hängen geblieben war. Der oder die Tote lag mit dem Gesicht nach unten im Wasser.

»Und wieso nicht?«, fragte Manni und stellte sich neben ihn.

»Weil sie naja weil…« Er konnte schlecht sagen, dass er sich lieber solche schicken jungen Damen in der Politik wünschte, wie sie neuerdings im italienischen Parlament zu sehen waren. »Moment mal!«, rief er stattdessen den Kollegen unten am Wehr zu. Dann beeilte er sich, über den auf der Wehrmauer angelegten Weg entlangzulaufen, die Holztreppe nach unten und den Weg neben dem kleinen Kanal zu nehmen. Es roch nach abgestandenem Wasser aus der Eyach – wie es eben riecht, wenn man in Venedig ist, auch wenn dieser Teil der Kreisstadt nur *Klein Venedig* genannt wurde. Jochen war froh, dass es erst kurz nach sieben Uhr am Morgen war und das Café genau gegenüber dem Fundort noch geschlossen hatte. In ein paar Stunden würden alle Plätze auf der Terrasse voll besetzt sein, schließlich war es Mitte August, und die meisten Balinger hatten Ferien.

Mit einem Kopfnicken begrüßte er die Kollegen. Dass die meisten ihm nicht ins Gesicht, sondern auf das T-Shirt starrten, bemerkte Jochen nicht. Sein Blick wanderte zu dem leblosen Körper im Wasser. Er beugte sich über die Mauer. Die Jeans und das karierte Hemd des Toten waberten im Wasser. Der Leichnam schlingerte sanft hin und her und wurde vom Eyachwasser immer wieder gegen das Wehr gedrückt. Jetzt im Sommer war der Flusspegel niedrig. Der kleine Wasserfall, der es im Frühjahr schon mal auf beachtliche Dezibel bringen konnte, war beinahe schon leise.

»Wer ist das?«, wollte Jochen wissen, als ein Mann in orangefarbener Weste schwer schnaufend beim Tatort ankam.

»Stadtwerke«, rief ihm ein blutjunger Kollege zu. Jochen kannte ihn vom Sehen, wusste aber keinen Namen.

Der städtische Angestellte machte große Augen, traute sich aber offensichtlich nicht, irgendeine Frage zu stellen. Er kletterte über das Eisengeländer und machte sich am Reglerkasten zu schaffen. Kurz darauf sorgte die Technik dafür, dass der Wasserfall nicht mehr sprudelte.

Wenn man nur alles so im Griff hätte, dachte Jochen und bedeutete dem Uniformierten mit der Rute, den Leichnam ans Ufer zu ziehen. Mit vereinten Kräften gelang es der Truppe, den Körper auf den Weg zu hieven. Sofort bildete sich eine dunkle Pfütze um den Toten. Manni forderte per Handy Taucher aus Tübingen an. Sie würden oberhalb des Wasserfalls nach weiteren Spuren suchen. Im restlichen Flussbett war so wenig Wasser, dass selbst die Forellen Mühe hatten, sich einen Weg Richtung Au-Stadion zu suchen.

»Heimadsogga.« Jochen wurde flau, als er das Gesicht des Toten sah. Nicht etwa, weil dieser wie eine übliche Wasserleiche aufgedunsen war, dazu hatte der Mann zu kurz in der Eyach gelegen. Er kannte den Mann.

»Den kenn ich«, teilte er Manni mit. Sein Partner spitzte die Ohren. »Naja, kennen ist zu viel gesagt. Ich hab ihn letzte Woche in der Ausstellung getroffen.«

»Du und Kunst?« Manni konnte sich ein Grinsen nicht verkneifen.

»Warum denn nicht?«, blaffte Jochen ein wenig zu heftig. Es ging den Kollegen ja nichts an, dass er mit dem Besuch der Ausstellung von Karl Schmidt-Rottluff seine neue Flamme Carina hatte beeindrucken wollen. Die ihn trotz der bereits gekauften Eintrittskarten für die Bilderschau in der Balinger Stadthalle versetzt hatte. Und von der er seitdem nichts mehr gehört hatte. Vermutlich war das Thema damit gegessen.

»Naja, nix für ungut, aber Picasso steht dir nicht«, frotzelte Manni.

»Von wegen Picasso, Schmitz-Rottluff war einer der bedeutendsten Expressionisten und Mitbegründer der *Brücke*!«, zitierte Jochen aus dem Ausstellungskatalog. Manni musste ja nicht wissen, dass dies sein erster Besuch in einer der mittlerweile international renommierten Ausstellungen des ambitionierten Balinger Stadthallenteams war. Vermutlich auch sein letzter.

»Und was hat er damit zu tun?« Manni beugte sich über den Toten.

»Ich hab ihm meine zweite Eintrittskarte geschenkt«, erklärte Jochen und ignorierte geflissentlich die nach oben schnellenden Augenbrauen seines Kollegen. »Er hat sich als Ulrich vorgestellt. Ulli Werner. Aus, warte mal ja, Leipzig.« Nebenbei machte er ein Handyfoto vom Gesicht des Toten.

»Leipzig, aha.«

»Mehr weiß ich auch nicht.«

»Aber das Internet!« Manni grinste diebisch. Seit er die Segnungen von Google entdeckt hatte, schwor er auf das www. Vermutlich würde er im Revier sofort nachschauen, was die digitale Welt über den Toten wusste. So lange musste es die Geldbörse tun, die er in der Gesäßtasche entdeckte. Neben den Papieren, ein paar Geldscheinen und Plastikkarten fanden sie eine aufgeweichte Karte des Hotels im Stadtzentrum. Und – Kommissar Zufall – den dazugehörenden Zimmerschlüssel in der anderen Hosentasche.

Nachdem sie den Kollegen Anweisungen gegeben und den Leichnam der Gerichtsmedizin überlassen hatten, wanderte das Duo über die Friedrichstraße Richtung

Stadtkirche. Um diese Uhrzeit waren die Geschäfte noch geschlossen. Zum Glück hatte der Bäcker geöffnet. Jochen gab zwei Coffee to go und zwei Butterbrezeln aus. Beim Brunnen vor der Kirche machten sie auf einer der Bänke Rast. Selbst der Ritter auf seinem steinernen Sockel schien noch müde zu sein. Der kleine Wasserlauf in der Fußgängerzone plätscherte träge vor sich hin. Jochen biss ein wenig wütend in seine Brezel. Eigentlich hatte er Carina nach dem Besuch der Ausstellung ins Eiscafé Venedig einladen wollen. Ihr erzählen, wie er hier schon als Kind um seine Kugel Erdbeer angestanden hatte.

»Na dann, weiter geht's!« Manni wischte sich die letzten Krümel vom Mund und sprang auf. Wenig später hatten sie sich an der Hotelrezeption in der Kameralamtstraße vorbeigeschlichen und öffneten die Tür zu Zimmer 42.

Drinnen erwartete sie schlichte Gemütlichkeit, wie sie Jochen auch von seiner Wohnung kannte. Bequeme Sitzmöglichkeiten, ein ungemachtes Bett, von dem nur eine Seite benutzt war, und einige Kleidungsstücke über der Stuhllehne hängend. Ja, er fühlte sich hier sofort wie zu Hause.

Neben dem beigefarbenen Ledersofa entdeckte er eine Aktentasche und stieß drinnen auf mehrere Ausdrucke mit den Anschriften hiesiger Kunstgalerien. Dazu ein kleines Telefonbuch mit noch mehr Adressen von Galerien, Stiftungen und Instituten. Offenbar war der Tote mehr als bloß ein Kunstliebhaber gewesen, sondern hatte auch beruflich damit zu tun. Sofort ärgerte es Jochen, dem Mann die zweite Eintrittskarte geschenkt zu haben. Bei seinen Beziehungen hatte das Werner sicher nicht nötig gehabt.

»Ach, schau an«, rief Manni aus dem Zimmer. Das klang nach einem Hinweis. Als Jochen eintrat, blätterte der Kollege in einer dünnen Mappe, die er offenbar zwischen den Zeitschriften auf der Kommode entdeckt hatte.

»Ich glaube, unser Ulli war nicht aus Spaß bei dieser Ausstellung neulich.«

Eine Sekunde lang war Jochen überzeugt davon, sein Partner wollte ihm das mit der verschenkten zweiten Eintrittskarte ebenfalls unter die Nase reiben, doch in seinem Blick entdeckte er nicht den Hauch eines diebischen Grinsens. »Was hast du da?«

»Gute Frage. Der Verstorbene scheint so was wie ein Kunstkäufer gewesen zu sein. Oder Agent für jemanden, der auf so was steht. Keine Ahnung. Auf jeden Fall ist das hier eine Akte über einen zweiten Toten. Diesmal allerdings jemand, der vermutlich eines natürlichen Todes gestorben ist. Hier ist die Todesanzeige eines Hartmut Drängler aus dem Zollern-Alb-Kurier. Ist vor anderthalb Wochen sanft entschlafen. Dazu eine Auflistung von Kunstgegenständen, die der Tote angeblich besaß. Hier sind sogar die Miniaturbilder mehrerer Gemälde. Ist das auch was von diesem Schmidt-Rottluff?«

Jochen begutachtete die Bilder. Verschiedene Landschaften, angefangen von Bergmotiven bis hin zu Parks und Feldern. »Keine Ahnung. Es könnte was von ihm sein. Nur weil ich mich ein bisschen damit auskenne, bin ich noch lange kein Fachmann. Dazu ist das ein viel zu weites Feld. Außerdem, wenn ich den Notizen in der Akte hier Glauben schenken soll, handelt es sich ja um Kunst, von der man annahm, sie wäre während der NS-Zeit vernichtet worden. Darüber könnte ich gar nichts wissen.« Dass sich sein Kunstwissen fast ausschließlich auf die TV-Malkurse von Bob Ross beschränkte, behielt er lieber für sich. Hätte er Carina nicht kennengelernt, hätte er sicher nicht mal im Traum daran gedacht, eine Ausstellung zu besuchen.

»Also bleibt als einzige Spur die Adresse der Erben hier vorn in der Akte«, kombinierte Manni.

»Es ist zumindest eine Spur. Drüben habe ich zwar noch dieses Adressbuch gefunden, glaube aber nicht, dass uns das weiterhilft.« Trotzdem verstaute er es beim Verlassen des Zimmers vorsichtshalber in seiner Hosentasche.

Laut der Akte aus Werners Hotelzimmer wohnte die Familie Drängler in der Friedrichstraße. Sie brauchten nur wenige Minuten dorthin und parkten direkt vor der Buchhandlung *Buch und Papier*.

Kurz überlegte er, sich drinnen einige Kunstabhandlungen zu besorgen, verschob dies aber auf später. Wenn sie das Gespräch mit den Angehörigen nicht weiterbrachte, konnten sie sich hier immer noch mit Recherchematerial ausstatten. Oder er ging in die Stadtbücherei. Seit Jahr und Tag war er dort als Leser registriert, hatte jedoch nur einmal ein Kochbuch ausgeliehen. Noch war ja nicht einmal sicher, dass sich dieser Fall tatsächlich um Kunst drehte. Vielleicht war alles bloß ein großer Zufall, und Werner war getötet worden, weil er einem anderen die Frau ausgespannt hatte.

Doch schon an der Eingangstür verwarf er diese Überlegung. »Kommen Sie wegen des Einbruchs?«, fragte sie ein Mittvierziger mit riesiger Nase und Igelfrisur direkt an der Eingangstür.

»Welcher Einbruch?«, fragten Jochen und Manni wie aus einem Mund.

»Na ja, eigentlich war es bloß ein Einbruchsversuch. Vorgestern. Gestohlen wurde nichts, aber die Terrassentür hat ziemlich was abgekriegt. Ihren Kollegen habe ich das aber alles schon genau berichtet.«

»Wir sind nicht deswegen hier. Kennen Sie diesen Mann?« Jochen zeigte ihm das Handyfoto, das er am Flussufer geschossen hatte.

»Ja, das ist Ulrich Werner. Er tauchte neulich hier auf und wollte, dass meine Frau und ich ihm die Kunstsachen meines Vaters zeigen. Er sagte, er suche nach ausgefallenen Gemälden. Weiß der Teufel, wie er überhaupt davon erfahren hatte. Ist er tot?«

Jochen nickte. »Wir haben ihn heute Morgen aus der Eyach gezogen.«

»Oha. Und jetzt verdächtigen Sie uns?«

Manni lachte auf. »Noch nicht. Hätten wir denn Grund dazu?«

»Natürlich nicht! Ich habe den Mann vielleicht fünf Minuten lang gesehen. Er wollte die Bilder sehen, ich sagte Nein. Das war's im Großen und Ganzen.«

»Was waren denn das für Bilder?«

»Irgendein alter Kram, den wir beim Entrümpeln des Dachbodens gefunden haben. Ist wahrscheinlich nicht viel wert.«

Jochen runzelte die Stirn. »Und warum haben Sie ihm die Sachen dann nicht gezeigt?«

»Weil noch nicht mal raus ist, ob die Bilder mir oder meiner Schwester zustehen. Abgesehen davon war mir der Typ auf Anhieb unsympathisch. Er wirkte so gierig und diskutierte rum, als ich Nein sagte. Hat mir sogar seine Karte da gelassen und gemeint, ich soll mich unbedingt melden, wenn ich meine Meinung ändere.«

»Aber das haben Sie nicht getan.«

»Ganz genau. Dann gab es den Einbruchsversuch. Ich

möchte nicht ausschließen, dass der Typ mit drinnen hängt. Das habe ich Ihren Kollegen auch gesagt.«

Manni nickte. »Wäre es möglich, die Bilder zu sehen, um die es sich hier offenbar dreht?«

»Wenn es sein muss.«

Er führte sie eine Holztreppe ins Obergeschoss hinauf. In einer Kombination aus Computer- und Nähzimmer lehnten mehrere Bilderrahmen an einem der Aktenschränke. Drängler reichte sie ihnen ohne besonderes Interesse. »Sind noch immer ganz schön verstaubt, die Dinger«, lautete sein einziger Kommentar.

Jochen studierte jedes Gemälde genau, wusste aber nicht, was er davon halten sollte. Gut gemalt waren sie definitiv, aber machte sie das automatisch wertvoll? Einige erinnerten ihn von der Pinselführung an die Exponate der Schmidt-Rottluff-Ausstellung. Andere hingegen waren weitaus abstrakter und schienen überhaupt nichts damit gemein zu haben.

»Woran ist Ihr Vater eigentlich gestorben?«, fragte Manni.

»Herzversagen im Schlaf. Mit 77. So möchte ich auch mal sterben.«

»Wer nicht?«

Sie verabschiedete sich und kehrten zum Wagen zurück. Während sein Partner das Auto aus der Parklücke manövrierte, erkundigte sich Jochen beim Revier, welche Streifenkollegen wegen des Einbruchs bei den Dränglers gewesen waren, und vereinbarten über Funk ein Treffen am Bali-Kino in der Bahnhofstraße.

Er hoffte, dass dies ein wenig Entwirrung in das Chaos brachte. In seinem Bauch rumorte es schon wieder stark, ohne dass er sicher war, weshalb. Dass Ulrich Werner in ein Haus einzubrechen versucht hatte, konnte er sich nur schwer vorstellen. Dafür schien der Mann überhaupt nicht der Typ gewesen zu haben. Zumindest hatte er diesen Eindruck bei der Kunstausstellung gemacht. Andererseits, hatte Werner während ihrer Unterhaltung nicht angedeutet, dass es von Karl Schmidt-Rottluff bestimmt noch etliche verschollene Meisterwerke gäbe und dass er sich an den Bildern gar nicht sattsehen konnte? Er versuchte, sich zu entsinnen, was Werner bei der kurzen Unterhaltung noch gesagt hatte, bekam aber nicht mehr viel davon zusammen.

Sie erreichten das Bali-Kino einige Minuten vor der vereinbarten Zeit, und Jochen nutzte die Gelegenheit, die Plakate im Eingangsbereich zu bewundern. Besonders *Die Insel* und *Sin City* sprachen ihn an. Mit Carina hatte er sich neulich *Mr. & Mrs. Smith* anschauen wollen, aber auch diese Verabredung war nicht zustande gekommen.

»Sind Sie die Kommissare Schädle und Strauss?«, hörte er in diesem Moment eine Stimme hinter sich. Er drehte sich um und erblickte zwei junge Männer in Uniformen. Beide konnten nicht viel älter als 30 sein. Gleich auf den ersten Blick erinnerten sie Jochen an Manni und sich selbst in jungen Jahren. Beinahe jedenfalls – so breitschultrig wie die Jungs war keiner von ihnen jemals gewesen.

Kai und Frank (Nachnamen waren heutzutage anscheinend nicht mehr in Mode) waren zusammen nicht mal so alt wie Jochen allein. Sie sprachen etwas zu laut und etwas zu betont mit den älteren Kollegen. Immerhin erfuhren Jochen und Manni, dass Drängler selbst die Polizei angerufen hatte, nachdem er den versuchten Einbruch bemerkt hatte. »Der hat einen Knall«, lachte Kai. »Hat uns gefilmt und 1000 Fotos gemacht. Für die Versicherung, angeblich.«

»Aber es hat doch gar nichts gefehlt«, warf Manni ein.

»Im Haus nicht, dem Typ schon.« Frank tippte sich an die Stirn. »Ist ja nicht das erste Mal, dass der so was macht.«

»Bei Drängler wurde schon öfter eingebrochen?« Jochen staunte.

»Neee.« Kai schüttelte den Kopf und sah auf ihn herab, als habe er ein begriffsstutziges Kind vor sich. »Aber der macht öfter mal einen auf dicke Hose und schreibt sich Falschparker auf oder mault wegen Ruhestörung.«

»Dem wird's langweilig sein«, sagte Frank achselzuckend und machte dabei genauso ein Gesicht – sehr, sehr gelangweilt. Offenbar sah er keinen Sinn darin, sich weiter mit Jochen und Manni zu unterhalten. Die beiden auch nicht. Jochen bedankte sich bei den Kollegen. Als die beiden Richtung Geislingen davonfuhren, nickte er Manni zu. Sie überquerten die Straße an der Fußgängerampel und betraten das alte Bahnhofsgebäude. In der dortigen Bäckerei orderte Jochen zwei Tassen Kaffee. Ganz normalen, ohne Latte oder Cappu oder sonstigen Schnickschnack. Sie setzten sich an einen der Fenstertische und sahen eine Weile dem gelangweilten Taxifahrer zu, der sich die Wartezeit auf den nächsten Kunden mit Kreuzworträtseln vertrieb. Beide hingen ihren Gedanken nach. Manni plante lautstark das Wochenende, er würde seine Nachbarn zum Grillen einladen. Jochen dachte an Carina. Vielleicht hätte sie Lust, mit ihm einen Ausflug Richtung Tübingen zu machen?

Das Klingeln von Jochens Handy riss die beiden aus ihren Gedanken. Die Pathologie. Jochen nahm das Gespräch an, machte »Hmmm« und »Ach« und legte auf.

»Und?« Manni trommelte mit den Fingern auf die Tischplatte, und Jochen genoss seine Ungeduld.

»Werner ist nicht ertrunken«, fasste er den Bericht zusammen. »Ist ein vorläufiges Ergebnis. Wasser hatte er jedenfalls keins in der Lunge.«

»Aber?«

»Wie aber?«

»Du machst ein Aber-Gesicht«, grinste Manni. Jochen lachte.

»Luft- und Speiseröhre sind total verätzt. Irgendein Reinigungsmittel.«

»Du meinst, er hat Putzwasser getrunken?«

»Sicher nicht freiwillig. Erstens hatte er Quetschmale an Hals und Wangen, da muss jemand ordentlich zugelangt haben. Und zweitens fast zwei Promille Alkohol im Blut.«

»Prost Mahlzeit.« Manni schluckte trocken.

»Ein normaler Reiniger war das jedenfalls nicht. Keine Schaumbildung wie bei den Sachen, die man so im Drogeriemarkt kaufen kann. Und viel stärker.«

»Also was aus der Profibranche?«

»Die Jungs tippen auf *Cleanofit 2000*. Aber die Zusammensetzung und alles Weitere kommen per Mail.«

Die beiden tranken den Kaffee aus. Er schmeckte mit einem Mal bitter.

Jochen brauste am Polizeirevier vorbei Richtung Stadthalle. Auf dem oberen Parkplatz stellte er den Wagen vor dem Verwaltungsgebäude ab und betrat gemeinsam mit Manni die Büroräume. Dass das Haus einmal auch die Wohnung des Hausmeisters beherbergt hatte, war nach dem kompletten Umbau kaum mehr zu erkennen.

»Was wollen wir denn hier?«, raunte ihm Manni mit skeptischem Blick zu. »Nur weil der Tote die Schmidt-Rottluff-Ausstellung besucht hat?«

»Bauchgefühl«, sagte Jochen noch schnell, bevor sie den Tresen erreichten.

»Dr Scheff isch id do«, teilte ihnen die Dame dahinter mit, nachdem sie mitbekommen hatte, dass die beiden Herren keine Eintrittskarten für ein Theaterstück kaufen wollten.

»Den brauchen wir wohl nicht.« Jochen zwinkerte der Frau zu. Sie gefiel ihm: braune kinnlange Haare, ein voller Mund und blitzende braune Augen. Die Sekretärin wurde rot, was ihr – fand Jochen – ausgesprochen gut stand.

Manni räusperte sich und beendete so den kurzen Moment, in dem die beiden sich tief in die Augen geschaut hatten. »Wer ist denn mit der Reinigung der Stadthalle beauftragt?«

»Äh … also …« Die Frau riss sich von Jochens Anblick los. Auf dem Namensschild, das sie an die hellgraue Bluse geheftet hatte, las er ihren Namen. Natalie Scholz.

»Da haben wir die Firma Teufel-Putz unter Vertrag. Seit über zehn Jahren.«

»Putzteufel?« Jochen lachte.

»So ähnlich.« Natalie strahlte ihn an. Dann suchte sie die Adresse der Firma heraus und schrieb sie mit schwungvollen Lettern auf einen Zettel. Den gab sie Manni. Auf ein zweites Blatt Papier notierte sie eine Zahlenreihe. Jochens Herz klopfte schneller, als sie ihm – von Manni unbemerkt – den Zettel mit ihrer Telefonnummer zusteckte. Viel zu schnell für seinen Geschmack verließ Manni das Büro. Jochen folgte ihm widerwillig, nickte Natalie zum Abschied zu und fuhr an die angegebene Adresse im Industriegebiet Gern. Die Reinigungsfirma war in einer unscheinbaren Lagerhalle im Schatten des großen Möbelhauses untergebracht. Das Schild neben der Stahltür trug die Aufschrift: *Teufel & Putz – Ihr Profi für Reinigungsarbeiten, Inhaber Sven Teufel und Gebhard Putz.*

Gleich beim Eintreten schlug ihnen eine seifige Zitronenduftmarke entgegen. Jochen fühlte sich spontan an alte Bahnhofstoiletten erinnert und rümpfte die Nase.

Ein untersetztes Vokuhila-Relikt mit Hamsterbacken trat auf sie zu und stellte sich als Gebhard Putz vor. Der Teufel war offenbar gerade anderweitig beschäftigt.

»Benutzt Ihre Firma das Reinigungsmittel *Cleanofit 2000*?«, fragte Manni, nachdem sie sich vorgestellt hatten.

Der Chef zuckte mit den Schultern. »Klar, wer nimmt das nicht? Es ist günstig, reinigt gut und riecht angenehm nach Zitrone. Außerdem wird's ja in Balingen hergestellt, da entfällt für uns der Transport.«

Stinkt danach, verbesserte Jochen in Gedanken, fragte aber: »Wer in Ihrer Firma hat Zugriff auf das Mittel?«

Putz schaute, als hätte er ihn nach Kindergartenreimen gefragt. »Äh … alle. Das ist nichts Illegales. Steht bei uns hinten im Lager. Jeder Mitarbeiter, der Nachschub braucht, bedient sich dort.«

»Wie viele Mitarbeiter haben Sie?«

»16.«

Manni blähte die Wangen auf. »Welche Ihrer Kollegen sind für die Reinigung der Stadthalle zuständig?«

»In der Regel Bojan Krujnc und Toni Coberger. Wieso wollen Sie das wissen?«

»Wo finden wir die beiden?«

Putz schaute auf die Armbanduhr. »Um diese Zeit beim Bauernmuseum in Ostdorf. Aber was hat das alles zu bedeuten?«

»Reine Routine«, sagte Manni abwinkend.

Von Balingen nach Ostdorf waren es vier Kilometer die L365 entlang – allerdings nicht, wie der Name vermuten ließ, in Richtung Osten, sondern schnurstracks gen Norden.

Das Bauernmuseum war eine kleine Sehenswürdigkeit in den unteren Räumen des Rathauses. Sehenswürdig für jeden, der sich für altertümliche Erntegeräte interessierte. Es war nicht ganz nach Jochens Geschmack, aber auf dem Weg zu den beiden Männern in den grauen Arbeitsanzügen riskierte er trotzdem einen Blick auf etwas, das wie eine historische Häckselmaschine aussah.

Ein weiteres Mal präsentierten sie ihre Polizeimarken. Die Männer, beide Ende 20 und mit dunklem, vollem Haar, wirkten wenig beeindruckt. Vielleicht sogar eine Spur übertrieben cool, aber da war sich Jochen nicht ganz sicher. »Wann wird die Stadthalle normalerweise gereinigt?«, fragte er.

»Abends, nach Ausstellungsende«, sagte Krujnc. »Damit morgens alles blitzblank ist, wenn die neuen Zuschauer kommen. Heißen die im Museum überhaupt so, die Zuschauer?«

»Sind das nicht einfach Besucher?« Manni legte die Stirn in Falten. »Haben Sie die Galerien vorgestern Abend ebenfalls gereinigt?«

»Natürlich! Gab es Beschwerden?«

»Höchstens eine.« Jochen hielt ihnen das Handyfoto des Toten unter die Nase. »Kennen Sie diesen Mann?«

Für einen kurzen Moment glaubte er, Krujnc' Mundwinkel zucken zu sehen. Doch zu schnell war es wieder verschwunden, und er wirkte genauso unnahbar wie Coberger. Auf diesem Weg kamen sie nicht weiter.

Zurück auf dem Revier gab Jochen die Namen der beiden im Computer ein. Die Datenbank brauchte nur wenige Sekunden, um einen Treffer zu landen. Allerdings nicht bei Krujnc, sondern bei Coberger.

»Vorbestraft wegen Diebstahl und Raub«, las er Manni laut vor. »Von da aus ist es kein allzu weiter Weg zu Einbruch und Mord. Gut möglich, dass er auch einige Verbindungen zur Kunstraubszene besitzt.«

Manni seufzte kopfschüttelnd. »Wie kommst du denn jetzt darauf? Ich verstehe bloß Bahnhof.«

Diese Reaktion konnte er ihm nicht übelnehmen. »Bisher ist es bloß eine Theorie: Krujnc und Coberger arbeiteten nicht zufällig in der Kunstausstellung, sondern hatten vor, ein Bild zu stehlen oder gegen ein gefälschtes auszutauschen. Dabei trafen sie Ulli Werner, der sich da einschließen lassen hatte, weil er wirklich ein Bilderliebhaber war und über Nacht in Ruhe die Werke studieren wollte. Als er die Putzmänner bei ihrem Diebstahl überrascht, drehte einer der beiden durch und schüttete ihm im Handgemenge den Reiniger in den Hals.«

»Puh, das ist aber eine ziemlich wilde Räuberpistole.«

»Da möchte ich nicht widersprechen. Ich könnte mir sogar vorstellen, dass unsere Putzteufel hinter dem Einbruchsversuch bei Drängler stecken. Das mit den geerbten Gemälden scheint ein offenes Geheimnis zu sein.«

»Oder: Es ist alles vollkommen anders. Außerdem: Wie willst du deine Theorie jemals beweisen?«

»Genau hier liegt der Hund begraben. Wenn die beiden tatsächlich so sehr in alles verwickelt sind, wie ich mir das vorstelle, dürfte ihnen dank unseres Auftauchens trotz aller Coolness die Muffe sausen. Da möchte ich nicht ausschließen, dass sie was Leichtsinniges tun.«

»Also noch mal nach Ostdorf?«

Jochen nickte. »Zuvor machen wir aber noch einen Abstecher. Ich muss was überprüfen.«

Nachdenklich verließ er das Revier. Einen Moment überlegte er, Manni vorzuschicken und bei einem Abstecher aufs Klo Natalie um ein Date zu bitten. Die Schönheit aus der Stadthalle würde ihn das Debakel mit dem Carina-Date sicher schnell vergessen lassen. Trotzdem verschob er das Telefonat. Es gab sicherlich romantischere Örtchen als das stille, um nach einer Verabredung zu fragen.

»Hier biegen wir ab«, rief Jochen, als Manni den Wagen am Bahnhof und am Kino vorbei Richtung Ostdorf steuern wollte. Der Kollege trat automatisch in die Eisen und schwenkte auf die Rechtsabbiegerspur. »Zur Bundesstraße?«, fragte er verwundert.

»Nein. Gleich die Zweite rechts, ja?«

»Sag mal, willst du zum Tennisplatz?« Manni schüttelte den Kopf.

»Fast. Da hinten ist die Seifenfabrik.«

»Ja und? Bist du jetzt auf den Geschmack gekommen und brauchst ebenfalls *Cleanofit 2000*?« Manni schnaubte, fuhr aber brav in die Straße beim Schlachthof ein.

Jochen schüttelte sich innerlich, als er daran dachte, wie es hier zu ihren Kindertagen gerochen hatte – damals, als die Schlachtabfälle angeblich noch zu Kernseife verarbeitet wurden. Das war wohl einer der Gründe, warum er nie Tennis gespielt hatte. Immer, wenn er Boris Becker auf dem Bildschirm sah, hatte er diesen speziellen Gestank in der Nase.

Jochen blickte auf die Uhr. Kurz vor sechs. Aber sie hatten Glück: Im Verwaltungstrakt saß eine ältere Dame hinter dem Fenster und starrte in den PC. Manni stoppte den

Wagen. Jochen klopfte an die Scheibe. Die Frau machte einen Satz auf ihrem Stuhl und riss den Mund vor Schreck auf. »Geht's noch?«, herrschte sie die Polizisten nach dem Fensteröffnen an.

»'tschuldigung«, nuschelte Jochen, zeigte seinen Dienstausweis und stellte die Frage, die ihm sein Bauchgefühl diktiert hatte. Die Dame ließ die Tastatur klackern und sagte nach einer halben Minute: »Ja, der Drängler schafft bei uns. Seit, Moment, '84.« Manni stierte seinen Kollegen an.

Der grinste. »Den Weg nach Ostdorf sparen wir uns. Unser Fall hat gerade eine überraschende Wendung genommen.«

Im Nullkommanichts schellten sie an Dränglers Tür. Es dauerte einen Moment, bis er öffnete.

»Was schon wieder?« Drängler stopfte das Feinripphemd in die Jogginghose. »Ich guck grad Landesschau. Außerdem muss ich Essen kochen, meine Frau kommt bald nach Hause.«

»Das tut mir aufrichtig leid.« An den Unterarmen des Mannes entdeckte Jochen getrocknete Farbreste. Ein weiterer Kunsthinweis. Noch war er unschlüssig, wie der zu deuten war, ahnte aber, dass sich gleich alles klären würde. »Ich hätte da ein Bedürfnis.«

»Was?« Der Mann starrte ihn verständnislos an.

»Ich muss mal aufs Klo.«

»Bei uns? Sachen gibt's. Aber Klobrille hochklappen oder hinsetzen, ja?« Drängler wies ihm den Weg zum stillen Örtchen. Diese Toilette hatte eindeutig mehr Flair als die sanitären Anlagen im Revier. Es roch nach frischem Apfel. Der Klodeckel wurde von einem Plüschbezug in Hellblau geziert, ein Teppich in derselben Farbe lag vor der Keramik. An der Wand hing neben dem Kalender eines Autohauses ein Ölbild im goldenen Rahmen, das eine blaue Blumenwiese zeigte. Ein ähnliches Bild hatte er in der Kunsthalle gesehen. Jochen trat näher an das Gemälde und tatsächlich – die Signatur kam ihm trotz Unkenntnis der Kunstszene sehr, sehr bekannt vor. Er öffnete den kleinen Schrank unter dem Waschbecken. Neben dem üblichen WC-Reiniger stand eine halb volle Flasche *Cleanofit 2000* mit einigen hellen Farbflecken an der Seite.

»Teufel noch eins!«, rief Jochen, streifte sich ein paar Gummihandschuhe aus seiner Hosentasche über und griff nach der Flasche und dem danebenstehenden Trichter. Manni und der Hausbesitzer starrten sich im Flur stumm an.

»Sie haben nicht gespült!«, rief Drängler.

»Ich hab auch nichts gemacht«, entgegnete Jochen. »Mich interessierte bloß Ihr Putzfimmel.« Er schwenkte Flasche und Trichter vor Dränglers Nase. Selbst auf die Entfernung war der künstliche Zitrusgeruch kaum auszuhalten. Während Manni angewidert die Nase rümpfte, wurde Drängler merklich blasser.

»Ja und?«, blaffte der. »Ich arbeite für die Seifenfabrik. Dort gibt's so was.«

»Ich nehm mir selten Arbeit mit nach Hause.« Jochen trat noch einen Schritt auf den Mann zu. Der konnte ihm nicht ausweichen. Der Kommissar fixierte ihn. »Und außerdem putzen Sie hiermit bestimmt nicht.«

»Woher wollen Sie das wissen?«

»Spürnase. Kann es sein, dass Sie Herrn Werner zu einem ganz besonderen *Drink* eingeladen haben? Etwas mit Zitrone?« Einen Moment lang hingen die Worte in der Luft. Dann knickte Drängler ein. Buchstäblich: Seine Knie gaben nach, und er sank auf den Boden. Manni holte ein Glas Wasser aus der Küche und schüttete es ihm ins Gesicht. Es weckte Drängler nicht nur, sondern löste auch seine Zunge. Zuerst sprach er stockend, dann immer schneller: »Ulli und ich sind uns in einem Internetforum für Kunstsammler begegnet. Eine Art eBay für echte Werke. Ich erzählte ihm, dass ich ebenfalls eine kleine Gemäldesammlung besitze. Wir kamen ins Gespräch, und er kaufte ein halbes Dutzend Bilder von mir – alle für sehr viel Geld, weil von sehr bekannten Malern. Da kam schnell der Wert einer Eigentumswohnung zusammen. Bis Ulli vor der Tür stand. Unverhofft.« Drängler deutete mit dem Kopf auf die linke Tür. Als Manni sie öffnete, pfiff er: Er stand mitten in einem Atelier. Auf der Staffelei prangte ein halb fertiges Bild, das irgendwie nach Van Gogh aussah.

»Da habe ich meine Felle davonschwimmen gesehen. Immerhin hatte sich Ulli in den zehn Jahren, seit das Forum existierte, dort einen Namen als angeblicher Privatsammler gemacht. Ich wollte ihn überreden, nichts zu sagen. Aber das kam bei einem Kunstfanatiker wie ihm überhaupt nicht infrage. Mir war vor Panik so schlecht, dass ich mich Bad übergab. Dort sah ich das Reinigungsmittel stehen und hab es ihm das eingetrichtert. Unsanft. Aber wirkungsvoll.«

»Ich nehme an, Sie bekommen eine Einzelzelle. Und haben viel, viel Zeit zum Malen«, konnte Jochen sich nicht verkneifen, zu sagen. Dann bat er Manni, alles Weitere zu veranlassen, und ging hinaus auf die Straße, um Natalies Nummer zu wählen.

Tut.

Tuuut.

Tuuuuut.

Schließlich ein Knacken in der Leitung. »Pizzeria da Santo, hallo!«

»Ich … äh wollte mit Natalie …«

Die Frau am anderen Ende der Leitung lachte schallend. »Vergiss es, Junge. Bist heute schon der Zweite.«

»Was?«

»Sie gibt allen, die sie anstarren, unsere Nummer.« Die Frau legte auf. Jochen starrte auf das Display. Als die Kollegen im Streifenwagen vorfuhren, tippte er Lenas Nummer ein. »Na, Töchterchen? Lust auf einen Besuch beim Chinesen?«

Als die Durchgangsstraße an der Stadtkirche zur Fußgängerzone umgewandelt wurde, ging ein entrüsteter Aufschrei durch Balingen. Heute ist wohl jeder der 34.000 Einwohner froh über diese Entscheidung der damaligen Stadtväter: Die Einkaufsstraße mit Wasserläufen, Spielgeräten und großem Marktplatz vor der Stadtkirche ist längst zur beliebtesten Flaniermeile in der Region geworden. Ritter Ulrich auf dem Sockel im Brunnen vor der Kirche freilich juckt das nicht, die Statue schaut wie eh und je dem bunten Treiben in der Kreisstadt zu.

Im Rathaus liegen zahlreiche Broschüren aus, mit denen man die unterschiedlichsten Spaziergänge durch die Stadt unternehmen kann. Alle Wege führen irgendwann zum Zollernschloss an der Eyach. Der Fluss plagt die Einwohner zwar dann und wann mit Hochwasser, war aber zu Urgroßvaters Zeiten Lebensader der Stadt: Hier waren die Gerber angesiedelt, und noch bis in die 1980er-Jahre hinein konnte man sich am Morgen nie sicher sein, ob die Eyach am Abend orange, blau oder rot gefärbtes Wasser führt.

Das ehemalige Gerberviertel ist heute ein liebevoll gestaltetes Wohnkarree, gelegen am Eyachkanal und ziemlich passend *Klein Venedig* getauft. Der einstige Sitz der Herrscherfamilie beheimatet heute neben dem Waagenmuseum (die Firma Bizerba kennt jeder, der irgendwo auf der Welt mal beim Metzger war) eine Jugendherberge.

Fast zehn Jahre lang wurde die Zehntscheuer umgebaut. Jetzt lockt sie Kunstfreunde und historisch Interessierte mit stetig wechselnden Ausstellungen. Apropos: Weltweiten Ruhm erlangte Balingen mit seinen Gemäldeausstellungen in der Stadthalle. Dort waren schon Picasso, der Expressionist Erich Heckel oder Monet zu Gast.

Im an die Stadthalle angrenzenden Hallenbad mit großer Saunalandschaft ist immer was los – es sei denn, im Sommer lockt das großzügige Freibad. Überhaupt ist die Zollernstadt sportlich: Die Handballer des HBW spielen auf Bundesliganiveau in der *Hölle Süd* genannten Arena und sind besonders bei weiblichen Fans ein beliebtes *Jagdobjekt*, wenn sie nach dem Training in einem der Cafés in der Innenstadt entspannen. Und das Radrennen *Trans-Zollernalb* lockt internationale Pedalritter in die Region. Wer weiß, vielleicht mischen sich die Sportstars auch unter die Fans, wenn mal wieder eines der legendären Open-Air-Konzerte auf dem Festgelände oder mitten in der Stadt vor dem Rathaus stattfindet. Das *Bang you Head* jedenfalls lockt jedes Jahr Fans aus USA, Japan oder auch China nach Balingen. Wer weiß, vielleicht hat das eine oder andere Pärchen an der Eyachbrücke beim Friedhof auch ein Liebesschloss aufgehängt? Die Balinger jedenfalls machen dem Kölner Original in Sachen Vorhängeschloss als Bekundung der ewigen Liebe langsam ernsthaft Konkurrenz!

Romantisch geht's übrigens auch im Alpen- und Seerosengarten in Engstlatt zu. Oder im Winter auf der Eisbahn im Industriegebiet Gehrn, wenn die Pärchen Hand in Hand ihre Bahnen ziehen.

Unser Tipp: Einen einmaligen Blick über die Region gibt es auf dem Lochenstein. Der Balinger *Hausberg* ist für Wanderer ein Anziehungspunkt – und für Biker. Die kurvenreiche Straße lockt zur Ausfahrt auf zwei Rädern.

*

Wild horses dröhnt aus den Lautsprechern. »Passt ja«, sagt Jochen und lächelt, als eine Schar Reiter Richtung Mühlengeist trabt. Das Lokal, einst ein großer Bauernhof, war zwei Mal abgebrannt. Ob nun mit Nachhilfe des Wirtes oder nicht, würde wohl nie geklärt werden. Jochen bedauert die Kollegen nicht, die sich mit dem mysteriösen Fall hatten beschäftigen müssen. Er fädelt sich im Kreisverkehr ein und biegt auf die B27 Richtung Hechingen. Lässt Engstlatt rechts liegen und freut sich mal wieder, entlang der Straße große Namen der Textilbranche an den Fabriken prangen zu sehen. Es wird eben doch nicht alles in China oder Bangladesch fabriziert.

»Und schwäbische Unterhosen kriegt auch keiner kaputt«, erinnert er sich an Mannis Worte, als der ihn einmal zum Fabrikverkauf geschleppt hatte. Damals hatte Jochen seinen Partner nicht ernst genommen. Heute glaubte er ihm: Das, was er unter seiner Jeans trägt, hat gut und gern zehn Jahre auf dem Baumwollbuckel und ist immer noch gut in Schuss.

Apropos Schuss … als die Burg Hohenzollern rechter Hand in sein Sichtfeld gerät, erinnert er sich an einen sehr, sehr merkwürdigen Fall. Noch dazu war es der letzte gemeinsame mit Manni als Partner, bevor dieser in Rente ging. Und nun zählt er selbst ebenfalls zum alten Eisen.

Pah, altes Eisen, also echt Jochen ist noch immer sauer. Auf sich. Auf den Vertrauensarzt. Auf seine Bandscheiben. Er überlegt, ob er sich die römischen Ausgrabungen anschauen soll. Dort ist er noch nie gewesen. Aber als er nach dem Hotelrestaurant Brielhof von der Bundesstraße abfährt, blinkt er automatisch links. Folgt der Straße und steht prompt auf dem Besucherparktplatz, von dem aus die Shuttlebusse auf die Burg fahren.

»Dann eben alte Rüstungen«, sagt er zu sich selbst. »Und einen Kaffee im Burghof.« Die Römer würden warten müssen.

*

HECHINGEN, 2009

Biggest mistake – der größte Fehler: Jochen hatte den Song der Rolling Stones im Ohr, als er am geschlossenen Kassenhäuschen der Burg Hohenzollern vorbeiging. Sein Rücken fühlte sich genauso alt an wie die historischen Mauern am Burggraben. Und seine Laune war mindestens so mies wie die eines gefangenen Ritters im Kerker hoch über Hechingen: Direkt nach dem Gespräch beim Vertrauensarzt hatte sein Partner Manni ihn per Handy zur Burg befohlen. Und er wusste nun nicht, was er schlimmer fand – das, was er mit eigenen Augen auf dem Röntgenbild gesehen hatte (nämlich fast nichts, da wo die Bandscheibe sein sollte), oder dass er in der Gluthitze dieses Julitages auf dem Berg hier herumstapfen musste.

»Na, Kollege? Königliche Aussicht!«, rief ihm der junge Polizist zu, der dafür sorgte, dass niemand außer der Kriminalpolizei in den Burghof gelangte. Es war zwar Montag und die Burg für Besucher geschlossen, aber man wusste ja nie. Jochen hatte keinen Blick für die Rundumsicht, die sich zu Füßen des hohenzollerischen Stammsitzes bot – denn auf der Kanone, die linkerhand im Burghof stand, saß ein Mann. Ein toter Mann. Festgebunden mit schneeweißen Seilen sah er ein bisschen aus wie Baron von Münchhausen. Nur dass dieser Mann statt eines Dreispitzes einen altertümlich anmutenden Stirnspiegel auf dem Kopf hatte. Manni winkte, als er ihn kommen sah, und nickte dem Mann, mit dem er eben gesprochen hatte, zu.

»Und? Alles okay?«, erkundigte er sich bei Jochen.

»Hmpfgrmpf«, gab der zur Antwort. Was in etwa dem

Gefühl entsprach, das er seit Monaten im Rücken spürte. »Wer war das?«

»Der Burgverwalter. Wohnt hier, muss man sich mal vorstellen. Hat eine Wohnung hinten raus, getrennt von den Zimmern der Eigentümer.« Manni pfiff durch die Zähne. Jochen tat es ihm gleich – mit *Eigentümer* war die Fürstenfamilie gemeint. Und die war meistens außer Haus, weil auch die Nachkommen des Alten Fritz heutzutage ganz normalen Berufen in Städten wie Berlin oder Hamburg nachgingen.

»Hat natürlich nichts gesehen?«

»Nä. Und nix gehört.« Gemeinsam umrundeten sie die mächtige Kanone.

»So was hab ich noch nie gesehen«, gab Jochen zu.

»Schon skurril. Und das so kurz vor Schluss. Da hofft man, die letzten Tage bis zur Rente eine ruhige Kugel schieben zu dürfen, und dann so was.«

»Ich kann das hier auch allein übernehmen, wenn du lieber auf dem Revier Berichte tippen willst.«

»Ja, ja, ich und jetzt Berichte tippen. Das könnte dir so passen. Ich bin bloß froh, wenn das ganze Geplacke hinter mir liegt.« Manni machte einen Schritt zur Seite, um nicht auf den Fotos zu sein, die die Kollegen von der Spurensicherung vom Fundort machten. Die junge Gerichtsmedizinerin packte ihre Tasche und richtete sich seufzend auf. Ein Geräusch, das Jochen nur zu gut kannte, auch wenn sie beide mindestens 20 Jahre Altersunterschied trennten. Vermutlich stöhnte sie auch bloß der Hitze und nicht ihres Rückens wegen. Und ich auch nicht, ermahnte er sich. So ein bisschen Bandscheibe wird mich nicht aus der Bahn werfen!

»Der sitzt da nicht freiwillig«, sagte die Medizinerin.

»Wurde posthum hochgewuchtet. Todesursache nach erstem Anschein ist ein gezielter Schuss mitten ins Herz.« Jochen beugte sich unter die Kanone. Tatsächlich, das blaue Hemd des Mannes war vorne mit Blut verschmiert. Am Rücken allerdings fehlte die Durchschusswunde.

»Zum Kaliber kann ich erst nach der Obduktion was sagen«, fuhr sie fort. »Und wenn ihr es wissen wollt – der Mann ist irgendwann gestern Nacht zwischen zwei und vier Uhr getötet und hier angebunden worden.« Sie tippte sich an die Stirn und machte sich an den Abstieg.

Jochen nickte ihr kurz zu und ließ den Blick schweifen. Normalerweise fuhren Besucher vom obersten Besucherparkplatz aus mit einem Shuttleservice über die Serpentinen hinauf in das begehbare Museum, das die stolze Burg heutzutage war. Es sei denn, die Wanderer stemmten sich aus eigener Kraft den Berg hinauf. Egal wie, oben wurden sie mit einem gigantischen Ausblick, edlen Juwelen, originalen Ritterrüstungen und starkem Kaffee aus dem Burgrestaurant belohnt. Den wünschte Jochen sich jetzt auch.

»Kaffee gibt's später!« Manni knuffte ihn in die Seite. Nach Jahrzehnten gemeinsamer Arbeit kannten sie beide sich besser, als ihre Familien das jemals könnten.

»Wie kommt der Mann da hoch? Ich mein, wer schleppt eine Leiche quer durch den Burggang?«

»Muss jemand mit viel Kraft sein.« Manni kratzte sich am Kinn. »Sonst kriegt der den Toten doch nicht auf die Kanone. Der Mann wiegt mindestens 90 Kilo.« Erneut umrundete er den kuriosen Fundort. »Ob das ein Duell war? Leibarzt?«

»Quatsch, Manni, du guckst zu viele Pilcherschnulzen.« Jochen stemmte sich unauffällig die Hände in den Rücken, um seine Muskeln zu massieren.

»Meine Frau schaut das, nicht ich.« Manni sah fast ein bisschen beleidigt aus. Mit der behandschuhten Rechten griff er dem Toten in die Gesäßtasche und fischte eine schwarze Geldbörse heraus.

»Mastercard, EC-Karte, jede Menge 50er und Kleingeld. Und das!« Er hielt Jochen eine kleine weiße Plastikkarte hin.

»Dr. Jörg Lindgrün, Lausitzhospital«, las der. »Also doch ein Arzt!«

»Ach komm, nur weil der aus dem Osten kommt, heißt das nicht, dass die dort alle solche antiquarischen Dinger auf dem Kopf haben.« Manni nickte Richtung Stirnspiegel.

»Sag ich doch gar nicht.« Jochen war ein bisschen beleidigt – nur weil er vor über zehn Jahren mal einen Witz über Ostberliner und Bananen gemacht hatte, war er noch lange kein Besserwessi, wie Manni ihn manchmal glauben ließ und das lediglich, weil der Kollege Onkel und Tante in Mecklenburg hatte. Er schniefte hörbar, und während Manni sich noch einmal mit dem Burgverwalter unterhielt, ließ er sich über die Zentrale mit der Klinik verbinden. Wenige Minuten später teilten sie ihre Erkenntnisse.

Manni hatte erfahren, dass des Öfteren Autos in der Nacht bis zum Kassenhäuschen fuhren. Immer wieder versuchten Jugendliche oder Liebespaare, nachts in die Burg zu gelangen – doch die alte Zugbrücke tat noch immer ihren Dienst. Der einzige Weg durch die Mauer sei ein kleines Tor im hinteren Garten, fast genau gegenüber der Statue des Alten Fritz. Und ja, er habe wohl vergessen, dort abzuschließen, wie der Mann geknickt berichtete.

Jochen informierte seinen Kollegen darüber, dass sich Dr. Lindgrün Urlaub genommen hatte und erst in 14 Tagen wieder in Ostsachen zurückerwartet wurde. Er galt als

Koryphäe in der Herzkatheter-Medizin und arbeitete in einer privaten Herzklinik in der Nähe von Bautzen, die angeblich ein richtiger Geheimtipp war. Er sei ledig gewesen und auch ansonsten ein eher stiller Mann.

»Und nun?« Jochen versuchte, möglichst unauffällig mit den Hüften zu kreisen.

»Ab ins Tal. Und dann gehen wir mal zum Hofgut, da hatte Lindgrün sich im Hotel gegenüber eingemietet.«

Die Fahrt ins vier Kilometer entfernte Tal legten sie schweigend zurück. Jochen dachte an Franziska Hartmann, eine Polizeikollegin vom Revier in Bautzen. Lag schon ein Weilchen zurück, dass er sie das letzte Mal gesprochen hatte. Ob sie den Toten oder dessen Klinik kannte? Er freute sich darauf, sie später anzurufen.

Sie parkten auf dem großen Parkplatz auf der Ostseite des Hofguts. Die Sonne strahlte heller als ein Flutlicht, und allein der Anblick des überdachten Biergartens ließ Jochen buchstäblich das Wasser im Mund zusammenlaufen. Das hier gebraute Hefeweizen war echt ein Geheimtipp und schmeckte zu jeder Tages- und Nachtzeit. Von den Steaks ganz zu schweigen.

Mannis sehnsüchtiger Blick ließ keinen Zweifel daran, dass er ebenfalls nichts gegen eine Erfrischung einzuwenden gehabt hätte. Sein Mund formte allerdings die Worte »Jetzt nicht« und zerstörte jede Hoffnung darauf. Jochen überlegte, seine schmerzende Bandscheibe als Argument zu bringen, ließ es aber bleiben.

An der Rezeption zückten sie wie üblich ihre Polizeimarken und ließen sich Dr. Lindgrüns Unterkunft zeigen. Jochen genoss den Weg durch den schattigen Flur gleich doppelt. Nicht nur wegen der Abkühlung, sondern auch wegen des Einigkeitsgefühls, ihn gemeinsam mit Manni gehen zu können. Oft würde so was nicht mehr passieren. Wirklich schade, dass ihre jahrzehntelange Partnerschaft in Kürze enden würde. Eigentlich kaum vorstellbar. Wie sollte er bloß zukünftig ohne ihn ermitteln? Sie beide ergänzten sich hervorragend. Wie ein altes Ehepaar, das stets die Gedanken des Partners kannte, noch bevor dieser den Mund aufgemacht hatte. Fast genauso schlimm wie der Gedanke an den Abschied war die Vorstellung, danach irgendeinen Grünschnabel zugeteilt zu bekommen. Aber so hatte Manni vermutlich auch gedacht, als man ihm kurz vor dem Beuron-Fall einen gewissen Polizeikommissar Schädle zugeschoben hatte.

Lindgrüns Hotelzimmer entpuppte sich als sonnendurchfluteter Raum mit jeder Menge heller Möbelstücke und einer Aussicht auf die Burg auf der einen und Hechingen auf der anderen Seite. Allein dieser Ausblick war einen Mord wert. War der Doktor deswegen gestorben? Vermutlich nicht, aber ein interessantes Motiv wäre es definitiv.

Rechts neben dem Kleiderschrank erspähte er eine teuer aussehende Golfausrüstung, musterte sie aber bloß kurz. Dass Lindgrün Derartiges besaß, war beinahe zu viel Klischee. Aber wenn es dem Doc gefallen hatte, warum nicht? Jochen selbst hatte diesem Sport nie viel abgewinnen können. Was sollte auch dabei sein, zuerst einen Miniball quer durch die Botanik zu schlagen und ihn anschließend suchen zu gehen?

»Schon was gefunden?«, fragte er Manni. Wie üblich hatte sich dieser inzwischen sämtliche Dokumente und Zeitschriften vorgenommen.

»Nicht viel. Hier liegen Unterlagen von einem Gewinnspiel, bei dem er der große Gewinner gewesen ist. Und hier ist ein Journal mit der neuesten Golfmode. Beides wahrscheinlich so spektakulär wie dein nicht vorhandenes Privatleben.«

»Sehr witzig, Herr Strauss. Ich hatte eher auf Drohbriefe oder fiese Anwaltsschreiben gehofft.«

»Komplette Fehlanzeige. Alles in diesem Zimmer ist vollkommen harmlos. Anscheinend war der Doktor doch bloß zum Ausspannen hier.«

»Du meinst also, der Grund für seine Ermordung liegt nicht hier im Hotel, sondern anderswo. Vielleicht in seiner Vergangenheit?«

»Ohne Anhaltspunkte meine ich gar nichts. Lass uns zum Revier zurückkehren und schauen, ob die Spurensicherung oder die Gerichtsmedizinerin schon was für uns hat.«

Zurück in Balingen klemmte sich Manni sofort hinter das Telefon, allerdings nicht dienstlich, sondern um für das Wochenende einen Restaurantbesuch mit seiner Frau, seiner Tochter und deren Familie zu reservieren. So ein Ruhestand wollte schließlich gebührend gefeiert werden. Jochen versuchte, einen Kollegen von der Spurensicherung zu erwischen, scheiterte aber.

Mit der Akte des Doktors auf dem Schreibtisch erinnerte er sich allerdings wieder an seine Lausitzer Kollegin. Auch ihre Nummer war schnell gewählt.

»Hallo, Jochen, sind die Stones endlich in Rente gegangen?«, fragte sie mit ihrer stets fröhlichen Stimme. Egal, wann oder wieso er sie anrief, noch nie hatte sie genervt oder niedergeschlagen geklungen. Allein deshalb genoss er jedes Gespräch mit ihr.

»Hallo, Franzi. Mick und Keith geht es gut. Ob du es glaubst oder nicht, sie treten noch immer auf.«

Sie lachte auf. »Das macht Paul McCartney auch. Die Beatles sind genauso wenig totzukriegen.«

Die Musik vielleicht, aber die Bandmitglieder schon, lag es ihm auf der Zunge. Doch das wäre fies gewesen und hätte ihren kleinen Sticheleien gegen die Lieblingsband der anderen sicher nicht gut getan. So schwatzten sie lieber einige Minuten über tolle Sommerlieder und gute Liveaufnahmen. Schließlich kamen sie zum eigentlichen Grund von Jochens Anruf. Der Name Lindgrün sagte Franzi zwar nichts, als sie jedoch von der Herzklinik hörte, stieß sie einen erstaunten Pfiff aus. »Das ist eine ganz edle Adresse. Eine Privatklinik, nicht weit von hier. Hat erst vor ein paar Jahren aufgemacht und ist eher für die oberen Zehntausend, wenn du verstehst, was ich meine.«

Er wusste, was sie meinte. »Gab es dort in der letzten Zeit irgendwelche Schwierigkeiten, Skandale oder sonstige Vorfälle?«

»Auch davon habe ich nichts mitbekommen. Ich hake aber gern mal nach.«

»Das wäre toll. Und denk immer daran: *I almost hear you sigh.*«

»Ja, ja. Du weißt ja: *Hapiness is a warm gun.*«

Lachend legte er auf. Viel Sinn hatte der Schluss ihres Gesprächs sicher nicht gegeben, dennoch mochte er die kleinen Liedzitate und Songtitel-Bemerkungen nicht missen. Franzi war, was Musik betraf, genauso verrückt wie er.

»Bist du endlich fertig mit deinem Süßholzgeraspel«, seufzte Manni am Schreibtisch gegenüber. »Warum lässt du dich nicht rüber nach Bautzen versetzen? Ihr wärt bestimmt ein tolles Team. Außerdem könntest du mir dann immer den leckeren Kremsersenf schicken.«

»Das könnte dir so passen. Außerdem kann ich dich

doch hier nicht allein zurücklassen. Selbst wenn du in Rente bist. Bestimmt vermisst du das alles schon bald und kehrst auf Knien bettelnd zurück.«

»Nicht mal in deinen Träumen, mein Freund. Das dürfte irgendwann mal eher dir so gehen.«

Sie grinsten sich beide an und hätten dies sicher noch viel länger getan, wäre der Kollege von der Spurensicherung in diesem Augenblick nicht auf sie zugekommen. In seinem weißen Kittel und den Kugelschreibern in der Brusttasche wirkte der Mann wie ein verrückter kleiner Professor. »Viel kann ich euch leider nicht berichten. Es gibt nämlich fast keine Spuren. Wer immer den Mediziner getötet hat, wusste, was er tat. Das Einzige, was wir gefunden haben, sind ein paar Reifenabdrücke. Allerdings von keinem normalen Auto, sondern einem Golfmobil. Hilft euch das irgendwie weiter?«

Jochens Blick wanderte zu Manni. In den Augen seines Kollegen leuchtete etwas auf. »Spontan fällt mir bloß ein einziger Golfplatz in der Nähe ein.«

Das sah Jochen nicht anders. Er dankte dem Spurensicherer für den vorläufigen Bericht und lieferte sich mit seinem Partner einen kleinen Wettlauf zu ihrem Dienstwagen. Manni gewann mit knappem Vorsprung.

Auf der Fahrt zum Golfclub rächte sich seine Bandscheibe für den kleinen Spaß. Obwohl er nur wenige Meter gerannt war, hämmerte sein Rücken, als hätte er drei Stunden Kung-Fu-Training mit Bruce Lee hinter sich. Auch der Stones-Song *Fool to cry* munterte ihn da nicht mehr auf.

Als sie wenig später zum Haupthaus liefen, überlegte er, dort nach einigen Eiswürfeln zu fragen. Er hatte das Gefühl, seine Bandscheiben standen in Flammen. Und seien mindestens so alt wie der Hechinger Club, der damit warb, einer der ältesten in Baden-Württemberg zu sein. Vor dem Clubrestaurant saß ein Damentrio in Poloshirts und Golfhosen. Beides nicht sehr kleidsam, wie Jochen fand. Aber die Damen waren durchtrainiert und sehr gut gelaunt – was vielleicht auch am perlenden Prosecco lag, der vor ihnen stand.

»Entschuldigung, wir hätten mal eine Frage«, begann Manni. Die erste Dame verzog das Gesicht.

»Nicht, wie Sie denken«, mischte Jochen sich schnell ein. Obwohl Dame Nummer zwei ziemlich genau seinem Beuteschema entsprach, wollte er nicht für jemanden gehalten werden, der auf plumpe Anmache aus war. Schnell zückte er seinen Ausweis. Dame Nummer drei kippte vor Schreck beinahe das Glas um. Nummer zwei riss die Augen auf (die Jochen gut gefielen), Nummer eins teilte mit, dass sie zum ersten Mal hier seien. Alle drei. Schnupperkurs. Gab den Kommissaren aber den Tipp, es beim Greenkeeper zu versuchen.

»Greenkeeper! Und Hausmeister heißen neuerdings Facility Manager. Also geht's noch?« Manni schüttelte den Kopf und ging in die angegebene Richtung hinter dem Clubhaus. In einem kleinen Büro saß ein Mittdreißiger über einen Plan des Platzes gebeugt und machte Kreuzchen an verschiedenen Stellen. Er stellte sich als Armin Senghaas vor. Als Jochen ihm das aus dem Personalausweis kopierte Foto des Toten zeigte, zuckte Senghaas mit den Schultern.

»Ja. War hier. Und?«

»Kommt nicht wieder«, knurrte Jochen und versuchte, das Gewicht so zu verlagern, dass seine Bandscheiben sich entspannten. Was ihm nicht gelang.

»Wieso?«

»Dr. Lindgrün ist tot. Er wurde ermordet.«

»Ach.« Der rote Leuchtstift in der Hand des Greenkeepers zitterte fast unmerklich. »Aber wohl kaum auf meinem Rasen?«

»Nein. Aber am Tatort – oder Fundort, die Ermittlungen laufen – wurden Radspuren gefunden, die nur von einem Golfmobil stammen können.«

»Hä?« Senghaas wischte fahrig über den Plan. In all den Jahren hatte Jochen das Überkopf-Lesen beinahe zur Meisterschaft gebracht. Er erkannte, dass Senghaas die besten Stellen für Fotografien markierte. Wahrscheinlich war eine neue Broschüre in Planung. Sein Blick fiel auf einen Bilderrahmen auf dem Fensterbrett. Er zeigte einen Jungen, der mit quietschrotem Ball in der Hand in die Kamera lachte und seine Zahnlücke zeigte. Unter seiner Nase lag ein dünner Plastikschlauch, der sich hinter den Ohren verlor. Am Bilderrahmen war eine schwarze Trauerschleife. Jochen schluckte trocken. Dachte an seinen Sohn. Seine Tochter. Und dankte dem Schicksal, dass die beiden sehr lebendig waren. Er räusperte sich.

»Wann war Dr. Lindgrün hier?«, fragte er und staunte selbst, dass seine Stimme ganz normal klang.

»Vorgestern. Hat sich erst mal alles zeigen lassen. Und dann ein paar Bälle geschlagen. Auf dem Platz selbst war er nicht.«

»Also ein passionierter Golfer?«

Senghaas grinste. »Eher nicht. Aber eine formidable Ausstattung hatte er dabei. Alles neu, wenn Sie verstehen, was ich meine.« Weder Jochen noch Manni verstand wirklich. Beschlossen aber kopfnickend, dass der Zustand der Golfschläger wohl keine tatrelevante Sache war.

»Wie kommt ein Arzt aus der Lausitz auf den Hechinger Golfplatz?«, platzte Manni raus.

»Na, wir haben eben einen also es ist halt schön hier.« Der Greenkeeper rutschte auf seinem Stuhl hin und her.

»Schön ist es in Bautzen auch«, blaffte Jochen, dessen Rückenwirbel Samba zu tanzen schienen.

»Der Mann hatte die Reise gewonnen. Ja, jetzt fällt mir das wieder ein. Sonst noch was? Ich hab zu tun.« Senghaas klang leicht genervt.

»Erst mal nicht.« Jochen schluckte und betrachtete auffällig unauffällig das zweite Foto auf dem Fensterbrett. Sein Bauch meldete etwas. Das er noch nicht greifen konnte. Das Foto zeigte Senghaas in jüngeren Jahren und eine Frau mit einem hellblau angezogenen Baby auf dem Arm.

»Ihre Familie?«

»Auf Wiedersehen!« Senghaas beugte sich demonstrativ über den Lageplan.

Vor dem Bürotrakt sah Manni seinen Partner kopfschüttelnd an. »Also echt. Ich war ja eben auch nicht gerade gut. Aber du hast wohl eine Anfängervorstellung geliefert! Du siehst doch, dass der Junge offenbar gestorben ist, was sollte also …«

»… schon gut! Ich hab es kapiert. Trotzdem …«

»Oh bitte nicht das Bauchgefühl.« Manni verdrehte die Augen. Jochen zuckte mit den Schultern und ging zu einer Holzbank, die unter zwei mächtigen Bäumen stand. Eichen vielleicht. In Bio war er nie gut gewesen. Von der Bank aus hatten sie einen majestätischen Blick auf die Burg. Er kramte sein Handy heraus, schickte eine SMS Richtung Bautzen und seufzte.

»Wär das eigentlich nichts für dich?«, stichelte er und

knuffte Manni in die Seite. »Ich mein, immer an der frischen Luft, einem Bällchen hinterher laufen …«

»Ich geh in Rente, das ist alles«, sagte Manni. »Das heißt noch lange nicht, dass ich Altherrensport machen muss.« Von hinten hörten sie mehrstimmiges Kinderlachen. Ein halbes Dutzend Jungs und Mädchen kam heran – jeder mit Golfausrüstung. Der Trainer gab den Kids Anweisungen.

»Na, wie Rentner sehen die nicht aus.« Jochen grinste. In dem Augenblick piepte sein Handy. Er las die Nachricht und riss die Augen auf.

»Von Franzi«, sagte er und hielt seinem Partner das Display unter die Nase.

»Ein Dennis Senghaas war letztes Jahr tatsächlich Patient im Lausitzhospital, sagt die Verwaltung. Weitere Amtshilfe erwünscht?«

»Heimadsogga.« Ausnahmsweise rief Manni diesen schwäbischen Kraftspruch aus, auf den sonst Jochen ein Abonnement zu haben schien. »Deine Franzi soll mal rausfinden, was da genau war.«

Jochen tippte die Antwort ins Handy. Dann folgte er Manni, der im Clubrestaurant zwei Gläser Lehnerbräu bestellte. Die drei Damen waren nicht mehr da. Jochen kuschelte sich förmlich in das dicke Polster des Terrassenstuhls. Zum ersten Mal an diesem Tag meldete seine Bandscheibe so etwas wie Entwarnung.

Sie hatten kaum das halbe Bier ausgetrunken, als sich Mick Jagger aus Jochens Hemdtasche meldete.

»Dein Hemd singt«, grinste Manni und wischte sich mit dem Handrücken über den Mund.

»Franzi!«, erklärte er überflüssigerweise. Dann sagte er lange Zeit gar nichts mehr, sondern hörte nur aufmerksam zu. Zwischendurch winkte er Manni, der das auch ohne

Worte verstand und ihm beim Kellner einen Block und einen Kugelschreiber schnorrte. Als er nach zehn Minuten das Gespräch mit Bautzen beendete, war weder ihm noch der jungen Kollegin nach dem Zitieren eines Songtextes. Jochen verstaute das Telefon in der Brusttasche.

»Und?«, wollte Manni wissen, nachdem er seinem Kollegen eine halbe Minute zum Sackenlassen gegeben hatte.

»Der Junge wurde letztes Jahr operiert. Herzfehler, von Geburt an. Erst war wohl alles gut, aber nach drei Tagen entzündete sich die Wunde und der Katheter verstopfte.«

»Und das hat der Kleine nicht überlebt.«

»Richtig.«

»Lass mich raten: Der Operateur war Dr. Lindgrün.«

»Wieder richtig.«

»Der Senghaas muss den doch aber erkannt haben, wenn der als Urlauber plötzlich bei ihm auf der Matte, pardon, dem Rasen steht?«

»Nicht unbedingt. Die sind seit vier Jahren geschieden, und die Mutter war wohl allein mit dem Jungen in der Klinik.«

»Dann ist das also Zufall?«

»Das lässt sich leicht herausfinden«, sagte Jochen auf dem Weg zum Parkplatz.

»Deine Franzi ist auf jeden Fall ein cleveres Mädchen.« Manni nickte anerkennend und kaute an der Unterlippe.

»Das ist nicht meine Franzi!«, widersprach Jochen halbherzig, war mit den Gedanken aber schon ganz woanders.

Während der Fahrt zum Hotel knirschte Jochen unruhig mit den Zähnen. Er erwartete es kaum, zu sehen, ob alle Puzzleteile so passten, wie er sie sich im Kopf zusammengelegt hatte.

Entsprechend schnell machte er der Frau an der Rezeption sein Anliegen begreiflich. Laut dem goldenen Schild an ihrer Weste hieß sie Hanna-Dorothea Radke.

Den Weg zum Zimmer des Toten wäre er am liebsten gerannt. Als Frau Radke nicht rasch genug die Tür öffnete, hätte er ihr den Schlüssel fast aus der Hand gerissen. Sie war sichtlich erleichtert, als es ihr unter dem strengen Blick endlich gelang und sie sich zur Rezeption verabschieden konnte.

Im Zimmer steuerte Jochen direkt zum Zeitungsstapel, den Manni vorhin durchsucht hatte. Da waren sie: die Unterlagen vom Gewinnspiel, ausgestellt und verschickt von einem Hechinger Unternehmen namens *Glückskind GmbH.* Davon hatte er noch nie gehört.

Hastig überflog er das Schreiben: »Freuen uns mitzuteilen blablabla wurden auserwählt fünf Übernachtungen im komfortablen Hotel inklusive freier Benutzung des exklusiven Golfplatzes, auf dem schon manche Berühmtheit aus Übersee das Eisen geschwungen hat blablabla.« Es klang wie die üblichen Werbetexte. Aber genauso musste so was wohl aussehen und klingen.

Er fingerte sein Handy aus der Brusttasche und bat die Kollegen auf dem Revier um eine Überprüfung der Gewinnspielfirma. Fünf Minuten später wurde aus seiner Ahnung eine Gewissheit: »Die Firma, bei der Lindgrün seine Reise gewonnen hat, gibt es gar nicht.«

»Das kommt jetzt nicht so überraschend«, wandte Manni ein.

»Das nicht, aber es ist ein weiterer Baustein. Leider genügt Senghaas' Bemerkung darüber nicht als Beweis. Er könnte behaupten, Dr. Lindgrün hätte das Gewinnspiel beiläufig erwähnt. Aber überlegen wir mal weiter.

Am Tatort gab es Reifenspuren eines Golfmobils. Auf die Dinger besaß unser Greenkeeper definitiv Zugriff. Ein weiterer Baustein.«

»Aber immer noch kein Beweis. An die Golfkarren kommen auch zig andere Mitarbeiter ran.«

Jochen wischte den Einwand mit einer Handbewegung zur Seite. Seine Gedanken rasten so schnell, dass er kaum Schritt halten konnte.

Er hastete zur Rezeption zurück. Frau Radke blickte ihn an wie ein scheues Reh im Scheinwerferlicht.

»Wer hat Dr. Lindgrüns Hotelrechnung beglichen?«, fragte er deshalb mit möglichst ruhiger Stimme.

»Augenblick«, sagte sie leise und ließ ihre Finger nervös über die Tastatur huschen. »Das Geld kam als Barzahlung per Post. Ist gar nicht so ungewöhnlich.«

»Hmmh. Wissen Sie noch, ob und wann Sie den Doktor zuletzt gesehen haben?«

Radke lief rot an. »Das war zwischen acht und neun. So genau weiß ich das leider nicht mehr. Er sagte, er hätte eine Verabredung und ging zu seinem Wagen. Ich hab mich später zwar gewundert, dass sein weinroter Audi weiterhin dastand, aber vielleicht wurde er ja abgeholt oder ging zu Fuß. Jemand anderes habe ich in der Dunkelheit nicht gesehen. Ist das schlecht?«

Jetzt sah sie ihn an wie ein Kind, das ihrem Vater die Fünf im Mathezeugnis beichtet. Es traf Jochen direkt in sein hektisches Herz und beruhigte auch ihn.

»Keine Sorge, Sie haben alles richtig gemacht, Frau Radke.«

Sie dankte es ihm mit einem Lächeln voller Bienchen und Sternchen.

Nachdenklich trat er auf den Hotelparkplatz und erblickte den weinroten Audi auf Anhieb. Es war das einzige Fahrzeug dieser Art. Manni blieb auch diesmal nichts anderes übrig, als hinterherzutrotten.

Ohne etwas zu sagen, suchte Jochen den Erdboden rund um den Wagen ab. Nichts Relevantes zu sehen. Aber davon war er auch nicht ausgegangen. »Offenbar kommen wir bei diesem Fall bloß weiter, wenn wir den Tathergang rekonstruieren und überlegen, wo Senghaas einen Fehler begangen haben könnte.«

»Dann lass mal hören. Bin gespannt, was dein Hirn sich da zusammengesponnen hat, Sherlock.«

War dies als Spitze gemeint? Jochen hob die Brauen, ging aber nicht weiter darauf ein. »Wir wissen, dass unser mörderischer Platzwart Doktor Lindgrün über ein fingiertes Gewinnspiel hergelockt hat. Er buchte ihm das Hotelzimmer und lud ihn auf den Golfplatz ein. Sicher beobachtete er ihn. Aber dort aufgelauert hat er ihm nicht, das wäre zu auffällig. Da tippe ich eher auf ein vorgetäuschtes Date. Entweder hat Senghaas ihn gleich hier auf dem Parkplatz überfallen oder er überredete ihn, zu ihm ins Golfmobil zu klettern.«

»Warum zum Teufel sollte er hier überhaupt mit dem Elektrokarren auftauchen? Vom Golfplatz sind es zwei Kilometer. Und zur Burg noch mal vier. Schnell fahren die Dinger auch nicht.«

»Die Frage habe ich mir auch gestellt. Aber so abwegig ist das Ganze trotzdem nicht. Der Vorteil des Golfkarrens ist seine Lautstärke. Wenn du nachts mit einem Auto über die Straßen knatterst, hört dich vielleicht jemand. Der E-Motor hingegen ist leise genug, dass es niemandem auffällt. Außerdem wollte Senghaas bestimmt verräterische Spuren in seinem privaten Pkw vermeiden. Hat sicher schon mal *CSI* geschaut und denkt, wir könnten jeden Quadratmillimeter unter die Lupe nehmen. Weil er sich für sehr clever hält, ist er sicher auch nicht auf den normalen Straßen zur Burg gefahren, sondern vermutlich über Feldwege den Berg hoch. Da gibt es sicher Spuren – wir müssen sie nur finden.«

Manni machte den Mund auf, schloss ihn aber ohne einen Ton zu sagen. Jochen war es nur recht. Widerworte hätte er jetzt sowieso keine akzeptiert.

Sie überprüften das angrenzende Gebiet und brauchten nicht lang, um einen kleinen Feldweg mit Reifenspuren zu finden, die Jochen sehr an die vom Burgtatort erinnerten.

Das war der Beweis für seine Theorie und ihr erster Anhaltspunkt.

Sie folgten dem Weg durch ein kleines Waldstück, fanden weitere Spuren und freuten sich über jede schattige Minute. Die Bandscheibe meldete sich auf wenig charmante Weise, blieb aber im erträglichen Bereich.

»Heute Abend habe ich sicher Blasen an den Füßen«, beschwerte sich Manni, als der Anstieg begann. Inzwischen steuerten sie direkt auf die Burg zu.

Und ich brauche mindestens eine Akkupunkturbehandlung, überlegte Jochen. »Was ist schon ein kleiner Wanderausflug mit Freunden? Macht doch Spaß. Wenn du in drei Tagen faul zu Hause 'rum sitzt, wirst du mit Freuden daran zurückdenken.« Der Weg unter ihren Füßen war nicht mehr als ein besserer Trampelpfad. Bäume gab es nur noch vereinzelt, dafür jede Menge Staub und verdorrtes Gras.

»Du meinst wohl eher mit Grausen. Sei froh, dass du es bist, der mich zu diesem verrückten Ausflug überredet hat. Jedem anderen hätte ich längst einen Vogel gezeigt.«

»Ich fühle mich geehrt«, sagte Jochen und blieb plötzlich stehen. Auf dem Weg vorhin gab es nicht bloß Reifenspuren, sondern jede Menge aufgewühlte Erde, umgeknickte Grashalme und Jochen stockte der Atem. Unmittelbar vor ihm fanden sich mehrere rotbraune Flecken am Boden, die zwar an Rost erinnerten, aber sicher weitaus organischerer Natur waren.

Sofort wies er Manni an, auf jeden seiner Schritte zu achten. Das, wo sie sich gerade aufhielten, war der Tatort. Nach kurzem Suchen entdeckte Jochen sogar Schuhabdrücke. Mit zufriedenem Lächeln fotografierte er alles mit seinem Handy und informierte die Kollegen. Endlich besaßen sie einen Beweis.

Liebend gern hätte er sich noch ein kühles Lehnerbräu an der Bar des Golfclubs genehmigt. Manni schielte ebenfalls mit heraushängender Zunge in diese Richtung. Aber so ein Getränk musste verdient werden. Noch gab es eine letzte Sache zu erledigen.

Mit genüsslicher Gelassenheit betraten sie das Büro des Platzwarts. Nach wie vor saß der Mann über die Fotos auf seinem Schreibtisch gebeugt und tat so, als wäre er darin vertieft.

»Das Spiel ist aus, Senghaas«, begann Jochen. Was folgte, war eines längeres und zunehmend hitzigeres Gespräch, in dem die zwei Ermittler den Platzwart mit sämtlichen zusammengetragenen Indizien konfrontierten. Anfangs bestritt er jedweden Vorwurf. Doch nicht nur seine immer lauter werdende Stimme verriet, wie sehr ihm die Vorwürfe an die Nieren gingen. Als dann noch Beamte von der Spurensicherung mit einem Durchsuchungsbefehl für sämtliche Privat- und Geschäftsräume auftauchten, platzte der Knoten.

Mit hochrotem Kopf fing Senghaas zuerst an zu zetern und später einzuknicken. Nicht ganz unschuldig daran war der Anruf von Jochens Kollegen, die ganz unten in der Mülltonne des Greenkeepers ein Paar Schuhe gefunden hatten, die perfekt mit den Abdrücken vom Tatort übereinstimmten. Zwei Stunden später legte Senghaas auf dem Revier ein volles Geständnis ab.

Nach getaner Arbeit ließen Manni und Jochen den Abend gemütlich an der Bar ausklingen. Bei zwei Gläsern Hefeweizen stießen sie an.

»Haben wir es also doch noch rechtzeitig geschafft, und du kannst dich in zwei Tagen in den verdienten Ruhestand verabschieden«, sagte Jochen. Du wirst mir fehlen, fügte er in Gedanken dazu.

Sein Partner nickte eifrig und genehmigte sich einen weiteren Schluck. »Außer, es gibt noch einen neuen Fall«, sagte er nach kurzem Überlegen.

Jochen lachte auf. »Glaube ich nicht. Wer mordet schon an der Donau?«

*

Er behielt recht: In den zwei Tagen hatte es keinen weiteren Fall gegeben, und nach einer rauschenden Feier hatte sich Manni in seinen Ruhestand verabschiedet. Gelegentlich sehen sie sich zwar noch, trotzdem ist es nicht mehr so wie früher.

Trübsinnig trinkt Jochen seinen Kaffee im Burghof und kehrt zum Wagen zurück. Er ist unschlüssig, was er jetzt machen soll. Es ist nicht leicht, in die Zukunft zu schauen, wenn einem die Vergangenheit noch so vertraut ist.

Aber es bringt nichts, immer bloß zurückzublicken. Er braucht neue Perspektiven. Etwas, das er anpacken und worauf er sich freuen kann. Golfspielen kommt nicht infrage, ebenso kein anderer Sport. Vielleicht sollte er eine eigene Detektei aufmachen. Da könnte er nach Herzenslust jedem Kriminalfall nachgehen, auf den er Lust hatte, und bräuchte sich noch weniger um Berichte und Vorschriften zu scheren.

Oder er packt seine Sachen und reist um die Welt. Auch das will er schon immer tun.

Das Klingeln seines Telefons reißt ihn aus der Überlegung. Ein Blick auf das Display lässt ihn schmunzeln.

»Hallo, Franzi, schön, dass du anrufst, ich habe gerade an dich gedacht.«

Ein kurzes Lachen am anderen Ende der Leitung. »Ich hoffe, es war nichts allzu Schlechtes.«

»Nein, bloß ein alter Fall. Der mit dem toten Arzt auf der Kanone, bei dem du mir so gut weitergeholfen hast.«

»Ach der. Für so was sind Freunde doch da. Und wenn ich ehrlich bin, rufe ich auch genau aus diesem Grund an. Ich habe diesen verzwickten Fall und brauche deinen Rat.«

Aufgeregt leckt Jochen sich die Lippen. »Dann lass mal hören.«

Er lauscht aufmerksam und spürt ein vertrautes Feuer in sich auflodern. Das, was Franzi da berichtet, klingt ebenso knifflig wie interessant. Quasi wie gemacht für ihn.

»Weißt du was, ich habe gerade nichts vor. Was hältst du davon, wenn ich zu dir nach Bautzen komme und dir ein wenig unter die Arme greife?«

Franzi keucht vor Verblüffung. »Das sind 650 km!«

»Na und? Du sagst doch immer, für die Lausitz lohnt sich auch die weitestete Anreise.«

Jetzt lacht sie wieder. »Stimmt. Na gut, von mir aus. Dann bleiben mir wohl bloß noch zwei Dinge zu sagen: Gute Reise und *You say goodbye and I say hello.*«

»*Goodbye*«, sagt Jochen und schnallt sich an. In Gedanken sieht er es genau vor sich: Noch schnell zurück nach Rottweil, um Klamotten und ein paar gute Rolling-Stones-CDs einzupacken. Danach dürfte er bereit sein für den wilden Osten. Jochen lässt den Motor an und gibt Gas. Er ist gespannt, welche neuen Abenteuer ihn erwarten.

*

Hechingen kann man nicht verfehlen: Hoch über der Stadt thront die Burg Hohenzollern. Diese Wiege des deutschen Kaisergeschlechts ist weithin sichtbar. Heute bewohnt die Familie nur noch einen kleinen Teil der Burg, die übrigen Räume sind den Besuchern zugänglich. Es sei denn, die Flagge zeigt an, dass hoher Besuch zu Gast ist. Königin Sylvia von Schweden weilt oft und gern in Hechingen.

Die ehemalige Festungsburg wurde – Bränden und Zerstörungen sei Dank – mehrfach wieder aufgebaut. Das heutige neugotische Gesicht bekam der Stammsitz der Hohenzollern 1850 von Kronprinz Friedrich Wilhelm von Preußen. Prinz Louis Ferdinand von Preußen sorgte in den 1950ern dafür, dass in der Burg zahlreiche Relikte des Herrscherhauses gesammelt wurden. Nach der Führung können sich die Gäste im Burgrestaurant stärken. Das ganze Jahr über bietet eine muntere Truppe von Burgfreunden Veranstaltungen – von der Falknerschau bis hin zu Konzerten – für große und kleine Ritter oder Prinzessinnen. Open-Air-Kino. Oder dem Genuss-Festival im Oktober.

Aber auch unterhalb der Burg hat Hechingen einiges zu bieten, und zwar seit 2012 unter dem Prädikat *Golf und Natur*: Golfer finden auf dem Hechinger Golfplatz seit 1955 ein schickes Refugium. Und müssen ganz bestimmt nicht befürchten, wie Jochen Schädle in einen Kriminalfall hineingezogen zu werden. Eher zieht sie die Geschichte an: in der liebevoll freigelegten Villa Rustica im Ortsteil Stein zum Beispiel. Dieser römische Gutshof bietet einen guten Einblick in das Leben auf der Alb, als hier noch die

Erben Neros lebten. Die Villa selbst wurde wieder aufgebaut, andere Teile der Anlage sind so geblieben, wie sie gefunden wurden. Sehenswert ist auch die Stiftskirche. Und wer noch intensiver Geschichte erleben will, dem sei der Geschichtslehrpfad in Bisingen empfohlen. Oder natürlich der Hechinger Fürstengarten, wo es sich herrlich flanieren lässt. Wer nicht so gerne läuft, kommt sicher im Oldtimermuseum auf seine Kosten.

Bundesweit einmalig: das deutsche Peitschenmuseum in Killer. Keine Bange, der Ort heißt nur so, weil er am Flüsschen Killer liegt. Um Leib und Leben muss hier niemand fürchten!

Übrigens: Das Hofgut Domäne lockt nicht nur Jochen. Hier gibt es unterschiedliche Restaurants für jeden Geschmack und einen Adventure-Minigolf-Platz.

Unser Jochen Schädle hat keinen Fall in Haigerloch gelöst. Trotzdem wollen wir Ihnen einen Abstecher in dieses Städtchen zwischen Balingen und Hechingen ans Herz legen. Sozusagen als *Bonus-Track*.

Haigerloch gilt als die Wiege der deutschen Atomforschung. Kurz vor Kriegsende wurden Heisenberg und seine Forscherkollegen von Berlin hierher ausquartiert. Im ehemaligen Bierkeller unter der Schlosskirche bauten sie einen kleinen Reaktor. Für die Physiker eine reine Forschungsangelegenheit, für die Amerikaner kriegswichtig beinahe hätten sie den Felsenkeller samt Uran und allen Anlagen gesprengt. Und damit auch die sehr sehenswerte Kirche zerstört. Haben sie aber nicht, einem mutigen Dekan sei Dank.

Heute beherbergt der Keller das Atommuseum. Und die Kirche lädt nach wie vor Gläubige und Kunstinteressierte ein. Einen Abstecher wert ist natürlich auch das Haigerlocher Schloss. Besonders zur Fliederblüte zieht die Stadt zahlreiche Besucher an. Schön ist auch der romantische Rosengarten. Und einen Einblick in lebendige Geschichte gibt es … ja, auf einem Friedhof: Im unteren Teil der Stadt befindet sich der jüdische Friedhof. Das Städtchen ist sich seines Erbes durchaus bewusst.

Unser Extratipp: das Familien-Freibad in der Sport- und Freizeitanlage Witthau. Das solarbeheizte Bad lockt mit Wasserspaß auf 1.200 Quadratmetern.

Weitere Romane finden Sie auf den folgenden Seiten und im Internet: www.gmeiner-verlag.de

Silke Porath
Andreas Braun
Klostergeist
978-3-8392-1124-3

»Beste Krimiunterhaltung, bei der auch der Humor nicht zu kurz kommt.«

Pater Pius, Superior des Spaichinger Konvents, feiert mit seinen Brüdern die Morgenmesse auf dem Dreifaltigkeitsberg. Als die Mönche in den kühlen Novembermorgen hinaustreten, fällt ein Mensch vom Klosterturm, direkt vor Pius' Füße: Es ist Hans-Jürgen Engel, der Bürgermeister der kleinen Stadt. Kommissarin Verena Hälble aus Rottweil und ihr Kollege Thorben Fischer leiten die Ermittlungen. Als dem neugierigen Pater Pius beim Trauergespräch mit der Witwe »zufällig« ein Kontoauszug in die Tasche seiner Kutte flattert, mischt auch er sich ein …

GMEINER

Wir machen's spannend